JN079344

壁井ユカコ

# 2.43

## 清陰高校男子バレー部 next 4years 〈II〉

SEIIN HIGH SCHOOL
MEN'S VOLLEYBALL CLUB
NEXT 4YEARS
YUKAKO KABEI

集英社

# 目 次



---

2.43
清陰高校男子バレー部
next 4years〈I〉
目次

## [主な登場人物]

**灰島公誓（はいじま きみちか）**　欅舎大学1年生、セッター、186cm
福井の清陰高校で春高初出場・ベスト8に進出後、東京の景星学園に転入。高校6冠の看板をひっさげて欅舎大学に入学。バレーにスキルを振り切った"天才セッター"。歯に衣を着せない言動でトラブルを起こしてきたが、チームに恵まれ精神的な成長をした。

**黒羽祐仁（くろば ゆに）**　欅舎大学1年生、アウトサイドヒッター、189cm
福井県出身。灰島とは幼なじみ。ずば抜けた身体能力を誇り、スパイクジャンプ最高到達点は超一流クラス。しかし生来競争意識が薄いのんびり屋で、よく灰島をやきもきさせている。

**三村統（みむら すばる）**　欅舎大学3年生、アウトサイドヒッター、192cm
福井県出身。明るく人懐こい性格と強いカリスマ性で福井の常勝校・福蜂工業の主将を務めた絶対的エース。中学時代に壊した両膝の再手術を受け、大学1年時はリハビリに費やした。

**弓掛篤志（ゆみかけ あつし）**　慧明大学3年生、オポジット、175cm
福岡県出身。九州の古豪・箕宿高校を牽引して高校2冠を獲った大エース。小柄な身体で逆境を跳ね返す強靭な精神力と反骨心の持ち主。プレースタイルからついた二つ名が"九州の弩弓"。

**山吹誠次郎（やまぶき せいじろう）**　慧明大学2年生、セッター、180cm
東京都出身。浅野の景星学園時代の後輩。毒舌できつい性格だが、正義感が強い。中学2年時に部に蔓延していたシゴキを見過ごせず、3年生全員を退部に追い込んだ"伝説"を持つ。

**浅野直澄（あさの なおずみ）**　八重洲大学3年生、アウトサイドヒッター／セッター、191cm
東京都出身。弓掛とは小学校の頃からのライバルであり親友。生来優しい気質だが、冷静沈着な将に成長して景星学園の全国初制覇を成し遂げた。セッターもこなす万能型プレーヤー。

**越智光臣（おち みつおみ）**　八重洲大学2年生、アナリスト、168cm
福井県出身。福蜂工業高校で男子マネージャーを務めた。三村が再手術に臨むと知り、将来また三村とともに戦うためアナリストの勉強をすることを決意。一浪して国立八重洲大学に入学。

**太明倫也（たいめい みちや）**　八重洲大学4年生、リベロ、177cm
八重洲大学主将。愛知県出身。高校時代は無名で"バレーエリート"ではないが、明朗快活でキャプテンシーが高く、破魔らが神輿を担ぐ八重洲の守護神。金髪がトレードマーク。

**破魔清央（はま すがお）**　八重洲大学4年生、ミドルブロッカー、197cm
長野県出身。日本代表メンバーにも招集された"バレーエリート"。屈強な肉体と機械のような冷静さから"ターミネーター"の二つ名で恐れられる最強ミドルブロッカー。

---

## [これまでのあらすじ]

灰島が黒羽とともに欅舎大に入学した4月、関東学連1部リーグ12大学が総当たり戦でぶつかる春季リーグが開幕した。第7戦で欅舎大は大学王者・八重洲大に挑む。三村の復活を経て欅舎大は善戦し、敗戦するも1敗をキープして躍進を遂げる。第10戦では全勝中の慧明大と八重洲大が激突。弓掛が高校時代一度も勝てなかった破魔らの世代にリベンジを誓う。一方の破魔にも太明とともに優勝したい理由があった。両者の強い思いがぶつかり事実上の大学頂上決戦が繰り広げられる。セットカウント1－1で第3セットに突入したが、破魔に異変が――。

# 2.43　清陰高校男子バレー部

# next 4years

# 〈Ⅱ〉

# 第二話

# 鋼(はがね)と宝石（続）

## 15. MACHINE'S OVERLOAD

その男は素っ裸で忽然と現れる。

自分の二つ名の元ネタとなったキャラクターの登場シーンを初めて実際に目にした破魔清央はしばらくのあいだかっちりフリーズしていた。

そういや登場シーンってこんなだったか……。見せた太明倫也自身も細部はだいぶ忘れていたのでちょっと罪悪感を覚えた。破魔には刺激が強かったようだ。

「ここまでにしとくか？」

消していた部屋の電気を一度つけて尋ねたが、破魔の耳には届いていなかった。黙したままディスプレイを流れる映像の一点を見つめている。

稲妻とともに出現したその男がうずくまっていた身体をゆっくりと起こす。ごつごつとした男らしい顔には一糸まとわぬ自分の姿に対して微塵の羞恥心も乗っていない。モーター音が聞こえてきそうな機械的な所作で屹立し、周囲に視線を巡らせる。ギリシャ彫刻を思わせる筋肉美が惜しげもなく画面に晒される（股間はカメラワークでうまい具合に隠れている）。

太明は肩をすくめて壁の電気のスイッチをまた消した。

年末の休みのある日、映画配信サービスをノートパソコンに映して破魔、大苑、神馬と太明の四人で映画鑑賞を決め込んだ。二メートル近い大男の三人がこたつの三方の辺を囲んでこたつ布団に足を突っ込んでいると狭すぎるので太明が入るスペースはないし男どうしでくっついて足を絡めあいたくもない。太明は半纏(はんてん)を着込んでそのまま壁際であぐらを掻(か)き、みかんを口に放り込みながら三人の様子を眺めていた。

未来の荒廃世界(ディストピア)で抵抗軍(レジスタンス)の重要人物になる少年の命を狙って刺客が送り込まれる。少年を守るため、同じ未来の世界から刺客を追ってきた無敵の人型兵器と少年が出会う。というのが映画の冒頭のあらすじだ。前作のヒロインである母親は精神科病棟に閉じ込められながら来るべき未来への備えを進めているタフネスウーマン。複雑な境遇下で育った思春期の少年はちょっとスレているが、心根は優しく、人間を殺してはならないと人型兵器に教え込む。

ディスプレイ上でまたたく光を灰色がかった瞳に映す破魔の横顔は、全体としての硬質な雰囲気がたしかにその俳優と似通っている。元ボディビルダーチャンピオンだという俳優に比べれば、破魔本人も前に言っていたとおりそこまでマッチョではないが。重力に逆らって垂直方向へジャンプしネット上で空中戦を繰り広げ、ボールが床に落ちる前に拾わねばならない俊敏性も必要な競技特性上、コートの上ではまわりの選手よりマッチョに見える選手であっても、敵と身体をぶつけあうようなほかの球技に比べると総じて細身なのがバレーボーラーだ。

〝ターミネーター〟破魔清央。

八重洲(やえす)大学四年、大学最強ミドルブロッカーにつけられた二つ名だ。誰がいつから呼びはじめたのか太明は知らないが、どちらかというとチーム外の人間から、畏(おそ)れと忌避感をもって使われる類いの呼び名だった。

機械のように感情を挟まずボールを猛追し、ハエ叩きのごとくスパイクを叩き落とす恐怖のブロックマシーン。人間のようにサボることもなく、疲れを知らない——。

試合中にベンチに座るブロックマシーンの姿を見たことがあった者などこの会場にはおそらく皆無だろう。会場中が衝撃でざわついていた。

破魔を下げざるを得ない状況に追い込まれたことは、慧明大の猛攻に八重洲大が耐えきれなくなってきていると会場中に周知させた。大学王者八重洲にとっては屈辱の選択だった。

八重洲は〝破魔シフト〟と呼ばれる後衛シフトを組んでいる。多くのチームではミドルブロッカーが後衛でサーブを終えたところでリベロと交替し、後衛の守備を強化する。ローテーションが半周してリベロが前衛にあがるところでまたミドルブロッカーがコートに戻り、前衛の高さを強化する。これがリベロという後衛専門のポジションが現代バレーに導入されて以降一般化したシステムだ。しかし破魔に関しては後衛での守備能力も高く、バックアタックで攻撃にも加われるため、リベロと交替せずコートにずっと入り続けるというのが八重洲の普段のシフトだった。

第三セット終盤、慧明がサイドアウト（サーブを受ける側のチームが得点してサーブ権を奪うこと）を取り八重洲21－22慧明。サイドアウト一つぶん、「半歩」だけ八重洲が遅れを取っているものの、レセプション（サーブレシーブ）側のほうが得点に有利なためこの点差のままでは慧明もこのセットを勝ち切ることはできない。二点差をつけねばセットを取れないバレーでは一点差は同点とほとんど同義だ。

しかしこのセット中盤からの慧明の猛追を勢いづけた慧明二年セッター・山吹誠次郎のサーブがここでまたまわってくる。

これほどのサーブを持っている選手がスタメンではなく途中出場なのだから、関東一部リーグ上位チームがいかに化け物だらけかってことだ。

　ギャラリーの圧が増したように思ったら、カメラを構えた女子たちがスタンドの手すり際に鈴なりになっていた。服装は八重洲のキャンパスにもいる（まあ学部にもよるが）お洒落な女子学生と変わらないのだが、プロ顔負けのいかつい望遠レンズが突きだした一眼レフを細い首に提げた姿が堂に入っている。

　女子学生たちの望遠レンズが狙撃兵よろしく慧明のサービスゾーンに照準をあわせる。サービスゾーンでは山吹がスカした顔でボールをぽんぽんとついている。

「なんかあいつのサーブに一番女子集まってね？」

　太明が鼻白んでぼやき口調で言うと、

「高校でも一番バレンタインチョコもらってましたね」

　軽い口調で答えたのは高校時代の山吹の先輩である浅野直澄だ。

「直澄じゃないの？」

「あはは。おれはそんなにもらいませんでしたね」

　あえて軽薄な無駄口を叩いているとベンチから主務の裕木が青筋を立てて睨んできた。今にも破魔がコートに飛びだしていかんばかりに尻を浮かせているので裕木はその隣にぴたりと座って破魔の膝頭を押さえている。

　一周前の山吹のサーブ時は破魔がレセプション・フォーメーションに入っていたが、今は神馬にかわっている。山吹のサーブを初めて受ける神馬の守備範囲も太明がなるべくカバーするフォーメーションを取ったが、ラインいっぱいのコースを突かれ、守備範囲を広げていたぶん届かない――！　懸命にダイブしたが伸ばした指の先でボールがサイドライン上に突き刺さった。

このセットだけで山吹のサービスエースは二本目。八重洲21－23慧明。とうとう一点突き放された。

やばい、と衝(つ)きあげた焦(あせ)りが顔にでる前に危うく呑み込んだ。

「ごめんごめん！　いやこれは取れねーわ！」

おどけて謝り、「太明ドンマイ！」という味方のフォローに「次切ろう！」と笑顔で応える。

山吹のサーブが切れ味鋭いダガーを投じて敵の急所を突くとすれば、八重洲は大剣で破砕するような大苑のパワフルなスパイクで反撃する。

しかし慧明も〝大エース〟弓掛篤志(ゆみかけあつし)にトスが託される——山吹のゲームメイクが冴えて慧明の攻撃がまわりだし、ブロックタッチが取れなくなってきているうえ、一人だけ次元が違うようなジャンプ力から打ち込まれるスパイクがノータッチでフロアに到達する。大学ナンバーワン・リベロと言われる西日本の伊賀桜介(いがおうすけ)でもなければノータッチでこれに反応するのはほぼ不可能だ。

ネット上でインパクトされた直後には太明の眼前にボールが肉薄した。オーバーで取ろうとしたが指のあいだを突き抜け、顔面に痛打を食らった。

「太明！」

ごろごろっと後ろでんぐり返りするあいだに上も下もわからない方向から複数の声が聞こえた。

「オッケー！　大丈夫大丈夫！」

しゃがんで片手で顔を押さえつつ慌ててもう一方の手をベンチに向けて制した。中腰になった破魔を裕木が鎖を引くみたいにベンチに押しつけて「どうどう！　あと一ローテ待て！」

脳まで揺さぶられた衝撃が残る頭を太明はぶるっと振った。眉間を焼く疼痛(とうつう)とともに、フロアを守り切れていない力不足を痛感する。

一ローテまわって八重洲23－24慧明。慧明に先にセットポイントを握られたが、八重洲が二十四点目を取ればデュースに持ち込める。孫（そん）がサーブに下がり破魔がやっとコートに戻る。三ローテの休憩があけるのを待ち焦がれていた破魔を裕木が解放した。

交替ゾーンで前のめり気味に手を伸ばしてくる破魔とタッチを交わしてすれ違った。破魔が鼻息荒く「任せろ」と大股でコートへでていった。

監督席の堅持（けんもち）の前で一礼したのち、裕木の隣に腰をおろして試合を見つめる。

「あてとけよ。顔」

裕木にアイスバッグを手渡された。空になった手で裕木が口を囲って「弓掛弓掛！」とコートに声を飛ばす。二十五点で確実にこのセットを決めたいはずの山吹の心理を思えばまず間違いなくバックセットで弓掛に飛ばすだろう。

と、セットが飛ぶのを待たずに破魔がセンターから左へ踏み込んだ。

「ゲスッ……」隣で裕木がむせた。

破魔がリードブロックを崩してゲスッた!?　その隙に山吹からフロントセットが飛んだ。出遅れながら逆サイドに取って返そうとした破魔の足がもつれ、体勢が崩れた拍子にネットが揺れた。

ピイッ！　ホイッスルが鋭く鳴った。

「あっ……！」

タッチネット――……

無人になったコートに一年生のモッパーが飛びだしていった。ネットを挟んで向こう側を担当する慧明の一年生と競走するかのように互いに意識しながら駆け足でコートを往復してモップをかける。ベンチ入りメンバー以外の部員を各チーム二名までモッパーとして配置でき、タイムアウト中やセット間のモップがけ、およびプレー中に床に落ちた汗を素早くワイピング（ぞうきん）で拭く役に従事している。

「――敗因の一つ目はサーブ。とにかく第三セットは慧明のサーブに走られた」

ベンチ前では円陣が組まれ、裕木が選手陣に話しはじめた。太明も円陣に加わって耳を傾けながら、渡されたきりだったアイスバッグを額にあてた。額の奥まで冷感が突き刺さり思わず一瞬息がとまる。

「特に弓掛と山吹。三ローテごとにビッグサーバーが来て追撃、逆転って流れを持ってかれた」

「あっちのサーブがいいのは称賛する以外にないからなあ」

と、太明はとまった息を溜め息にして吐きだした。

相手にいい形でスパイクを打たせないためにワンやツーの取らせ方を制限する場所にボールを返したり、ブロックでプレッシャーをかける。しかし唯一こちらの対策では崩しようがないのがサーブだ。ゆえにサーブがいいチームは圧倒的有利に立つ。

「染谷が言うには『ビッグサーブにキャンセル技はない』だってさ」

左耳に嵌めたインカムに手を添えて裕木がそうつけ加えた。

急にでてきた名前に太明は首をかしげ、アイスバッグの陰からスタンドのアナリスト席を仰ぎみた。深刻な面持ちでノートパソコンを開いている越智光臣の席から一段飛ばした斜め上の席に、欅舎のアナリストがにやにやした顔で座っているのが見えた。

「で、二つ目は枚数で優位を作られてること。これに関してはこっちのサーブで崩していきたい。

ちなみに第三セットから入った一年リベロは山吹の高校の後輩で、欅の灰島(はいじま)と同期だ」

ブロッカーが最大三人なのに対して相手のスパイカーは最大四人、ないし場合によってはセットアップする者を除いた五人で入ることができる。相手の攻撃枚数が多いほど、とりわけセンターで広いブロック範囲を担い、どこから攻撃が来ても可能な限り反応するミドルブロッカーの負担が増大する。

第一セットは慧明に取られ、第二セットは八重洲が取り返したが、第三セットを慧明に取られてセットカウント1－2。五セットマッチは三セット先取したほうが勝つ。慧明が勝利に王手をかけ、八重洲が追い込まれた。

「第四セットも破魔はバックでは下げる」

太明が下した決定に円陣を組んだメンバーからの異論はでなかった。各セットのスタメンの決定権を持つのは監督だが、後衛でのリベロとの交替の組み方の変更のみなのでスタメンの変更はない。

「フルで行かせてくれ」

異論は円陣の外から発せられた。ベンチ前で組んだ円陣に唯一加わらず、ベンチに腰をおろして両膝にアイスバッグをあてがっている破魔を円陣のメンバーが気遣わしげに振り返った。

無敵を誇った〝ターミネーター〟がオーバーヒートしかけて冷却中といった姿はチームメイトにいかんせん少なからぬ衝撃を与えていた。

「第三セットは慧明に敗北宣言したも同然だった。八重洲の面目に懸けて第四セットに屈辱は引きずれない」

「駄目だ」

太明が頑として却下すると破魔がむっとして口をつぐんだ。コートをひと巡りしてきた一年生が四年の険しい空気のやりとりにぎょっとし、黙ったままモップを片づけに行った。

「第四セット落としたら負ける。自力優勝も実質消える。明日の最終戦で横体(よったい)に勝っても最終順位は欅の出来頼みになる。それでもおれは、主将判断として第四セットも破魔をフルでだす気はない。破魔には前衛に集中してもらう。背中は――」

そこで言いよどんだ。

背中は守る。仮に虚勢を張って宣言したところで、現実に守備をかなり抜かれている。

「……ごめん。守り切れてない。悔しいけどこの試合のレベルにおれの力が圧倒的に足りてない。守るって言い切れないから、破魔をフルではだせない。おれの力不足だ」

「おまえが怪物並みのリベロじゃないことなんてわかってるし、怪物になる必要もねえよ」

正直に頭を垂れた太明に、こともなげな口調でそう言ったのは裕木だった。

「もしもーし、越智？　第四セットも〝破魔シフト〟解除は継続することになった。破魔フロントでブレイク率あげる必要がある。一つ一つの効果は小さくてもいい。やれること細かく考えよう」

「裕木先生……」

当たり前のように太明の意を汲(く)んで左頰のマイクにきびきびと指示をだす裕木に太明がぽかんとしていると、ベンチに座った破魔の声が聞こえた。

「溶鉱炉におりていくときみたいな気持ちなんだ……」

遠くを見るような方向へ瞳を漂わせておかしなことを言いだした。いよいよオーバーヒートして幻覚を見はじめたんじゃないかとチーム内に本気で戦慄(せんりつ)が走ったが、

「『ターミネーター2』だ」

と、神馬と大苑がピンと来たような顔を見あわせた。

「あー。おれの部屋でこいつらと観たんだよ、去年の年末」
破魔に『ターミネーター2』の話をしたのが去年の秋季リーグの時期だ。その後調べたら配信サービスで観られたので、全日本インカレと天皇杯が終わった年末、寮の部屋で映画鑑賞会をした。破魔が言ったシーンは敵のターミネーターを倒した主人公のターミネーターが自らの身を溶鉱炉へと沈めて滅びるクライマックスだ。

　映画なんてほとんど観たことがないという三人は序盤こそ楽しみ方に戸惑っているふうだったが、ストーリーが進むにつれノートパソコンの狭い画面に顔を寄せて作品世界に没入していった。ジョン・コナー少年の危機に手に汗を握り、サラ・コナー女史の勇姿に驚嘆し、味方と敵の二体のターミネーターによるド派手なバトルシーンには目をまんまるにして食い入っていた。人よりでかい図体した二十歳(はたち)越えの男三人が生まれて初めて映画館にアニメ映画を観にきた幼児みたいにいちいち声にだしてヒーローを応援する様に太明は苦笑してしまった。これぞハリウッド流というアクション映画の名作を楽しんでもらえたようだった。今度は映画館に連れていってみたくなった。大スクリーンで４ＤＸなんか見せたらパニクるかもしれない。

「関東一部のターミネーター軍団が映画のターミネーターを夢中で観るって、どういう光景だよ……」

　裕木が半眼(はんがん)になって顔を引きつらせ、
「溶鉱炉ってどういうシーンだっけ………あー」
と、自問自答して納得したように頷(うなず)いた。

# 16. COMMON KING

プレー中の破魔の脳内ではシンプルな階層構造の意志決定システムが稼働している。

「センター線かそれ以外か」の二択にまず割り切り、事前にアナリストからもらっているデータ、スパイカーの動きとセッターの動きを頭に叩き込む。トスがあがった瞬間センター線とわかれば次は「１１（Ａクイック）か後衛からのｂｉｃｋ（バックセンターからのクイック）か」の二択になる。センター線以外なら次の二択は「レフト側に飛ぶかライト側に飛ぶか」。レフト側にトスが飛べば次の二択は「３１（Ｂクイック）か５１（アウトサイド）か」——矢継ぎ早に「二択」を選択しながら可能な限り俊敏に動く。相手に攻撃権がある限りその選択を繰り返してボールを追い続ける。

——センター線！　ボールが山吹の手を離れてそれが確定するや次に現れる選択肢を選び取る——ｂｉｃｋ！　後衛スパイカーが打った直後、ネット上でどシャット！

三択や四択になると二択に比べて人間の反応時間は大きく落ちる。トスがあがるまで待ち、あがった瞬間俊敏な反応が求められるリードブロックの徹底にあたって、破魔の脳はこの二択の階層構造がもっとも高速な処理および反応を可能にする。

〝ブロックマシーン〟——しばしば他大学でそう揶揄されていることを破魔自身も知っていた。別にそれでいい。まさに破魔の脳内では感情を挟まない予測と決定だけが連続的に行われている。華やかに活躍するスパイカーの前に立ちはだかるブロックマシーンでかまわない。

第三セットをフル出場した山吹のデータもアナリスト席で分析されて助言があがってきている。

二択の割合も五分五分ではなく、あらかじめパーセンテージに濃淡をつけておけるのでより俊敏な反応ができる。

――レフト！　二択から一つを選び取るやいなや迷わず踏み込む。キキュッ！とソールが床を鳴らす。リードブロックの目的はシャットアウトとは限らない。迫りくるブロックのプレッシャーで慧明レフトの鶴崎（つるさき）がミスを誘われた。サイドブロッカーの大苑の外にスパイクが逃げ、ラインを割ってスパイクアウト。

八重洲のサイドアウトでローテが動き、太明が前衛に戻る孫とタッチを交わしてコートを一時離れる。孫の対角で前衛を終えた破魔にはコートを離れる前にサーブの仕事がある。

ミドルブロッカーがコートにいるのは前衛三ローテとサーブ時の三ローテ半だ。仲間の半分しかコートにいないからには、いるあいだに二倍の働きをしなければ――、

釣りあわない！

気合いの発声とともに打ち込んだサーブで慧明のレセプションを崩す。ワンが高く入れば山吹は四人のスパイカーにトスを散らしてくるが、この状況では十中八九、大エース弓掛に託す。

第三セットは慧明がマッチアップをずらしてきたが第四セットは第二セットと同じマッチアップに戻っている。破魔がサーバーとなるこのローテ、慧明は弓掛が前衛ライトから準備万端で攻撃に入れる好ローテだ。

破魔がディグ（スパイクレシーブ）に構えた瞬間、味方ブロックの壁の向こうから角度がついたスパイクがフロアを襲った。ボールが肉薄した直後には反応する間もなく腕にあたってはじかれていった。

これで八重洲18－18慧明。がっぷり組んで第四セットが進んでいる。

弓掛がネットに背を向けるまで、ぎらついた光がたぎる瞳がこちらにひたと向けられていた。目を背けてサービスゾーンに向かうとき、中空に二条の光跡が引かれた。

「破魔！　チェンジチェンジ！」

　コートサイドから聞こえた声にはっとして振り向くと太明が交替ゾーンから手を伸ばしている。

「お疲れ！」「頼む」短いやりとりとともに太明と手を打ちあわせてすれ違った。「弓掛サーブ一本で切ろう！」太明が気合いを入れるようにひと跳ねしてコートに入っていった。

　サーブが終わったらリベロと交替するというシフトを今まで破魔は組んでいなかったので、こうやって太明にあとを託してコートを離れることにいまだ若干戸惑いがある。太明とタッチを交わすたび毎回新鮮に感じる。

　監督席の前に立ち寄って堅持に一礼。裕木が座っているほうへ移動する。

「ナイスブロック。足も動くようになったな」

　座ったまま手をだしてきた裕木ともタッチを交わし、隣に腰をおろした。

「まだこのセット二本しかブロックポイントはでてない。半分しかコートにいられない以上は二倍点を取らないといけない」

「もともと二倍働いてたんだって。とにかく後衛では回復に努めてくれないとシフト変えた意味がなくなる」蹄（ひづめ）で地面を前掻きする闘牛を鎮めでもするみたいに裕木がタオルを頭にかぶせてきた。

「ラリーになったときの慧明の決定率がいい。できればラリーに持ち込みたくないな」

　と向こう隣の椅子の上に置いたパソコンの画面に裕木が目を投げ、

「弓掛もほんっと怪物だよな」

　コートに目を戻して薄ら寒そうな顔でぼやいた。

「そりゃあいつが努力してあのレベルにいるのもわかってるけど。太明やおれくらいの普通のサイズの奴がやっていくにはあそこまで求められるのかって、選手から離れたおれでも弓掛を見てると気が遠くなる。太明がリベロに転向したのもわかるよ――よし、直澄がんばれ！」

弓掛のバックライトを浅野のブロックが引っかけた。浅く軌道を変えたがまだ球速があるボールを神馬が追う。いつもなら破魔がでているローテだが、破魔のぶんも神馬がディグに身を砕いている。「神馬！　繋げ！」破魔は座ったまま力んで声援を送った。

どどどっと神馬がボールの下を追い越しざま腕を薙いでロングボールを打ち返すが、「あーっ、長い！」思わず嘆いた裕木と破魔の頭の上を越え、記録席も越えて慧明の陣地まで飛んでいく超ロングボールになってしまった。

「アンテナ外！　生きてる！」

と太明が怒鳴ってコートを飛びだした。副審がホイッスルをくわえつつ跳びすさって道をあけた。その目の前を駆け抜けて慧明陣地までボールを追っていく。

ネットの両端、幅九メートルを示す場所に空中のボールのイン・アウトの判定基準となるアンテナという棒が立っている。アンテナの外側を通った場合でも三タッチ以内でボールを自陣側に戻してアンテナの内側から相手コートに放り込める可能性がある限りはまだボールは生きている。

太明がボールを仰ぎみながら慧明ベンチを跳び越えた。左右のパイプ椅子が巻き込まれて蹴倒され、近くに座っていた慧明のベンチスタッフが泡を食って立ちあがった。

「人んちに突っ込むな、ばかーっ」八重洲ベンチから裕木が喚くがコートの仲間からは「太明ー！」「繋げー！」「頼むー！」と祈りの声が飛ぶ。

神馬もすぐに駆け戻ってきている。早乙女と孫が太明のカバーに行き、浅野と大苑の二人はボールが戻ればアタックで打ち返す準備に入って「倫也さん！」「太明！　返せ！」と呼ぶ。仲間の熱い声を受け、太明が慧明ベンチの頭上を越えてベンチ裏に落ちるボールに飛びつく。

「届く！」

破魔が確信したそのとき、

「パソコンーーーー!!」

スタンドでやにわに金切り声が響いた。裕木がぎゃっと悲鳴をあげてインカムを耳から引っこ抜いた。

パイプ椅子から投げだされたなにか薄い物体が床を滑っていくのが見えた。

と、太明がボールを諦めてそのまま着地し、その足で再び床を蹴って低く突っ込むようにダイブした。カーリングのストーンのごとく水平回転しながら滑っていくその物体――慧明のノートパソコンに両手を伸ばし、ぱしっと両端を摑んだ直後、胸から勢いよく滑り込んだ。おおおっと慧明サイドからもスタンドからもどよめきがあがった。

太明の姿がベンチ裏に消えるのと同時にボールはあらぬ方向でバウンドし、ホイッスルが吹かれた。

ベンチの向こう側から二本の腕がノートパソコンを掲げてにょきっと突きだした。続いて金色の頭がむくりと起きあがった。

我に返った慧明ベンチの者たちが太明に駆け寄った。立ちあがった太明がごめんごめんと謝ってパソコンを渡す。動作確認をするのを太明もその場で見ていたが、簡単な確認を終えた慧明の部員になにか言われて太明が破顔一笑したのを見るとどうやら問題なかったようだ。

「もお、ばか太明、ばかあ、もし壊したらこっちで弁償しなきゃだぞ」

部の予算も管理している裕木がどっと息をついた。引っこ抜いたインカムを耳に嵌めなおし、

「すげぇ声だしすぎ。鼓膜破れるかと思ったわ」

インカムに向かって文句を言う裕木の隣で破魔はスタンドを見あげた。座席から立ちあがった越智が周囲で座っている人々の注目を浴びまくっていた。佇立(ちょりつ)したまま見る間に越智の顔が赤く染まり、すとんと座ってノートパソコンを膝に乗せなおすとディスプレイの向こうに隠れようとするように顔を伏せた。

「ごめんー神馬」

神馬の懸命の繋ぎを生かせず、太明が手刀を顔の前に立てて謝りつつ戻ってきた。

「破魔が戻るまで一点ずつ刻めばオッケー！　次も一本で切ろう！」

サイドアウトを慧明に渡したがブレイク（サーブ権があるチームの得点）されたわけではない。後衛に入った太明がテンポよく手を叩いて空気を盛りあげる。

破魔も裕木もつい立ってしまったが、原則としてプレー中にベンチから立ちあがっていいのは監督だけだ。裕木がやれやれと脱力して腰を落ち着けなおした。破魔はウォームアップエリアに移動してほかのリザーブメンバーの応援にまざろうと思ったが、再開した試合を眺めながら裕木がふいに話しだした。

「太明は別に才能があるリベロじゃない。ディグの天才っていえば伊賀だし、慧明(あっち)の一年の佐藤(さとう)は海外選手タイプの長身リベロの逸材だ。そういう奴らに比べたら、別にどころかぜんぜん」

結局破魔も裕木の隣にまた腰をおろした。反論しようと口を開いたとき、

「だけど、うちのバックゾーンに太明がいるほど頼もしいことはない」

破魔が言わんとしたことを、万感をこめたような声で裕木が呟(つぶや)いた。

「凡人のままで破魔清央を軍門にくだらせて、この八重洲の頭に立ったのが、太明の非凡さだよ。八重洲に起こった革命だった」

普段小言が絶えないわりに裕木の中の太明の評価は高い。コートの外でチームを支えてきた裕木なりの視点から、コートの中で起こったチームの変化がきっと見えているのだろう。

ローテが半周し、孫がサーブに下がるタイミングで破魔がコートに戻る。

「よぉし！」

破魔は気合いを吐いて立ちあがった。

この半周は一点ずつ取りあって八重洲21－20慧明。競（せ）りあったまま第四セットはクライマックスに突入していく。八重洲が半歩だけ前を行っているが、二点差をつけねば慧明を振り切って第四セットを取り、フルセットへと試合を継続することはできない。

太明がコートに残る仲間に声をかけてから交替ゾーンに歩いてくる。待ちきれずサイドラインぎりぎりにつま先立ちして手を伸ばしている破魔を見ると、汗で金髪が貼りついた顔がほころんだ。

大きく広げた破魔の手のひらに太明の手が強く打ちつけられた。二人の腕から散った汗がサイドライン上で交錯した。

強いタッチではじかれた右手を破魔はそのまま拳にし、ぐっと親指を立てた。

あの映画のクライマックス――自分があずかり知らぬところであだ名をもらった主人公が、足の下で真っ赤に煮え立つ溶鉱炉へとリフトで下降していくシーンを思い浮かべ、自陣の最前線へと戻る。

少年に向かって最後に親指を立てて沈んでいった主人公の、どこか穏やかな表情がなにを表していたのか、破魔は読み取ることができずにずっと考えていた。

あれは、そして自分の胸を今満たしているこれは——幸福感だ。


八重洲21－21慧明。半歩遅れを取る慧明もすぐにサイドアウトを奪い返して同点に戻す。

ここで山吹にサーブがまわり、逆に半歩前にでるチャンスを迎えた慧明が勢いづく。

「20番(山吹)一本で切ろう！　ここ踏ん張りどころだ！」

サーブを終えた孫とかわって太明が明るく味方を励ましながら後衛に戻ってきた。

山吹のサーブにも八重洲は弓掛サーブに相当する警戒を敷く。四枚レセプションで守備網の隙間を埋め、きわどいコースを突いてくるサーブを凌(しの)ぐ。返球が逸れて速攻を消されるも、大苑にハイセットが託される。

「山吹さんインナー！　もっとインナー寄れ！」

三枚ブロックにコースを厳しく締められながらも大苑が角度のあるインナースパイクをぶち込んだ。対角線上のサイドライン際を襲ったボールを山吹があげてひっくり返った。フロアで怒鳴ってポジショニングの指示を飛ばしているのはまだ一年生のリベロ佐藤豊多可(ゆたか)だ。

　球威を殺せなかったボールがセンターライン上空を越えて八重洲側に直接返ってくる。「アウト！」と八重洲側で声があがったが、ホイッスルはまだ鳴らない。

　アンテナ外の通過だ。まだ慧明ボール！　前衛にいた弓掛がネット下から八重洲側に侵入してきた。かがんでネットをくぐりざまセンターライン上を強く蹴る。小柄な弓掛が巨人の歩幅ばりに八重洲コートを斜めにまたいでフリーゾーンに片足で着地、次の一歩で八重洲ベンチに肉薄する。進路上にいた裕木がパイプ椅子から転げ落ちて退避した。「篤志ー！」「返せー！」慧明コートから味方の必死の声援が飛ぶ。

尻もちをついた裕木が「あっ」とノートパソコンが取り残された椅子を振り返った。弓掛がボールを見あげながらその椅子めがけて突進する。

「パソコンーーーー!!」

越智に文句を言えた義理ではない金切り声で裕木が叫んだ。

キュウッ!

床とシューズの摩擦音が甲高く突き抜けた。

弓掛が椅子の背もたれを両手で摑んで急停止した。慣性に引っ張られた上半身が背もたれの上に乗りかかり、身体ががくんと二つに折れて背もたれに引っかかった。

すぐさまぱっと顔だけをあげた弓掛の視線の先でボールが床に落ち、ホイッスル。

裕木が「んあっ……ありがとう!」と弓掛の腹の下からパソコンを保護した。

ボールに対して誰よりも執念深いあの弓掛が、まだ追えたボールを諦めた——。特に悔しそうな表情も見せず淡々と自陣へ戻っていく弓掛を八重洲の面々が驚いて見送った。

太明の行動への返礼のような弓掛の行動にぱらぱらと拍手が起こり、花弁が風に運ばれるようにスタンド全体に広がっていった。

「よかよか! おれが絶対ブレイクするけん!」

この終盤において貴重なブレイクチャンスを逃しても気に病まないだけの、逆転への自信が力強い声から溢(あふ)れていた。破魔の体重の三分の二もないはずの小柄な体軀(たいく)に風格すら感じられた。

八重洲22-21慧明。八重洲がまた半歩前にでるものの依然としてセットを取り切れる点差はついていない。弓掛がレフトに入るS1ローテで慧明がしっかり決めて八重洲22-22慧明とする。八重洲は破魔がCクイックを叩き込むが、リベロの佐藤が手にあててきた。拾われたかと一瞬ひやりとしたがボールの威力が佐藤を吹っ飛ばし、反動で前に飛んだボールがネット上にあがった。

タタッと助走してきた弓掛が踏み切ったので破魔は目を疑った。あのボールに跳ぶだと!?　ジャンプしてさわれるとは普通は考えない高さのボールだ。破魔もダイレクトで打ち返そうとは考えずネット際で待つ体勢になっていた。

ボールがネットを越える直前、弓掛の右手が届く――！　自陣に取り戻すつもりかツーでこっちに打ち込むつもりか、八重洲側で緊張感が急速に膨れあがる。

惜しくも――八重洲にとっては辛くも、指先ではたいたボールをコントロールしきれず、浮いたボールがラインの外に落ちた。八重洲側でほっと安堵の息が漏れた。

スタンドも一時騒然となる中、トッ、と弓掛が身体をたたんでネット際に降りたった。

やはり悔しがるふうはない。ネット越しに八重洲側を一瞥しただけで、集中した表情のまま背を向けた。

このセット、半歩とはいえ先行しているのは八重洲だ。しかし一点刻みでサイドアウトを取って同点に並んではブレイクチャンスを狙ってくる慧明に、八重洲のほうがあきらかに危機感を抱えてプレーしている。

それだけ慧明に勢いがあり、それでいて冷静にゲームを運んでいく。慧明側から押し寄せる勢いをとりわけ感じているのが最前線で我が身を晒して堰きとめる役割を負うミドルブロッカーだ。そしてその大エースである弓掛に、破魔は畏れを抱かされていた。

冷眼冷耳　冷情冷心

戦慄とともに頭によぎったその言葉がどこで見たものだったか、一拍かかって思いだした。高校時代の全国決勝で対戦校の応援スタンドに毎回あった、目が醒めるような夏の空色の横断幕――弓掛の高校、福岡箕宿のスローガンだ。

破魔の前衛ローテのあいだにブレイクして引き離したかったが慧明がそれを許さず、八重洲も慧明に突きあげられながらもブレイクは許さず、舷々相摩す接戦でローテがまわる。

破魔がサーブに下がる時点で八重洲24－23慧明。

レセプション・アタックのチャンスを持つ慧明が有利だが、ここで八重洲がブレイクすればこのセットは決する。

自分のサーブで勝負をつける――！

気迫をこめて放ったサーブが慧明のエンドに向かって伸びる。慧明側で「アウト！」とジャッジがあがった。だが佐藤がジャッジを無視し、見送らずにライン上で構えてサーブを受けた。

ドゴンッとボールが爆ぜて佐藤をひっくり返らせたがコート上にあがった。山吹からレフトにトスが飛んで鶴崎が決めた。

ボールインパクトの瞬間破魔自身にはインになる手応えがあった。佐藤のジャッジを迷わせて手を引かせればサービスエースだった。セットを取ったと一瞬確信しただけに、破魔は奥歯を噛んだ。

八重洲24－24慧明。二十五点で振り切れず、デュースにもつれこむ。

破魔がサーブを終えると慧明サーバーには弓掛がまわってくる。一点たりと気を抜けない状況で後ろ髪を引かれながら次に前衛が巡ってくるまでコートを離れねばならない。

監督席に一礼してまた裕木の席のほうへ移動しようとしたが、ふと堅持の傍らにとどまった。

「監督が弓掛を取らなかったのは、小さいからですか」

唐突な質問を投げたが、堅持は特に動じなかった。

「そうだ。最低でもあと十センチなければ、主力に取ろうとはまったく考えなかった。十センチあっても最低ラインだ」

にべもない答えだった。

「リベロやレシーバーとして取ってもあの選手は納得しなかっただろう」

堂々たる顔つきでボールを構え、サーブを放つ弓掛を堅持の目が追う。弓掛のサーブもエンドぎりぎり――インかアウトかを見極めている暇はない。浅野が飛びついてワンハンドであげた。

セッター早乙女からハイセットを託された神馬の前にブロックが揃う。「打ち下ろすな！　飛ばせ！」破魔はベンチから声を張ったが神馬がスパイクを打ち下ろしてしまい、三枚ブロックにまともに捕まった。

「あ……！」思わず破魔は前のめりになった。堅持は姿勢を変えなかったが喉の奥でうなった。

慧明にブロックポイント。八重洲24－25慧明――逆転。

半歩ぴたりと後ろにつけて辛抱強くチャンスを狙っていた慧明が、ここに来て形勢をひっくり返した。

ノートパソコンを摑んだ裕木がベンチ沿いを小走りで駆けてきた。尻を滑り込ませるように破魔の隣に座り、

「根負けさせられたな。一発で決めようとして打ち下ろしちまった」

決定率がいい慧明が攻め、八重洲がつい守りに入った。その隙の逆転劇だった。

サーブミスを期待してぎりぎりまで見極めた末に危ういレセプションをするくらいなら、結果的にアウトだろうがレセプションをきっちり高く返して攻撃で一点取るほうを慧明は迷わず選択した。

一方で八重洲は慧明に攻撃権を渡すのを避けたいあまり決め急いだ。上に打ってブロックアウトを

狙うべきところだったが、ワンタッチボールを慧明に繋がれることを避けたい心理が神馬に働いた。

慧明の攻め気が八重洲を呑み込んでいる。

その慧明の中核には無論、三年生の大エース弓掛篤志がいる。

「……私が学生バレーの指導者に就いたのは三十年前だ。数多くの学生をVや代表に送りだし、人物眼にはそれなりに自負があった」

ふいに堅持が独白した。

「今でも八重洲に必要だったとは思っていないが、私の眼鏡違いだったことは認めねばなるまい……あれは今の学生で一番いい選手だ。長く指導者の座にいるうちに自分の経験則に凝り固まって、頭が固くなっていたんだろう」

堅持の自省を聞くなど初めてのことだ。裕木に目を投げると裕木も驚いた顔で見返してきた。

コートを睨んでいる堅持の厳めしい横顔に破魔は目を戻し、

「自分はそうは思いません」

堅持の言葉をはっきり否定した。

「堅持監督はV1や代表で認められるトッププレーヤーを数多く見いだし、育ててこられました。——ですが、監督の最大の慧眼は、太明倫也を連れてきたことだと自分は思っています」

「私の三十年の指導歴の集大成があの男だとでもいうのか？」

堅持の低い声が剣山で押し潰したみたいに余計に険しくなった。「ばかっ」と裕木が囁いて肘で小突いてきた。

ふん、と堅持が鼻を鳴らした。唾棄するようにも小さく笑うようにも聞こえた。

「……遺憾だな」

## 17. EUPHORIA

なにやってんだあいつは……？

灰島公誓が立つコーナーとエンドラインで結ばれたもう一方のコーナーから黒羽祐仁がなにかオーバーなジェスチャーを送ってきた。フラッグを持っていないほうの手で自分の頰をつつき、かーお、かーお、と口パクするのを読み取って灰島は自分の頰に触れた。

ラインズマンがにやにやして立っていてはならない。しかし真顔を作るのが難しく、どうしても吊りあがってくる口角を意識的に引き下げねばならなかった。

コートチェンジにより第四セットの灰島は八重洲陣地のライト側コーナーでエンドラインを担当している。黒羽はレフト側コーナーでサイドラインの担当だ。

期待以上に慧明が仕上がってきた。こんな慧明を見せられたら明日の直接対決が楽しみでしょうがない。

けれどこの試合が終わってしまうのも惜しいという気持ちも、同じくらい強くあった。

慧明25－24八重洲。デュース突入を境に八重洲が慧明を追う側にまわった。慧明が先にブレイクすればその瞬間試合終了となる。いつ、どのプレーで試合が決するかわからない。一瞬たりと目を離せない。

主審がサーブを促すホイッスルを吹くのを合図に、コートの四隅のラインズマンも構えを取って集中する。足を軽く開いて中腰になり、フラッグを素早く指せるよう構え、自分が判定を預かるラインを注視する。

弓掛のサーブが続くが八重洲はここを絶対に切らねばならない。あわやエースとなる強烈なサーブに太明が横っ飛びで手をあてた。後方に逸れたボールに浅野が走る。ボールが飛んでいく先に目を転じると板張りの壁が迫っている。

浅野が素早く一度コートを振り返った。むやみにチャンスボールを返して慧明に攻撃権を渡したが最後、ほぼ間違いなくそれが慧明の決勝点になる。

目の前に壁が迫り、頭からダイブはできない。壁に激突する寸前のボールに浅野がなりふりかまわず足をだした。あとがない八重洲だ、あまり見ることのない浅野の荒っぽいプレーもこの大詰めに飛びだす。

浅野がコートに蹴り返したボールに神馬が助走を取った。なりふりかまわずただ蹴ったわけではない——あれはトスだ。足でのロングセット!

神馬が慧明のブロックを吹っ飛ばすスパイクでさっき食らったどシャットを取り返す。しかしここを決めれば試合をものにできる慧明も落とさない。ブロックにあたって跳ねたボールに弓掛が思い切りよく身を投じ、宙に鮮やかな弧を描くフライングレシーブで繋ぐ。弓掛が後衛にいるとフロアの守備も固い。

弓掛は攻撃に戻れない。ミドルの荒川亜嵐(あらかわあらん)がセンターで踏み切る。山吹の一瞬の視線の動きに灰島は気づいた。ジャンプセットに入りつつ白帯(はくたい)越しに八重洲側をちらと確認し、目の前で跳んだ亜嵐にあげると思わせて左手で自ら打ち込んだ。

「ツー!」

八重洲の意表をつく奇襲になった。だがツーにアンテナを張っていた浅野がフロントゾーンに落とされたボールにダイブし、ボールと床の隙間に紙一重で手の甲を差し入れた。「くそっ、やりづれえ！」山吹が悪態をつく。

「直澄！　ナイス！」

低くあがったボールに太明が潜り込んでアタックライン上に打ちあげる。八重洲は今度こそ決めて窮地を凌ぎたい。大苑が強打を叩き込む。ブロックを抜けてきたスパイクをフロアで受けた豊多可が吹っ飛ばされたが、ボールはあがった！　慧明の攻撃力はすでに言わずもがな、八重洲に引けを取らない守備力にスタンドのどよめきがやまない。

山吹がボールを見あげながらサイド側の壁際まで懸命に走る。長いラリーになった。息をつく間もないファインプレーの連続に観客のボルテージは最高潮に達し、熱い視線がボールを追う。

放物線を描いてくるボールの落下点を見極めて山吹が急ブレーキをかけた。オーバーセットの構えを取った山吹の頭の上で、

――――ざんっ！

見事、壁から突きだしたバスケットゴールにボールが飛び込んだ。

熱気で限界まで膨らんだ空気が破裂するようにスタンドで笑い声がはじけた。

と、赤いリングの真ん中を綺麗に通って落下してきたボールを山吹がロングセットでコートに戻した。「打て打て打て亜嵐！」後ろでんぐり返りして起きあがった豊多可が亜嵐をけしかけた。亜嵐が「ほあっ」という気合いを発してスパイクで打ち返したが、
ピピッピピッ！

審判台から慌ててホイッスルが吹かれた。

主審が慧明側を手で制してプレーの続行をとめた。ちょっと笑いそうになっているようにも見えたが無表情を貫いてアウトのハンドシグナルをだし、八重洲の得点を示した。

「勝ったー！」と万歳した山吹、豊多可、亜嵐の三人が「ちぇ。やっぱだめか」としれっとして手をおろした。

煙に巻かれたように八重洲側は一時呆気にとられていた。しかし太明が一番に笑いだし、

「ナイッシュ！　も一本入れてー！」

と慧明に向かって冷やかすと、ほかの選手たちにも笑いが広がった。スタンドの他大学の部員たちも「ナイッシューー！」と囃しだし口笛が吹かれた。

弓掛も笑うしかないような顔をしていたし、浅野も後輩組のやんちゃな行為に苦笑していた。灰島の笑い顔をたしなめたくせに黒羽もまわりにつられて噴きだし、野次に乗っかってナイッシユーと口パクした。

双方から最大の敵と認めあう二校が大学頂上決戦と呼ぶにふさわしい試合を積みあげてきた結果、敵味方を超えて会場中が楽しげな笑いに包まれるという珍事が――奇跡が、起こった。意地と気迫が激突し、スーパープレーが連続する凄絶な鍔迫りあいが、みんなを清々しい笑顔にする最高のエンターテインメントに昇華した――その瞬間をコート際で目の当たりにし、灰島は身震いを抑えられなかった。

ああ、バレーボールは世界一面白い。

慧明25－25八重洲。珍プレーで慧明についたマッチポイントが消え、デュース継続。八重洲がフルセットへ持ち込む望みをまだ繋げる。

ラインズマンは無論公平に試合と向きあわねばならない。けれど心情的には八重洲が第四セットを取ってフルセットまで続いて欲しいという思いに傾いてしまう。この試合が第四セットで終わるのは惜しい……。あと一セット、どうかまだ見せて欲しい。

サイドアウトが一往復し慧明26－26八重洲となってサーバーには浅野がまわってくる。破魔が前衛に戻るまであと一つ。どこかでサーブで仕掛けてブレイクしない限り八重洲は永遠に前にでることができない。

低いサーブが白帯をガッと削った。浅野には珍しい打ち損じだが、浮きあがったボールが慧明側に落ちた。一番近かった山吹が「まじか！」とつんのめりながら手を伸ばしてネット際に落ちるボールをすくいあげた。山吹に取らせるために前を狙ったのか！　後輩に容赦なくえげつない、と灰島はにやりとしてしまう。

「篤志さん篤志さん！」

山吹が転がって起きあがりながら指をさした。フロントゾーンに飛びだしてきた豊多可がアンダーで弓掛に送る。

バスケットゴールにインしたあの珍プレーの裏に、あそこで試合を決めたかった山吹の本音があったのが灰島にもわかる。第三セットから今のスタメンになり、第四セットも終盤だ。十分なデータが八重洲側に積みあがりつつある。山吹が組み立てのキーにしている亜嵐の速攻を八重洲のブロックがほとんど通さなくなってきた。どシャットを食らう恐怖に山吹は神経を磨り減らしながらうトスを振り分けて攻撃を通すか腐心しているはずだ。

デュースに入ってからの連続失点は絶対に避けねばならない。攻撃態勢が整わない中でボールを返さねばならない苦しい状況ではどうしても弓掛の決定力に託すことが増える。

だが弓掛がそれに応えて決める！

八重洲はもちろん最大の弓掛対策をしてきている。にもかかわらず後半に入ってギアが一段階あがった弓掛を止めあぐねている。

八重洲のブレイクならず、慧明27－26八重洲。また慧明が半歩前へ。

破魔のかわりに後衛に残っている大苑のバックライトで八重洲がすぐに同点に戻す。会場のどよめきがやむ暇もない打ちあいに、スタンドの手すりがちりちりと鈴が鳴るような音を立てている。

気合いの咆吼（ほうこう）が八重洲ベンチで響いた。

学生選手としてはとりわけ逞（たくま）しい、くろがねの鎧（よろい）のような上半身を起こして破魔が立ちあがり、コートサイドへと歩を進める。禍々（まがまが）しいまでの気迫をまとった威容で空間が押し歪（ゆが）められ、まっすぐに引かれた白いサイドラインが曲がって見えた。

デュースに入ってから初めて破魔がコートに戻る。

八重洲がここからの三ローテでブロックポイントに懸けているのは間違いない。

対する慧明も弓掛が破魔を意地で突破しようとしてくるだろう。

第四セット——天王山だ。

緊張感に耐えかねたように豊多可が「任せろ任せろ！」と声を張りあげて孫のフローターサーブの前に自ら入ったが、オーバーハンドで受けたボールが後ろへ逸れた。山吹がネット際からコート後方まで走らされる。弓掛が山吹とすれ違って助走に入りながらトスを呼ぶ声をかけた。神馬、そして破魔が弓掛につく。山吹がコート外からトスを送る。

フルスイングでブロックと勝負する——刹那、弓掛がスイングスピードをわずかにゆるめてタイミングをずらした。ボールの軌道がふわっと浮いて浅い山なりでブロックを越え、ブロックの裏に落ちた。

「……!!」

強打に備えていた八重洲ディガー陣の誰もフェイントを予測していなかった。コーナーで中腰で構えていた灰島までディガー陣と一緒にタイミングを外され、危うくつんのめって膝をつきそうになった。

……なんてプレーヤーだ、弓掛篤志。

観客、プレーヤー、チームスタッフに審判まで、会場中が昂(たか)ぶって没入しているこの名勝負の佳境で、俯瞰(ふかん)の目を失わず一番冷静に試合を運んでいるのが、弓掛だ。

慧明28－27八重洲。慧明が一つまわす。弓掛がフロントに戻り、サーバーは途中出場して以降好サーブで魅せている山吹。この試合で慧明のビッグサーバーとして確実に認知された。

サービスゾーンに立った山吹が力みをコントロールするように肩を一度上下させ、すぼめた唇からふっと息を抜いた。表情が険しいか？

ライト側の奥いっぱいを狙う。レフトからバックライトにまわり込んできた大苑が身をひねって見送った。入った、と灰島はサービスエースを確信した。

いや、いつも最後にラインに吸い寄せられるように異様に落ちる山吹のサーブが落ちない。灰島は中腰でボールの着弾地点を見極める。着弾の寸前、最後の最後で軌道がぐんっと落ちた——が、間にあわず、着弾地点はエンドラインを割った。

予測と反する結果を目視したことに灰島自身驚きながらフラッグを真上に振りあげた。

ドライブのかかりが弱かったようだ。山吹が悔しそうに歯噛みし、シャツの袖口で顔を拭った。いつもスカした顔にびっしり浮かんだ汗とともにさすがに憔悴(しょうすい)が張りついている。そうだろう、今日の慧明の功労者だ。疲労が限界に近くてもおかしくない。

慧明28－28八重洲。慧明振り切れず、八重洲にまだチャンスが残る。

八重洲がローテをまわす。S1ローテ、早乙女がサーブに下がって対角の大苑があがる。

大魔神……

大魔神……

大魔神……

不吉な怪物の名が巷の口づてに伝播するような、低いざわめきがスタンドで起こった。

大苑、破魔、神馬。黒塗りの装甲車が壁をなすように三人が横並びになる、八重洲最強の前衛ローテ。

早乙女のサーブが効果的に入って攻撃態勢を崩されたら慧明は百パーセントに展開した壁と勝負せねばならない。まずはレセプションを高く返して攻撃の選択肢を増やし、壁の展開を削りたい。注目される早乙女のサーブ。ネットすれすれを越えようとしたボールが白帯に嫌われ、ネット上に跳ねあがった。またしてもネットイン――「んだよっ！」後衛からあがってくるところだった山吹が飛び込んで拾おうとしたが、足が滑ってぐしゃっと潰れた。届かない……!!

白帯の上に一秒間だけ乗ったボールが、わずかな運の差で、八重洲側に転がってネットをつたい落ちた。

腹這いで顔をあげた山吹の目と鼻の先でセンターラインの向こうにボールが落ちた。山吹が脱力して床に突っ伏した。

弓掛に手を貸され、立て続けに攻められた山吹がしんどそうに立ちあがる。慧明一年のモッパー二人がすかさずワイピングを手に走ってきた。跪いて床を拭くモッパーに山吹が汗で濡れた場所を指さして神経質に指示する。

サーブミスどころか好サーブの連続だと灰島は興奮していた。双方ぎりぎりを攻めねばこの均衡状態を破れない。ミスの増加は観客を飽きさせるものではなかった。見逃した瞬間幕切れになりかねないデュースの結末にスタンドの人々が刮目(かつもく)している。

　モッパーが走ってコートを離れ、試合再開。

　慧明29－28八重洲。最低でもどちらかが三十点に乗る。双方の意地が第四セットを終わらせない。

　早乙女のバックセットから破魔の左腕(さわん)がCクイックを振りおろした。だが慧明のブロッカーもCクイックにコミットしている。タイミングもドンピシャだったが、破魔がひと声吼(ほ)えて目の前のブロックをぶち破った。スパイクとブロックの激突音に格闘技でも観に来ているような熱狂的な歓声で会場がわく。

　まだワンタッチボールが生きている。後衛でへばって膝に手をついていた山吹が力を振り絞って飛びついた。なんとかボールに手をあてたが斜め後方に逸れ「追え追え追え豊多可!!」山吹が床に滑り込んで怒鳴った。すぐさま豊多可が反転して追っていく。

「戻せ!!　豊多可!!」

　弓掛が力強く呼びかけ、返ってくるボールを信じて助走に開く。

　豊多可が浅野を真似るように壁際でボールに足を伸ばした。思いきり蹴り返したボールが伸びすぎてコートの反対側のサイドまで達する。残り一打で返せたとしても八重洲のチャンスボールだ。

　——と、弓掛が助走コースを変え、コート外に落下してくるボールに向かって助走に入りなおした。あれを打つ気か！

　ボールが落ちてくるまでに八重洲には弓掛にブロックを寄せる余裕があったが、「ステイステイ！」後衛から飛んだ太明の声でバンチシフトから動かず待機する。

　自陣のベンチを蹴倒さんばかりの至近を弓掛のシューズが駆け抜け、座っていた主務らが慌てて足をあげた。翼を広げるようなフォームで大きくバックスイングしながら膝を沈める。あんなところから本気で打ってくるのかと、ちょうど対角となる八重洲側のコーナーから灰島は目を凝らした。ボールの落下地点はサイドラインから二メートルは外れている。ネットに対する角度は相当狭い。アンテナ内から八重洲コートに入れることが可能なコースはほんのひと筋だ。

「ゴー！」

太明の号令でブロッカーが動いた。神馬、破魔、ファーサイドから大苑もつく。キュキュキュッ！　神馬の足を破魔の足が、破魔の足を大苑の足が追いかけ、摩擦音が床の上で厚く重なる。三枚ブロックがさらにコースを塞げば八重洲コートに入れられる角度などはっきり言ってないに等しい。

「フェイント！」

太明が警戒を発し、ディガーの重心が前に移った。

だがスイングスピードは落ちない。百パーセントのスイングでボールを捉えた右手が最後まで振り抜かれた。

弓掛個人の因縁に固執せず、個人の勝負よりチームの勝利にこだわったのが先ほどのフェイントだった。

けれどこの一本は、高校時代から苦杯を喫し続けてきた〝北辰(ほくしん)時代〟の三人に、弓掛が執念の勝負を挑んだ。

コート外から三枚ブロックの壁を抜いて対角線上のコーナーに突き刺さるなんていう、誰も打とうと思わないような信じられないスーパースパイクだった。あそこから直線でコートに入れるには難攻不落の城壁の外からたった一つの銃眼に撃ち込むくらいのコースしかあり得ない。そのひと筋の道を恐るべき精度で貫いてきた青と黄色のボールが灰島のシューズの先でワンバンした。一瞬でボールが視界の端に吹っ飛んでいってから床板を叩き割るような震動が脛を駆けのぼってきた。

関東一部の大エース以外、こんな凄まじく、美しいスパイクは誰も打てない。

灰島は大仰な仕草でフラッグを一度振りあげた。ばさんっ、と頭の上から弧を描いてフラッグを振りおろし、足もとのコーナーにその柄の先を向けた。

慧明30－28八重洲。第四セット終了――同時にセットカウント3－1で勝敗が決した。

この試合の決着のジャッジを自分のフラッグで振るったことに鳥肌が立つほどの歓喜を覚えた。

その一方で、フルセットを見ることができず第四セットで八重洲が敗北したことを、本心から残念にも思った。

## 18. WILD-GOOSE CHASER

ネットの下から差しだされた手があった。手のひらが平たく広い、鋼の板を思わせる手だ。ネット越しに正面に顔を向けると弓掛の目線の高さには鉄黒のユニフォームの布地がぴたと張りついた厚い胸板がある。その上に乗った相手の顔を弓掛は睨みあげた。

「今日あんたに勝って、明日優勝もして完全勝利するけん。侮っとうと東日本も勝たせない」

鋼線で編まれたように硬い表情筋は昔から弓掛の剝きだしの敵愾心に特段の感情を表すことがなかった。ちっぽけな弓掛など意に介さず一瞥してくる冷たい色の瞳をいつものように弓掛は挑発的に跳ね返したが、

「侮る？　弓掛篤志というプレーヤーは、おれがバレーをやってきて一番最初に戦うのが怖いと思った相手だ。今もそれは変わらない。避けて八重洲が優勝できるなら避けて通りたいのが慧明の弓

掛だ。侮ったことなんて一度もない。いつもおれの前に立ちはだかるナンバーワンのエースを、今日初めて認めたとでも思ってるのか？」

驚いたことに破魔が弱音を吐露した。まるで負けた悔しさを紛らわせるみたいに破魔がこんなに長い台詞（せりふ）を弓掛に喋ってくるのは初めてだった。

達成感が胸に衝きあげた。

五年前から挑み続けてきた高い山をとうとう乗り越えた。

ネットの下で握手に応じたとき、素直な気持ちで頭が下がった。

「——今日はありがとうございました」

破魔があいた手で弓掛の肩を軽く叩いて勝利をたたえる意を示した。長い握手はしなかった。離れた破魔の手が視界から去った。

頭を起こした弓掛の目に見えた景色は、山の頂から見下ろす絶景ではなかった。凍てついた地面のところどころから岩山が突きだすだけの、荒寥（こうりょう）たる氷原（ひょうげん）が果てまで広がっていた。

ここまで登ってきた道のり以上に過酷な世界を弓掛は見晴るかした。

まだ最終戦を残しているが慧明はこれで勝率で単独一位に抜けだした。明日このまま関東一部王者を決めたとして、アンダーエイジの強化選手の選考に影響することはないだろうと、うすうすわかっていた。それが評価基準になるならば、去年すでに大学二冠の実績を作った弓掛が今年の合宿の招集から外されてはいまい。

どんなに国内で勝ち続けてもなにも変わらないなら、浅野が言ったように、自分はゴールのない戦いをしているのかもしれない。

「今日は負けたが慧明に二度目をやることはない。東日本と秋リーグと全日本は八重洲が勝つ」

破魔が無骨に今シーズンの残りの大会を全部列挙してリベンジを宣言した。

破魔はもう大学のカテゴリでプレーする必要も意欲もないんじゃないかなどと、界隈で口の端に上っているのは弓掛も耳にしていた。今や日の丸を背負う日本のトッププレーヤーが、所属大学で学生の仲間とともに勝利することにも本気で執着していることを、そういう連中は知らないだろう。

慧明とて八重洲に勝利を収めながら総合優勝を逃すような愚は犯せない。

春季リーグ、残すは一戦。一ヶ月半にわたり首位を競ってきた慧明と八重洲の雌雄が決する最終戦は〝間接対決〟となる。

コートがあくのを待ちかねている第三試合の二校から追い立てるような圧をかけられていた。ネット際で挨拶を終えると慧明・八重洲両チームとも手早く引きあげにかかった。

Bコート第三試合のカードは現在二敗の横体大と三敗の東武（とうぶ）。総合四位をめぐって競りあう両校が部旗（ぶき）を先頭に気合い十分の雄叫びをあげてなだれ込んできた。

総合ベスト3を確定させているのが慧明、八重洲——あと一校が、欅舎。

明日の最終日のオーラスとなる第三試合では、Aコートで八重洲・横浜体育大戦、Bコートで慧明・欅舎戦が並んで進行する。八重洲は横体大に勝って現在の一敗を守ることを絶対条件とし、慧明対欅舎の結果に懸けることになる。全勝中の慧明に万が一土がつけば慧明も一敗に落ち、セット率で慧明と八重洲が再び競る。ただしそうなった場合、同時に欅舎も一敗をキープ。セット率での優勝争いに三校が絡む。

言わずもがな慧明は欅舎を下し、単独全勝で文句ない総合優勝を飾るつもりだ。

明日の欅舎の仕上がりが最終結果を左右する鍵になる。

スタンドのチーム応援席の前に整列して挨拶を済ませ、顔をあげてスタンドをざっと見渡すとやはり、十ばかりの欅舎のポロシャツが視界に入った。どこかで見ているはずだとは思っていた。

灰島、黒羽の大型ルーキーコンビを迎え、今年の欅舎は順位をあげるだろうと予想はしていたが、ベスト3まで食い込んできたのは思った以上の出来だった。一年生二人が加わった効果だけではここまでの躍進の理由は説明できない。

——三年、三村統。弓掛にしてもリーグ開始前は完全に眼中の外だった選手が欅舎の三人目の〝台風の目〟になった。

一年生は今の試合の審判だったので灰島や黒羽はいないが、三村はほかの三年の何人かとともにアナリスト席の近くに陣取り、欅舎のアナリストの染谷の席に身を乗りだして喋りかけていた。

*

アリーナ内ではなんとか体裁を繕っていたが、這いずるように廊下にでるなり山吹はくたくたと座り込んだ。

続々と引きあげてきたチームメイトが歩き過ぎながら手のひらを向けてきた。

「お疲れ、誠次郎」

「よくやった。ご苦労さん」

「最初試合ぶっ壊す気かって思ったけどなー」

片手を持ちあげるのすら億劫だったが、「どうも」と応えて顔の前を通り過ぎる手とタッチを交わした。

豊多可や亜嵐は第三試合の審判の仕事があるため「急げ急げっ」とばたばたとポロシャツとロン

パンに着替えている。

「亜嵐」

アリーナへ取って返していく豊多可に続く亜嵐を山吹は気だるい声で呼びとめた。

「待っててやるから、帰りになんか奢ってやる。豊多可にも言っとけ」

亜嵐が大きな口の両端をにいっとあげて真っ白な歯を見せた。「アイアイサー」と敬礼し、跳ねるように中へ走っていった。

クールダウンをはじめたチームメイトのざわめきを頭の隅で聞きながら廊下の壁にもたれて目を閉じる。しばらく動きたくもない。

「っし……」

と、床にだらりとおろした手を一人密かに握りしめた。

リリーフセッターで満足してる場合じゃねえぞ。正セッターに定着できるかはこれからだ……自分を律しながらも、八重洲戦勝利というでかい仕事ができた満足感はあった。明日も使ってもらうためのアピールもできたはずだ。

明日、欅舎戦。絶対にフルで試合に関わりたい。

チカに勝つ——。

多少回復してから着替えてスタンドに上ってきた。今日の日程も終盤となる第三試合の観戦者は第二試合に比べると減っていたが、それでも普段のリーグを知っていればまだ多くの人々が残っていた。

慧明の焦点はもう明日あたる欅舎だけなのでチームは解散となっている。最後列に空席を適当に見つけ、リュックを足もとに放り込んで腰をおろした矢先、

「あのっ、山吹くん？」

と声をかけられた。慧明大生か他大生かわからないが大学生と思しき女子の観戦客が座席の脇に立っていた。

「お疲れさまでした。これ、よければ持って帰ってください」

そう言って小ぶりの紙製の手提げ袋を差しだされた。ちょっといいスイーツのブランドのものであるっぽいロゴを山吹は目の端で素早く確認すると、

「いただきます」

と爽やかに受け取った。がつがつしすぎず、ただし嬉しいことは伝えてまた来てくれるように、くらいの自然な態度で。「明日も応援よろしくお願いします」

女子が小走りで離れていってからファスナーをあけていたリュックに手提げ袋をしまうと……、

「っしゃあ！」

試合後よりでかいリアクションで握り拳を作った。

「誠次郎ー」

間をおかずにまた呼ばれたので「はい？」つい上機嫌でにっこりして応対しようとしたとき、

「ハグさせてー」

とかいう甘えた声とともに背後から現れた色白の、ただ残念ながら筋肉が詰まった硬い腕が首に巻きついてきた。「はあ？　嫌ですっ……ってちょっと！　直澄さん！」断ったがかまわずぎゅうと抱きすくめられて山吹は喚いた。見なくても声と腕の主はわかる。

「酔っ払いの抱きつき魔かよ。懐かないでくださいよ」

「誠次郎はやりすぎるところもあるけど、最終的にはちゃんと正しいほうに進む」

耳もとで浅野が囁いた。試合後なのでさすがに浅野からも汗の匂いがした。

「そうですかね……」

冷めたテンションで山吹が答えると「ん？」と浅野が腕をゆるめた。首の自由が戻り、黒のポロシャツに着替えた浅野をじろっと振り返る。階段状のスタンド席の後方通路に立っている浅野の背後をバレー部員や一般の観戦客がまばらに歩いていく。

「白石台中(しらいしだい)での話、直澄さんも知ってますよね」

「〝山吹伝説〟？」

「って呼ばれてますね」

浅野が真後ろから一歩横にずれた場所で膝を折ってしゃがんだ。膝頭に頬杖(ほおづえ)をついて耳を傾ける姿勢に、山吹は話を続ける。

「あのときおれが辞めさせた三年、全員もうバレーはやってません。一人もです」

中二のときのあの一件後、数年は意識にとめてアンテナを張っていたが、鬼塚(おにづか)をはじめあの代の誰一人、高校でまたバレー部に入りなおした者はいなかったようだ。校外のクラブやサークルでやっているという情報を誰かがキャッチすれば山吹にも伝わっていたはずだがそんな話もなかった。山吹が知ったら潰しに来るとでももしかしたら思われていたのかもしれないが。

やりなおしたいと懺悔(ざんげ)した鬼塚もほかの連中も、結局誰もやりなおさなかった。

「後悔してるってこと？　気にしてなければアンテナは張ってないよな」

「感情的になったとは思ってます。鬼塚がやったことを今でも擁護(ようご)する気はいっさいないけど、まだたかだか中坊の残りの人生からバレーを奪う権利がおれにあったわけじゃないっていう意味では、後悔はしてるし、恨まれる覚悟はしてます」

「あはは。責任感強すぎだよ」

と、浅野がからっと笑った。むっとして横目で睨んだが、気にしたふうもなく曰く、

「バレーがなくなったら人生終わるわけじゃない。単にバレー以外に楽しんでることがある可能性だってあるし、恨まれてるとは限らないだろ。全部憶測でしかないんだから誠次郎がそこまで責任感じることじゃない」

「直澄さんって優しいかと思えばドライなとこありますよね……」

まわりは十代の大半の時間をバレーに注ぎ込んできて今に至るバレーバカばかりである。浅野のような考え方をする人間は少数派だろう。篤志さんにそれ言えるんですかと意地悪く切り返してやろうとしたが、湿度の低い、ともすれば冷淡にも取れる微笑を浅野がふいに消し、真面目な声になった。

「……ただ万が一だけど、誠次郎が追い込んで、たとえば自分自身を傷つける行動にでる人間がいたら、誠次郎のほうが一生引きずる過去を背負うことになったかもしれない。だからもうちょっと軟着陸させる方法が採れればよかったとは思う。正しい人がみんな報われる世界だったらいいんだけどね」

しばし山吹は言葉を失い、上腕に顎を預けて伏し目がちにコートを眺める浅野の横顔を凝視した。

やっぱりこの人には敵わないような気がして言い返すのはやめた。

「景星に行ってからもし同じようなことがあったら、もっと融通きかせて収めてましたよ。直澄さんの下で丸くなった、ってこれでも言われてますからね、おれ」

「そんなこと言って八重洲に来てくれなかったくせにー」

と浅野が冗談めかした感じで口を尖らせた。

「同じとこ行っても面白くないでしょ。高校の勢力図がシャッフルされるのが大学の面白さじゃないですか」

何度もやりあった宿敵と味方になって四年間力をあわせることもある。力をあわせて戦った仲間が逆に宿敵になることもある。引き続き一緒になって長い相棒関係を築く者たちもいる。高校トップレベルを戦った選手がシャッフルされて結成されるドリームチームに、さらには力があっても高校ではチームに恵まれなかったり、まだ目立った力のなかった選手がワイルドカードみたいに食い込んでくるので、毎年のように強さが変動し勢力図が書き換えられる——それが大学バレーだ。

高校までの関係の蓄積の上に新たな関係が築かれ、因縁が複雑に絡まりあう。

「意地でもあいつやあのチームに勝ちたいって思うし、負けたら本気で悔しいのも本心だけど……」

浅野がなにかに気づいて斜め方向に首を巡らせた。山吹もいったん言葉を切り、浅野の脇から同じ方向に首を伸ばした。

ターコイズブルーのポロシャツに着替えた弓掛が一階に続く鉄扉から現れたところだった。しゃがんでいた浅野がはっとして立ちあがったが、声をかけずにその場に立ちすくんだ。

浅野を振り仰いで山吹は小さく苦笑し、続く言葉をかけた。

「……けど、そいつの苦楽もずっと見てきたから、おめでとうって心から言うのも矛盾してないし、罪はないでしょ」

＊

弓掛はまだこちらに気づいていなかった。鉄扉のそばに佇(たたず)んだまま、どこか遠くを見渡すようにすくと背筋を伸ばした弓掛の視線の先にあるものを浅野は探した。

広い体育館の天井の下を突き抜けて、その視線は対面の壁まで届いていた。

関東大学バレーボール連盟の学連旗に並んで国旗が吊り下げられている。弓掛が視線を向けたのはその国旗だった。遠く掲げられた——弓掛から遠ざけられた日の丸を。

試合を終えたばかりだというのに再び厳しい戦いに挑まんとするかのように、まばたきのすくない瞳と引き締まった表情には強い決意が宿っていた。

破魔、大苑、神馬を擁した八重洲に勝っても、身長の線引きは歴然として弓掛の前に横たわっている。

勝っても評価が変わらないのなら、弓掛にとって悲願だった今日の一勝は、弓掛をより辛い境遇に突き落としただけなのではないか?

なのに、また乗り越えちゃったんだな……。

もうすこし弱ければ楽だったのかもしれない。

逆境に屈せず、自分に甘えず、必ず乗り越えていく弓掛の強靭(きょうじん)な精神力と反骨心が、かえって弓掛を痛ましいほうへと向かわせているように思えて、浅野はやるせなくなる。

それでも歯を食いしばり、氷のつぶてを孕(はら)んで吹きすさぶ逆風にあらがって未開の氷原へと踏みだしていく姿しか、浅野の脳裏には浮かばなかった。

突っ立って見つめている浅野の姿を弓掛が視界の端にとめた。日の丸から視線をはずし、こちらに身体を向けた。

力を抜いて浅野は微笑んだ。

「おめでと、篤志」

コートの上で双方から思いはぶつけきったような気がして、今交わす言葉が逆になくなっていた。弓掛の精悍な表情がやわらぎ、十年来の親友に向けて屈託のない笑みを返した。

## Intermission――清陰の、あれから

### 1. COMEBACK

セルフカメラのフレームに黒羽と灰島の顔も入るように棺野秋人は手にしたスマホを傾けた。黒羽が「せーの」と音頭を取り、

「小田先輩！　関西二部残留おめでとうございます！」

声を揃えた棺野と黒羽に対して灰島の早口の声だけちょっとずれて二人が言い終える前に終わっていた。

『ありがとな。いいスリーショットやなあ。三人一緒の顔見れたんが一番の祝いや』

ビデオ通話の相手、小田伸一郎が画面の中で闊達に笑った。

関西大学バレーボール連盟男子二部は先週末で春季リーグ総当たり戦の全日程を終了している。

小田が属する大学の結果は二部八チーム中、下から二番目の七位。関西リーグでは二部の最下位は三部に自動降格にされ、三部の一位が自動昇格となる。そして二部のブービーは三部の二位との入替戦に臨み、勝たねば二部に残留できない。

　その入替戦が行われたのが今日、関東男子一部ではリーグ第十戦が行われていた日だった。負ければ降格という背水の陣の試合で小田のチームはモチベーションを保って勝利を収め、二部にとどまった。

「あれ、外ですか？　どっか行くとこですか」

　小田の背後に映る景色を目にとめて棺野は尋ねた。どこか繁華街の駅前のようだ。きらびやかな夜の街灯りがまたたき、人通りで賑（にぎ）わっている。

『ああ。待ちあわせしてるとこや』

「用事あったとこでしたか。もしかして誰かと一緒に残留祝いやったらお邪魔しました。みんなでお祝い言いたかっただけなんで、ほんならこれで——」

　手短に通話を終わらせようとしたが、

『いや、ちょうどよかったわ。もう来るやろ』

　そう言った小田が画面の外になにかを見つけ、『おう。ナイスタイミング』と片手をあげた。

　小田に手招きされて新たな人物がカメラに入ってきた。小田の顔と並んで最初に映ったのは肩だけだったが、その広くて骨張った肩と、小田との三十センチの身長差は棺野の記憶に懐かしく刻まれているものだった。

　小田が持つスマホの高さにあわせて身をかがめ、カメラに映り込んだ顔は果たして、

「青木（あおき）先輩！」

『なんや、懐かしい顔が詰め込まれてんな』

　青木操（みさお）がニヒルに笑った。

　棺野が高校二年だったときの三年生、清陰（せいいん）高校の春高（はるこう）バレー初出場を果たしたチームを引っ張っ

た正副主将コンビだ。小田は大阪、青木は京都に現在住んでいる。近畿地方の距離感に棺野は明るくないが、おそらく行き来するのに遠い距離ではないのだろう。

小田は一浪して福井に一年間残ったのち大阪の大学に合格した。青木は関西の私立大に現役合格して進学したのだが、もともと本命だった京都大学を一年後に受験しなおして入りなおしている。結果的に今年は二人とも棺野と同じ二年生だ（関西の大学では二回生というのだったか）。

「待ちあわせの相手って青木先輩ですかあ。なあんや、デートかと思ったのに」

『つまらん相手で悪かったな、黒羽』

「つ、つまらんとは言ってませんー！」冷やかすあてがはずれてぼやいた黒羽が久々に青木の凄みを食らって顔を引きつらせた。「仲よくていいですねっ。二人で飯でも食いに行くんですか？」

「バレー行く恰好（かっこう）ですよね」

と、愛想笑いでごまかした黒羽の横からそれまで後ろに立っていた灰島が急に身を乗りだしてきた。

あらためて見れば小田も青木も速乾素材のポロシャツにスポーツブランドのリュックを背負った恰好だ。繁華街に夜遊びに行くにしては今ひとつ似つかわしくない。

『ああ。ちょっと前に青木が大学でバレーボールサークル作ったんや』

「バレーボールサークル……」

画面のこちら側で灰島が目をみはり、

「えっ、作ったんですか!?」

黒羽が素っ頓狂な声をあげた。

『大学でサークル作るんは別に驚くような話やねぇぞ。非公認サークルなんて星の数ほどある』

「青木先輩が作ったってことは京大のサークルでないんですか？　小田先輩も入れるんですか？」

矢継ぎ早の黒羽の質問に、

『おれは所属してえんけど、リーグ終わったし今日は飛び入り参加しにな』

『京大中心やけど他大の学生も参加できるっちゅう、まあ半分お遊びや。週一くらいは身体（からだ）動かしてもいいって程度の連中集めたもんやで。リーグ一部やら二部やらで本腰入れてやってるおまえらとはやる気もレベルも天と地ほど違うわ。あんなレベルでやるような根性はもうねぇな』

『こんなこと言ってるけど、大学ではやらんってはっきり言ってたくせに、結局サークル作ってまうなんて、青木もたいがいバレー好きやろ？』

などと、隣の青木に横目を送ってからかう小田の顔には会心の笑みが浮かんでいる。小田が一番嬉しそうだった。

『昼に入替戦やって夜またバレーしに来るおまえのほうがたいがいやろ』

「青木先輩っ！」

肩をすくめて小田にやり返した青木の声を遮（さえぎ）って棺野はスマホに食いついた。

「お遊びサークル、いいと思います。本格的に競技としてやるんでなくても、生涯スポーツとして楽しめるんがバレーなんで。いつはじめてもいいし、いつでも戻ってこれます。ほやで青木先輩がまたバレーに戻ってきてくれ……て……」

突然熱っぽく語りだしてしまい、ほかの四人を絶句させていることに気づいた。小田と青木が画面越しに、黒羽と灰島は直接、不思議そうな顔で棺野に注目していた。

「いえ、その」

画面の右肩のフレームの中で、黒羽と灰島を押しのけて大きく映った自分の蒼白（あおじろ）い顔に朱が差した。

『棺野は大学でそういうことを勉強してるんやったな』

普段見せるより情のこもった柔らかな笑みを青木が見せた。

「はい」

棺野は大きく頷いた。

『ほういやなんかアクが足りんと思ったら、大隈の顔が見えんな。寮やねえんか？』

「あ、寮です。大隈も誘いはしたんですけど」

青木に訊かれて周囲を見まわして答える。福井県出身者が入寮できる県人寮「高志寮」の食堂では夕食の提供時間が終わりかけ、残っているのは自分たち三人だけになっている。

同期の大隈優介も食事どきは一緒にいたのだが、「今日は馴れあわんぞっ」と鼻息を荒くしてひと足先に部屋に引きあげていったのだ。

『そっちは明日が棺野んとこと大隈んとこの直接対決やったな』

「よう知ってくれてますね、小田先輩」

関西にいて関東のリーグの対戦日程まで頭に入れてくれているのはありがたいが、ちょっとプレッシャーでもある。灰島と黒羽はともかく、棺野も大隈も大学でまだ小田に胸を張って見せられるような活躍をしているとは言えない。

「勝ったほうが十位以上確定で一部残留。負けたほうが十一位になって入替戦にまわります。秋葉大にも大智大にも大一番です」

自分のチームのことでもないのに灰島が意気込んでまた顔を突っ込んできた。『灰島は大学入って楽しそうやなあ』小田が微笑ましげに目尻を下げた。灰島が〝楽しそう〟なときの唇の片端をめくりあげるようにひん曲げて笑う顔は凶悪でしかないのだが、小田のフィルターを通すと微笑ましく見えるようである。

『うちみたいに入替戦にまわるとしんどいでな。明日で残留確定できるよう祈ってるわ』

「小田先輩、ほれやと大隈先輩が拗ねますよー。おれがえんとこで元主将は棺野びいきかー、おれの応援はせんのかー、とかいって」

と黒羽が大隈の口真似をしてみせる。達者な口真似がまさしく大隈が言いそうなことすぎて棺野も青木も噴きだした。

『はは。ほしたら明日はどっちにも肩入れできんなあ』

小田も笑い、あらためて灰島と黒羽の顔に視線を移して表情を引き締めた。

『欅舎も明日の慧明戦が大一番やな』

十二チームが所属する関東一部は明日が春季リーグ最終戦だ。秋葉・大智戦は第一試合。欅舎・慧明戦は第三試合に組まれている。現在0敗で首位を走る慧明にもし欅舎が勝てれば、驚くべきことに慧明と勝率で並び、セット率・得点率次第で首位に立つ可能性もある。

『大学入って最初のリーグで優勝狙えるとこまで行くなんてな……やっぱすげぇな、おまえらは』

『いくらなんでもすぐ大学で通用はせんやろと思ってたんやけどな、正直。むしろ最初はちょっとくらい壁にぶつかったほうがいいぞ』

素直に感心する小田に比べて青木らしい皮肉のこもった言い方に、黒羽が「おれだってこれでも壁にぶつかってるつもりなんですけどねー……」と頬を膨らませる。

「おまえが今ぶつかってる壁なんてまだぜんぜん低い」

灰島に一刀両断されて黒羽が鼻白んだ。

「統ー。バレー部今日早ぇんけ？」

と、玄関のほうから寮生の声が聞こえ、食堂の三人の視線がそちらに向いた。

「三村さん帰ってきたみたいですね」

『三村か。リーグ後半ずっとでてんやろ』

棺野が言うと小田が懐かしそうな顔になった。

「顔見ますか？　すぐこっち来ると思いますよ」

夕食にありつける時間ぎりぎりなので自室にあがらず食堂に来るだろうと思っているとやはり、寮生の声に答える三村の声が廊下をこっちに向かって直行してくる。

「試合やったんで早ぇんですよ」

「ほんなら染谷も身体あいてんやろ？　今から呼んでもいいけ？　卓の面子一人足りんくなりそうでな」

「勘弁してくださいー。呼ばれたらほいほい来てまうんで。明日も試合なんで徹マンなんかさせるわけにいかんですって」

「なんか毎週試合やってんなあ？」

「リーグはそういうもんなんで」

「リーグ終わったら誘うで教えてくれや。統のツレん中で麻雀入ってくれんの染谷だけやでなあ」

人見知りしない朗らかな三村の声が近づいてくるのを待っていると、スマホから小田の声が聞こえた。

『……戻ってきたんやな。三村が』

「はい」

灰島が至極真顔で首肯した。

三村統が軽く頭を下げて食堂の入り口に姿を見せた。戸口の高さはおおよそ一九〇センチなので三村の場合はかがまないとうっかり脳天をこする。

「清陰組、集まってなにやってんや？」

「小田先輩とビデオ通話してたんです。顔見せませんか？」

棺野がスマホの前から顔を引いて場所をあけると、「小田かあ！」と三村が屈託なく寄ってきた。

「元気にしてるけ？　そっちはどや。福井弁と関西弁まざってえんけ？　お、青木もいるんか」

『三村。おかえり』

感慨を噛みしめるようにその言葉を口にした小田に、明るく喋りだした三村が「ん？」ときょとんとした。

高校の頃の印象より心なしか頬が削げ、より精悍になった顔に輝くような笑みがはじけた。

「おー。ただいまー」

## 2. HIS HEROINE

〝今日、小田先輩と青木先輩とビデオ通話してたんや。顔見て話せて楽しかったよ。よかったらおれらもビデオ通話せん？〟

送ったメッセージに既読はすぐについた。しかしメッセージアプリの画面を開いたまま待っていても返信が来ない。一分……。二分……。これ、向こうで今なにを考えてる時間ですか？

三分待つうちに棺野は激しく後悔に襲われてきた。がっついた誘い方だったろうか。ビデオ通話したということだけをひとまず話して、「楽しそうやねえ」とかの反応をもらってから「ほや、もしよかったらおれらもビデオ通話せん？」と思いつきっぽく誘ったほうがスマートだったかもしれない。いやでもかえって魂胆が見え見えでいやらしく思われてしまう可能性もあるか。いやでも彼女がそういうことにそこまで鋭いとも……。

三分を過ぎたとき、消えていたスマホの待機画面がぽうっと光った。

返信の通知が届いて心拍数があがったが、内容を読むのに怯む。薄目になっておそるおそる文章を目で追う。

通知だけで全文読めてしまう、簡素な一行の返信だった。

〝もうお風呂入ってもたわ〟

「……そ、そっかー……」

嘆息とともに独りごち、スマホを持ったままベッドの上に仰向けに沈んだ。高志寮の個室に備えつけの木のフレームのベッドがぎぃぎぃと音を立てた。

変なふうには受け取られなかったらしい安堵が半分。実に簡単な理由で断られたことへの落胆が半分。

体よく断られたっていうことだろうか。行間に彼女の真意が浮かびあがってくるんじゃないかという期待をこめて目を凝らすものの、一行のメッセージにもともと物理的に行間などない。

入浴を済ませてパジャマに着替えたプライベートな姿などあんたに見せる筋合いはないという意味にも取れるが、もし「恥ずかしいから駄目」という心理だとしたら？　そういう心理を抱くっていうことは、そういう相手になり得る可能性があるってことじゃないか、などと都合のいいほうに考えてみたり。

……もう一本ジャブを打って反応を見よう。

〝ほーなんや。じゃあ電話だけならどう？〟

と、何気なさを装った文章を内心どきどきしながら送ると即座に既読になった。

〝うん。電話ならいいよ〟

「よ、よっしゃ！」

今度はすぐに届いた返信を見た途端つい声がでた。仰向けのまま身体をくの字に折って腰だめにぐっと拳を握る棺野である。

起きあがってベッドの上で正座し、すぐに音声通話をかけた。

一コール半で繋（つな）がると、

『かけてくるの早ない？　急に鳴ってびっくりしたわ』

ちょっと引いたようにまず第一声で言われてしまった。

「うわー……がっついてもた……」

ジャブで反応を見ようもなにもない。台無しだ。

そもそも手を替え品を替え末森（すえもり）さんの反応を探ろうなんて考えた自分の矮小（わいしょう）さが恥ずかしくなった。そんな腹の探りあいを末森さんとしたいわけではない。

「えっと、東海も春リーグお疲れさんでした」

思いついた話題を切りだした。

末森さん——清陰高校の女子バレー部員であり、男子の春高出場の折には臨時マネージャーもやってくれた末森荊（いばら）は、東海地方の女子一部リーグに属する愛知の大学に進学した。東海女子一部は小田の関西男子二部と同じく先週でリーグ日程を終了している。その日にメッセージは送っていたが、あらためてねぎらいを口にした。

『まだリザーブやったけどね』

「けど最近の試合だと一セットに一回は途中で入るようになったよね。すごいよ。着実に出場機会増えてるもん」

『ありがと……ってなんで知ってんの？』

ほくほくして棺野が言い募ると電話の向こうで訝しまれた。すべてのリーグが関東男子一部のような全試合ネット配信を行っているわけではない。

「末森さんのチームの帳票は全部チェックしてるんで」

『な、なんで？』

「えっ？」理由を訊かれたことに棺野のほうがなんで？という思いで面食らい、「こ、これキモい？　バレーファンやったら好きなチームとか好きな選手の帳票見てても変やないですよね？」

「帳票」とは試合後にでる、対戦した両チームの各種スコアが記録されたシートのことを言う。最近はインターネットにアップされるので、どこにあがるか知っていれば見ることができる。チーム全体のスパイク決定率やブロック本数などのデータのほか、プレーヤー個々のそれらの成績や、どのセットに誰が出場したかも記録されている。試合自体を見られなかったときも帳票を見ればおおまかな試合展開を俯瞰できるものだ。もちろん試合と帳票の両方を見れば試合内容がより鮮明になり、分析に役立てられる。

『そう言われたらほやし……変じゃない、んかな……』

末森さんは今ひとつ腑に落ちていないようだったが引き下がった。

「愛知まで応援行きたかったなあ」

『無理やろ。どの学連もリーグはだいたい同じ時期にやってるんやし』

「そうなんやって。ほんとは全試合通いたいんやけど」

『いや、あんたやっぱりちょっとキモいわ』

「えぇぇ……。ファンはほーゆうもんやないですか」

棺野のぼやきに電話の向こうで末森さんがくすっと笑う。

『棺野が関東一部に飛び込むなんてなあ。やめられんくなってもたんやろ、まだ……。わたしもおんなじや……』

なにかに思いを馳せるように呟(つぶや)いてから、声色を凛々(りり)しく引き締めて。

『関東も東海も関西も、学連は別々やけど、遠くでみんなも同じ時期に大学リーグやってるんやなって思ったら、わたしも頑張らんとって、励まされてるんやよ。もちろんバレー続けんかった子とも今でも連絡取ってるのも楽しいけどね。あやのも女子大生謳歌(おうか)してるみたいやわ』

「あっ、ほやほや。青木先輩がバレーサークル作ったんやって」

ビデオ通話で聞いた話を末森さんにも話した。

主宰の青木が春高バレー出場経験者という噂が広まると、中学や高校で競技経験はあるが大学では競技から離れていたという者たちにも興味を持たれてメンバーが揃ってきており、当初の想定よりレベルの高いサークルになりつつあるらしい。

青木としては普通の生活をしている者たちが週一でスポーツに触れられればいいという目的で作ったのであまり本格的なものにする気はなく、どれくらいのレベルにとどめるか余計な悩みを抱えてしまったと溜め息をついていた。

「青木先輩がちょっとでもまたバレーに関わってくれて、小田先輩はひっで嬉しかったんやと思うけど、おれも嬉しいんや。しかも普通の生活してる人たちが楽しめるサークル作ったっていうんが。トップレベルの体力とか技術を極めんでも、普通に生活しながら続けられるカテゴリもたくさんあるんがバレーやで。灰島みたいに上ばっかり目指してるのもすごいけど、バレーの競技人口が多いのは裾野が広いから——」

　あ、と言葉を切る。勢い込んで話すあいだ末森さんを絶句させていた。

「ごめん……おればっかり喋ってるね」

　また語ってしまった。末森さんの声を聞きたくてかけた電話で自分の話ばかりしていては意味がないのに。

『あんただって灰島とおんなじように、今まだ大学トップのレベルでやってるのにね。そんでもその、〝裾野〟のほうにちゃんと目が向くとこが、わたしは好きやわ』

　その言葉はその、どういう意味の……？

　やっぱりビデオ通話のほうがよかったなという欲が胸に衝（つ）きあげた。

　顔を見て話したいな。どんな表情で今の言葉を言ってくれたんだろう。末森さんも今ベッドの上なんかな？　どんなパジャマ着てるんですか？　うわっこれだと変態や！

「あっ、あのっ！」

　内心をごまかして声を張りあげたら変に裏返った。

「夏解散のとき帰省するよね？　内村（うちむら）や外尾（ほかお）にも声かけて地元で集まる予定やで、あっ大隈もやけど、ほやで末森さんも来ん？」

『わたしも行っていいんやったら行くよ』

「いいに決まってるよ！」

『あんた福井帰るとき、名古屋通るやろ？　名古屋で合流して一緒に帰らん？』

思いがけず末森さんのほうから誘ってもらえて舞いあがった。

「も、もちろん！　おれ帰る日あわせるよ！」

断るべくもないのでスマホに食いつく勢いでＯＫした。

『ほんなら名古屋で乗り換えにできる？　名古屋から特急で帰ろっさ』

「え？　うん、ぜんぜんいいけど……？」

『ほんで、名古屋でご飯でも食べてかん？　どっか名古屋メシの美味しいお店連れてったげるわ。わたしも愛知二年目やし、土地勘もできたしね。あんたは名古屋はいつも通り過ぎるだけやろ？』

「……！」

断るべくもない。

「うっ……うん！　うん！　いいよ！　もちろんいいよ！　めっちゃ楽しみ！」

『じゃ、じゃあどっか、よさそうなとこ調べとくわ、夏までに』

このお誘いはどう受け取っていいものなんだろう。なにかが進展する兆しをどうしても期待せずにはいられない。

大学を卒業するまではどうせ遠いしと思ってはいたものの、卒業したらまた近くなるとは限らない。考えてみると大学卒業まで待つ理由にはならない。

高一のときに告白して、あのときは玉砕したが、あれからもう四年がたとうとしている。もうだいぶ待ってるよなあ……。そろそろもう一度……押してみても……いいんじゃないかと思うのですが……？

『あ、ほやけどほういえば、大隈も一緒に帰るんか？　ほやったらやっぱ誘わんと悪いかな』

末森さんが思いだしたように言ったので棺野も「あ」と呟き、無意識に天井を見あげた。この真上ではないのだが大隈の部屋は棺野の部屋の一つ上、灰島や黒羽と同じ四階にある。

「まだ別にそういう話はしてえんけど、夏解散は同じ時期やろし、声かけん理由はない、かなあ」

福井までの道中は長い。去年の夏は交通費を一番節約できる長距離バスを利用してひと晩肩を並べて語らいながら（喋っていたのはほとんど大隈だが）帰省した。末森さんと会うために今年は別行動にしたいともし話したら、おお、おれのことは気にせんでいいぞ、よろしくやれや、などと強がって冷やかしてくる顔がありありと目に浮かぶが、内心では寂しがりそうな奴である。

清陰バレー部時代を経て大学では同じ寮で暮らすことになり、なんだかんだでつきあいも四年目になった。大隈の性格はすっかり把握している。大隈がバレー部に途中入部してきた当時は、正反対のタイプですらある自分が一番長いつきあいになるなんて思ってもいなかったけれど。

同じように関東に進学したのは各々の考えの結果だが、棺野にしても大隈にしても、きっかけは高校三年の最後の大会だった。

「……大隈にも声かけて、いいかな」

と末森さんに伺いを立てた。

大隈か、末森さんか、どっちを取るのかなんていう選択肢は棺野の中に最初から浮かんでいなかった。別に大隈がかわいそうだからとかいう理由ではない。あのデリカシーに欠けていて、ちょっとというかかなり鬱陶しくて、その実神経がこまやかなところもある大男が、今では大切な友人の一人になっているのも本当なのだ。

『いいよ。今年は黒羽や灰島もいるし、一緒になるかもしれんね。みんな誘ってみて、みんなで行こ』

快くそう言ってくれた末森さんの気っ風のよさに、ああ、この人が好きだなあ、とあらためて惚れ惚れする。

この調子だと進展があるとしてもまだ先になりそうだ。ただ、末森さんみたいな素敵な人が愛知で四年間もフリーでいる保証はまったくない。大学卒業するまで悠長に待ってる場合じゃなくなったぞ、と自分自身に忠告しつつ。

## 3. UNSCHEDULED FUTURE

二年前の十一月の末——福井県営体育館には前年に続き二年連続で同じ二校の横断幕が掲げられた。

『不撓不屈』

一校のそれは、長年にわたりこの代表決定戦に必ず陣をかまえてきた伝統校の矜持が染み込んだ深紅の横断幕。

『七符清陰高等学校男子排球部』

対するもう一校の、巨龍が筋骨逞しい長軀をくねらせるかのような極太の達筆でしたためられた横断幕は、たった一年前に黒羽の祖父から寄贈されたものだった。

伝統の長さの異なる二校の横断幕が最前列に張られたスタンド席で、深紅と青、両校のチームカラーで彩って選手に力を送ってきた両応援団から惜しみのない拍手が降り注ぐ。拍手の雨を浴びながら主将どうしが相手をたたえて握手を交わした。

「……っした！」

と挨拶した棺野に対し、ネットを挟んだ相手からの挨拶は聞こえなかった。棺野は目をあげて網目の向こうに佇む相手の顔を見た。

戸倉工兵がしかめ面でふんぞり返ってこちらを睨みつけていた。口を開きかけるのは見えたが、ぷるぷると細かく震えた唇をすぐにまたきつく一文字に引き結んだ。不自然に力が入った目のまわりにたちまち赤味が差していった。

どちらが試合の勝者で、どちらが敗者かわからないような握手だった。しかし一方は必ず勝者で、一方は敗者だ。バレーボールの試合は必ず勝敗がつく。引き分けで終わることはない。

ネット下で交わした握手が離れるなり戸倉がぷいっと背を向けた。その途端だった。

「うらあッ!!」

と突然戸倉が吠えた。摑んでいたプラカードを虚空に振りあげ、

「今年はオレンジコートに持ってくぞッ!!」

プラカードに書かれた『福蜂工業』の文字が福蜂側のコートで高々と掲げられた。

「奪り返しましたあっ……」怒鳴り声に続く言葉は嗚咽にまぎれた。「すばる……せんぱいっ……」

仁王立ちして天井を仰いだまま遠吠えのような嗚咽を絞りだす戸倉を同期の掛川や矢野目が囲んだ。チームメイトに肩を抱かれてねぎらわれると、戸倉が俯いてむせび泣きだした。

ひとときだけその様子を見守ってから、棺野はネットに背を向けた。清陰側のコートに向きなおると内村や外尾が黙って待っていた。

二年生エースとして奮闘した黒羽が肩を落として泣くのをこらえていたので三年が泣くことはできなかった。感情を押しとどめ、棺野はあえて微笑んで「お疲れさん。ありがとう」とベンチメンバー一人一人の肩を叩いてまわった。

三年主将として出場した春高バレー県予選の福井県代表決定戦が、清陰高校での棺野の最後の公式戦になった。

前年の同大会と同じ対戦カードだったが、勝者と敗者は逆になった。福蜂工業が清陰にリベンジを果たし、春高への切符を二年ぶりに奪還した。

客観的にチームの総合力を比べて、夏のインターハイ県予選でも負けた清陰のほうが下馬評では分が悪かった。さらに戸倉工兵が三村統のあとを引き継いだ福蜂の春高代表権奪還に懸ける気迫は凄絶（せいぜつ）といえるほどだった。もちろん清陰も気迫はこもっていたし、勝つ気十分で全力を尽くして代表戦に臨んだ。ただそれはそれとして、負けた場合のことは絶対に考えないというのも危機管理意識に欠ける。

――もし負けても、絶対に互いに後悔は口にしない。

棺野はあらかじめ三年の中でそう話しておいた。内村も外尾も大隈も意図を汲（く）んでくれた――間違いなく責任を感じるであろう黒羽に罪悪感を背負い込ませないために。

二年生のときに踏んだ東京体育館のオレンジコートを、棺野の代は二度踏むことは叶わぬまま、三年間を捧げた高校バレーを終えることになった。

青木はバレーを本気でやるのは高校の部活までとだいぶ早くから考えていたようだが、棺野も同じだった。紫外線に長時間あたることができない自分の体質では本格的に競技を続けるには制約が多い。ただ中学高校と六年間、屋外練習の日は体育館で女子バレー部の練習に参加できるという学校側の配慮もあって部活をやり遂げることができ、幼い頃より格段に身体は丈夫になった。健康維持や娯楽の一環で長く楽しむ生涯スポーツとしてなら十分続けられる。

代表戦の前に家族で食卓を囲んだ晩には母親が「六年間続けてこられてよかったのぉ。学校の皆さんが理解して助けてくださったおかげやのぉ」と、はやくも卒業式を迎えたみたいに感極まって目を拭っていた。

やっぱり大学四年間、全日本インカレを目指すようなレベルのチームでバレーをもっとやりたいと、翌日の代表戦から帰宅した晩に突然棺野が意をひっくり返して母親を驚かせた。

どうしたんやの秋人、と目をみはる母親に、ここで終われなくなってもたんや、と棺野は言ったのだった。

*

四月初旬に開幕した関東男子一部春季リーグが最終日を迎えた、五月二十一日の日曜日。横浜体育大学蟹沢（かにさわ）記念体育館は第一試合から熱気に満ちていた。

スタンドに上ってきた各大学の部員の注目はAコートに集まっている。今日のメーンイベントと言えるのはリーグ総合優勝の行方が決まる第三試合のA、B二つの試合だ。しかし優勝争いに勝るとも劣らぬもう一つの熾烈（しれつ）な戦いが第一試合Aコートで繰り広げられていた。

秋葉大対大智大。負けたほうが十一位に落ちることが確定する対戦カードである。下位の大学にとっては入替戦のボーダーラインである十位の死守が命題になる。

下位争いとはいえど、九部までである関東学連男子のトップリーグにして、全国の大学の最高峰リーグである関東一部の中では下位というだけだ。二部以下や他地域のリーグから見れば秋葉大も大智大も強豪大学に変わりはない。

「二枚替えで入れるぞ！　準備して！」

学生コーチの声が秋葉大のウォームアップエリアにかかった。

「はいっ」

ともに二年生の棺野と中沢が心得て返事をした。控えオポジットと控えセッターの二年生コンビだ。

上下着込んでいたジャージを脱ぐとほかのリザーブメンバーが素早く預かってくれる。セッターが前衛レフトにあがる「S4」のローテになるときに二枚替えを行うのがベンチの作戦だ。その際に棺野がセッターとかわって前衛レフトに、中沢がオポジットとかわって後衛ライトに入る。セッターが前衛となるウィーク（弱点）ローテに入るタイミングで、二枚替えによりひと跳びにセッターを後衛に送り、オポジットを前衛にだすのである。

交替のタイミングが来るまでアップエリアにとどまりつつ、両の二の腕から手首までを覆うアームカバーの上下を引っ張ってフィットさせる。両膝に手を置いて何度か屈伸する。膝サポーターの下から足首までを覆ったレッグカバーのフィット感も整えて気合いを入れる。四肢の素肌が露わになっている部分は膝サポーターから上の両腿くらいだ。大学での棺野のユニフォームスタイルはこれに落ち着いていた。

身体を起こしてすくと立ち、「っし」と小さく気合いを吐いた。いつでも行ける。

秋葉大がサーブ権を取ってローテをまわすタイミングで、リザーブの上級生に背中を押されて棺野と中沢がアップエリアを飛びだした。

フロアの向こう側に見える大智大のアップエリアに棺野はちらりと目をやった。大智大のリザーブに入っている大隈がこちらの交替の動きに気づき、「あっ」という顔をした。

ベンチ前で学生コーチに手短に指示を受け、副審に自ら交替を申請する。副審が交替のホイッスルを吹いた。

秋葉大が二枚替えで二年生コンビのセッターとオポジットを投入した。

スタメンのオポジットは高さと強打で打ち抜くパワーヒッターだ。強打力では棺野は及ばない。しかし試合が進んで敵のブロッカーが秋葉大の攻撃に慣れ、ブロックに捕まりだした状況になったときに棺野と中沢が入り、攻撃のリズムを変える役目を担う。今リーグではこのベンチワークがしばしば功を奏していた。

セッターの交替でトスワークが変化したことで大智大のブロックの反応が鈍った。遅れてついてきたブロックの端を落ち着いて狙い打ちにし、ボールをはじき飛ばしてブロックアウトを取った。期待されている役目をきっちりこなし、秋葉大に流れが向きはじめた。

逆に風向きが悪くなった大智大のアップエリアから大隈が猛アピールしはじめた。味方の誰よりもでかい声でコートのメンバーに活を入れながらオーバーな身振りでその場でブロックジャンプを繰り返し、ベンチに向かって存在感を示す。

念願叶って交替に呼ばれ、「うおっしゃあああ！」と拳を突きあげてアップエリアを飛びだした。コートインした大隈が雄叫びとともにコート中をぐるぐると駆けまわって味方を盛りあげる。大智大がサーブ権を取ったところでワンポイントブロッカーとして投入された大隈が前衛センターに入ることになる。

ワンポイントブロッカーがブロックポイントを取ればなんといっても味方を勢いづける。サーブ権を失ったらすぐ交替するのがワンポイントブロッカーと呼ばれるゆえんだが、サーブ権が継続するあいだはワンポイントブロッカーも継続される。自らのブロックポイントで出場時間を引き伸ばせれば、これほどのカタルシスはないのがワンポイントブロッカーでもある。

「ふんっ、ふんっ」

と大隈が鼻息荒く前衛のど真ん中でハンズアップの構えを取った。

大智大サーブなので秋葉大がレセプション・アタック側。大智大がブロック側のターンだ。

……熱くなりすぎや。そんなんやと空まわりするぞ。

大隈の前のめりな気合いに棺野はひっそりと溜め息をついた。

〝クイックにつられてぴょんぴょん跳ばんと我慢やぞ。トスあがるまで床につま先つけとく意識で。集中してトスを見て……〟

高校時代に初心者で入ってきた大隈に口を酸っぱくしてアドバイスしていた自分の台詞(せりふ)が知らず知らず胸の内に浮かんでいる。

〝リードブロックの「リード」はトスあがる前に「勘で読む」って意味とは違うんやでな〟

〝わーってるわーってる。もう耳タコやって〟

〝なんべん言ってもおまえゲスってまうでやろ……。いいか、シー&レスポンスっちゅうんは〟

〝それも耳タコやっちゅうの。ほんくらいの英語はわかるっちゅうの。シー&レスポンス。見てから、反応、やろ。あーあ、なんかミドルブロッカーって我慢が多いポジションやなあ〟

大隈はよくぼやいたものだった。

アウトサイドヒッターやオポジットが花形ポジションとされるのに比べると、たしかにミドルブロッカーは人知れぬ我慢がもっとも多いポジションだ。あの厳しい青木が、実際厳しくはあったが、大隈が嫌になって投げださないように気遣いながら根気よく指導していた姿も憶えている。

そんなミドルブロッカーの地道な仕事を実感したうえで、高二ではじめてからもう三年、そのポジションで続けてきたんだもんな、大隈も……。

秋葉大コートで中沢にレセプション（サーブレシーブ）が返った。スパイカー陣が助走に入る。後衛にまわっている棺野はバックライトからの攻撃だ。中沢がクイッカーをBクイックに入れて大智大のブロッカーを揺さぶりにかかる。Aクイックは短いトスをど真ん中から打つクイックだが、Bクイックはレフト側にクイッカーが動いて打つ。

大隈の目線がクイッカーの動きを追い、足がぐっとそちら側に踏み込んだ。

その隙をついて中沢がバックセットでライトに振った。「バックライッ！」大智大側であがった声を耳で捉えながら棺野はボールを見あげて踏み切り体勢に入っている。目の前を阻むのはサイドブロッカー一枚になり、クロスでその脇を狙う。

そのときクロス側から大隈の手がネット上に現れた。

Bクイックに一瞬つられた大隈がぎりぎりで我慢し、トスを見てついてきていた。

寄りすぎや……！

サイドブロッカーと詰めすぎて逆にインナー側があいた。一瞬驚かされたが棺野は冷静にインナースパイクで大隈の右脇を抜く——が、抜いたと思った大隈が右手一本をネットの上に残していた。

「！」大隈のガッツに棺野は目を剝く。

けど、いいミドルになったなと、つい嬉しさもこみあげた。

あれで終われんくなってもたんやもんな——。


「灰島がいればなあ……」

ぽろっとそう呟いたのは内村だった。

アリーナからチーム控え室へ引きあげる途中のことだった。俯いて廊下を歩いていた黒羽がはっとして顔を跳ねあげた。

灰島が今年もチームにいれば、もしかしたら結果は違ったかもしれない。しかしそれは口にすべきではないとみんな理解していたはずだ。ほかの部員の非難を含んだ視線が内村に集まった。「おい……」と棺野がつい険しい口調で呼ぶと内村もすぐにしまったという顔になり、

「あっ、すま」

ん、と言いかけたときだった。

「ほやほや！　灰島がいればなあ！」

大隈が唐突にがなり声をかぶせた。「おい大隈っ……」内村本人が大隈を咎めようとしたが、

「灰島がいればなあ！」

と、その内村の横から外尾が大隈に同調して声を高くしたので内村がぎょっとした。

ところが結局、内村も二人と声を揃えて「灰島がいればなあ！」とまた口にした。

「灰島がいればなーっ！」

目をみはって固まっている黒羽と、絶句する棺野の前で大隈、外尾、内村が堰を切ったようにがなりたてた。後方に遠ざかったアリーナで続いている福蜂の勝者インタビューの声や、スタンドから都度送られる拍手がくぐもって届いている廊下のけだるい静けさに無粋ながなり声が響いた。

「灰島のせいやぞほんとっ。春高にいっぺんしか行けんかったんが悔しい、なんて気持ち味わうことになったんは。普通はいっぺんも行けんわ。オレンジコート一度踏んだだけじゃ満足できんなんて、灰島のせいでわがままな身体にされてもたわ！」

「って、その言い方はなんか卑猥やぞおまえ」

と外尾が急にしらっと半眼になって大隈に突っ込むと、みんな涙目で笑った。黒羽も頰の強張りをほどいて笑うしかないような顔になった。

両の拳を天井に突きあげて大隈が喚いた。

「くそーっ、ここで終わるわけにいかんくなってもたぞ！」


バレー部に入ってたった半年で全国大会に行き、翌年は二度目の全国大会を逃して悔恨に暮れるなどという経験をし、一番短期間で一番レベルアップしたのが大隈だった。これが人間の身体だったら成長痛が起こってるようなレベルだろう。

そして、高校だけでは終われなくなって、関東の強豪大学に入ることを志すなんて、入部したときには本人も想像もしていなかったはずだ。

「うおおっ」

執念でネットの上に残した大隈の右手がばちんっとボールを跳ねあげた。「うらあっ」大隈が意気揚々とした声をあげ「むっ」と棺野は歯噛みする。

「ブロックアウト！」

「いやあがってる！」

秋葉大・大智大双方から複数の声があがった。ネット際で着地した二人もすぐさまボールの行方を目で追う。ネットに沿って頭上を仰ぐと照明のまばゆさに目を焼かれた。まだボールは両チームの領空の境界線上で生きている。

おれもそうや——。

今、こんな形で大学でもバレーを続けているなんて、棺野も最初はまったくイメージしていなかった。

おれも灰島に〝わがままな身体〟にされてもたな……おれも、あそこじゃ終われんくなってもたわ……！

ネットを挟んで競いあって真上に跳んだ二人の視線の先で、黄色と青の色鮮やかなボールが白光の中に消えた。

第三話

# 王者はいない

# 1. NEWS

染谷斎。欅舎大学三年。男子バレーボール部員。ポジションに相当するものは「アナリスト」。バレーボールにおいては自チーム・敵チームのデータを映像と数字により分析し、戦略戦術の助言や選手のスキルアップの助言を行うのがその役割である。高校時代はプレーヤーだったそうで身長は一八〇センチ台半ばという、バレーボーラーとしては「普通」だが世間一般的には十分にでかい。

ウエイトトレーニングを免れているため筋肉の厚みのない痩躯が部室の中央の机の下でうつ伏せに倒れていた。利き手（染谷は左利きだ）が事切れたように床に投げだされている。三村は思わずその手の人差し指に目をやってしまったが血痕でダイイングメッセージが書かれていたりはしなかった。

「斎ー？　生きてるか？」

かがんで声をかけた。「おーい？」机の下に首を突っ込んで重ねて呼んだ途端染谷の頭が予備動作なしに起きあがったので「うおっ、と……！」危うく額に頭突きを食らいかけた。

「おっしゃ。一瞬寝て復活」

机の下から這いだしてきた染谷がオフィスチェアによじ登り、ノートパソコンが開きっぱなしで置いてあった席に戻った。「もうひと仕事ー……っと？」後ろ手をついて尻もちを免れた姿勢できょとんとしている三村にそこでやっと気づき、

「お疲れさんー統（すばる）。どした？　直帰しなかったのか？」

とシルバーの缶に赤と青があしらわれたエナジードリンクのプルタブを引きながら。

「一瞬だったんかは知らんけど」

染谷のおでこに丸くくっきりとついた赤い痕が相応の時間その部分が床にへばりついていたことを証明している。

「星名（ほしな）さんに呼ばれたで寄ったんやけど、離席中？」

立ちあがって室内を見まわしたとき、ちょうど三村が今入ってきたドアがあいて星名が姿を見せた。

「統、来てたか。お疲れさん。試合のあとでわざわざ寄ってもらってすまない」

「いえ」

と答えつつ三村は小首をかしげ、わざわざ呼ばれた用件が星名の口から告げられるのを待った。

神経質そうな細面（ほそおもて）にフレームレスの眼鏡をかけた星名は温度が低い感じの男で、熱血指導者タイプとは真逆の監督である。今年で四十二歳と聞いているので高校の監督だった畑（はた）と同年代になる。

「おれは外したほうがいいすかあ？」

データ入力かなにかの続きに戻っていた染谷がタッチタイピングをとめずに訊いた。

「まだ作業あるんだろう。続けてていいよ」

「じゃあ聞き耳立ててます」

と答えた染谷がちらりと片目を三村によこして図々しくにんまりした。

「統も、疑わしい顔しなくていいよ。悪い話をするために呼んだんじゃない」

三村は軽くまばたきをし、

「そんな顔してますか」

「きみは案外疑り深いだろう。座って話そうか」

と星名が壁際からパイプ椅子を一つ持ってくると、自らは愛用の座布団を敷いたオフィスチェアに尻を落ちつけた。

手狭な部室の中央を占める六人がけのスチールデスクにはキャスター付きのオフィスチェアが常時二脚だけだされている。一脚は星名の椅子で、その斜向かいのもう一脚は部室の座敷童である染谷の指定席だ。学生スタッフ含めて約三十名いる部員が全員で使えるほどの余裕はないので練習で使うシューズなどの私物は大学体育館のロッカーに入れてあり、着替えや全体ミーティングは基本的に体育館で済ませる。

帰りに寄れるかと星名に訊かれたので寄れますと三村は承諾し、チームポロシャツ姿のまま大学に寄った。灰島や黒羽は今日の試合会場だった横浜体育大学から三鷹の高志寮に直帰しているはずだ。

パイプ椅子を開いて星名の正面に腰をおろした。隣では染谷がオフィスチェアの上に足をあげてあぐらをかき、パソコンにかぶりつくような前屈みの姿勢で打鍵を続けている。

ひと呼吸おいて星名が切りだした。

「今月末のU－23の強化合宿に欠員がでたそうだ」

どくん。

〝U－23〟

その単語に血流が増えた。

「急遽追加招集が決まった。アウトサイドヒッターが一枠。一九〇以上あると望ましい。欅舎の

「三村選手はどうかと連絡をもらった」

無意識に背筋が伸びた。両膝の上で左右の拳をぎゅっと握った。

染谷もさすがにパソコンから顔をあげた。

あぐらを組んだまま染谷がキャスターをこっちにひと転がしして拳を向けてきた。三村も拳をあげて染谷とグータッチを交わした。

星名に顔を向けなおし、一時浮きたった感情を抑えて尋ねる。

「欠員っていうんは、故障者ですか」

もう五月後半だ。こんなタイミングで急に欠員がでたとなればまず間違いなく怪我だろう。アンダーカテゴリ代表に呼ばれるレベルのアウトサイドヒッターでリーグ中に怪我をした者がいたか考えたが、思いあたる範囲にはいなかった。関東ではないのかもしれないが。直前の怪我でメンバー落ちした者の落胆は想像に難くない。誰だろう……知ってる奴だろうか。

「まあ誰か知らなくてもいいっしょ。そいつのケアはそいつのまわりが当然やってる。こっちが気にする必要はないよ」

三村の思考を読み取ったかのように染谷が軽い口調でフォローを入れてきた。

そして、

「おめでと、統。どん底からよくここまで来たな」

と両眼を細めて三日月型に口角を引きあげ、優しい猫みたいに笑った。

星名も柔らかい表情で頷(うなず)いた。

「リーグ後半の出場が明確に評価されたんだ。素直によろこぼう。大事な時期に我慢してケアしてきた甲斐があった。あと戻りしないようにこれからも大事にしていこう——ただ慎重になりすぎることもない。思い切り楽しめばいい」

「星名さんも現役のときでかい怪我を経験してるもんね」

という染谷の話は三村には初耳だった。「ほやったんですか。知りませんでした。学生時代ですか？」

「ああ。もう二十五年くらいも前か……。恩師が怪我や不調の選手も長い目で見てくれる人で、おかげで時間はかかったけどコートに戻れて、大学もバレーで進めたんだ。熱血指導が当たり前だった時代だけど、そんな中では当時から変わり者の先生だったな。人生でやりなおしがきかないものはそうそうないってよく言ってたよ」

「高校の監督ですか」

星名の出身高校は関東の私立だったはずだが、全国大会常連のような名の知れた学校ではないので校名までは三村の記憶に残っていない。

おそらく星名が指導者になるにあたって影響を受けた人物なのだろう。恩師を語る星名の表情と、今の星名の指導スタンスから容易にそう想像された。

「ただおれの場合は大事に、大事に、って臆病になってるうちに結局そのまま現役を引退することになってね。人生でやりなおしがきかないものは、あったよ。おれにとってはね」

当時の自分に思いを馳せるようにひととき目を細めて語った星名が、監督の顔に戻ってこちらに微笑みかけた。

「じゃあ参加の返事しておくよ。行っておいで」

「はいっ――行ってきます！」

たいして遊びにでかけてはいないが東京暮らしも三年目に入り、大学と寮の周辺の暮らしは福井で育った丸十七年と遜色ないほど馴染み深いものになった。ただ福井県人寮なんていう環境にいるおかげでいまだ福井弁が抜けていない。同郷だが寮住まいではない高杉（たかすぎ）なんかは地元の友人以外が同じ場にいると恰好（かっこう）つけて標準語で喋りだすのだが。

一年の秋まで部屋の隅にあったつや消しのアルミ製の松葉杖は今はもうない。深夜に衝動的に手放したくなり、母に連絡しようとして踏みとどまったことがあったが、後日あらためて（ちゃんと日中に、さりげなく）母に処分方法を尋ねたらここに送るようにという指令が来た。ＮＰＯ法人の寄付先のようだった。寄付という手段があったことを初めて知り、言われたとおりに送った。

リュックを床に放りだすとスマホを手にしてベッドに腰かけた。最初に報告したい相手の顔が浮かんでいた。グループメッセージを開きかけて思いなおす。直接反応を知りたいような気がして電話をかけることにした。

呼びだし音が比較的長く続いた。なにかやっていて手が離せないのかもしれない。

「ま、あとでかけなおすか」

肩透かしを食った心地だったが一度切ろうとしたちょうどそのとき、耳から離したスマホの中で呼びだし音が途切れた。

『なんかあったんか!?　続っ』

なにやら鬼気迫った相手の第一声がスマホから飛びだしてきた。

＊

灰島にパスが入る瞬間のスパイカー陣の攻撃態勢をできるだけ限定することが欅舎戦の第一の狙いになる。その肝となるのがサーブだ。無為無策に打っていいサーブは一本もない。

八重洲戦を終えた慧明は大学に引きあげて幹部ミーティングを開いていた。主将、主務、学生コーチ、アナリスト。それに主将の七見の下に四年と三年から一人ずつ置かれている副将をあわせた六名が部室にパイプ椅子を車座に並べて膝を突きあわせている。弓掛は三年副将として幹部ミーティングに加わっていた。

「誠次郎ははよエンジンかけてもらいたいけん第一セットから入れたか。おれと誠次郎の対角を軸にサーブで叩いて、要所で七さんをピンサに投入」

リリーフサーバーの役どころでベンチ入りする七見が弓掛の発言に頷き、

「豊多可と亜嵐――景星組が一緒だと誠次郎がまわしやすいだろう。欅もリーグ終盤固めてる三年以下でたぶん変えずに来る。ということで、天さん、今日のラストと同じメンバーで行きたいと思いますが」

七見が監督用デスクを振り返って了解を求めた。

「うん。それでいいんじゃないですか」

天安はミーティングに加わらず壁際のデスクでノートパソコンに向かっていたが、話も耳に入れていたようだ。さらっと快諾した。

「天さん、なんしようと？」

その背に弓掛は問いを投げた。肉づきのいい丸いフォルムの肩越しにノートパソコンの角が見えるが、なにが表示されているのかははっきりわからない。

「クラファンのページ作りですよね？」

と天安に確認する形で七見が答えるのを聞き弓掛は目をぱちくりさせた。

「クラファン？」

クラウドファンディング。詳しくはないが、ネット上で支援者を募り、目的を提示して資金を集める活動のことだと認識している。

「なんかの資金を集めようと？」

「調整が難航して想定より時間がかかっちゃったけど——」

ガス圧昇降式のオフィスチェアが軋み、天安が作業していたパソコンを手に部員たちに向きなおった。

「後援会に出資してもらえる額が固まったのと、受け入れ先のチームとの調整の日処が立ったのとで、クラファンの目標額が算出できたので」

「天さんだいぶ長く下準備してたけど、やっと表立って本格始動ですねえ」

七見が感慨深げに言ったが弓掛はなにも知らされていなかった。パイプ椅子の背もたれ越しにめいっぱい身をひねって天安がこちらに見せた画面を覗き込む。

制作途中のウェブページのようだった——フォントサイズを大きくしたタイトル行が目に映った。

【バレーボール海外派遣プロジェクト
～日本バレーの未来を担う大学生バレーボーラーの挑戦に支援を～】

バレーボール……海外派遣……。

その文章に吸い込まれるように弓掛はさらに身を乗りだした。背もたれに体重をかけた拍子にぐらっと傾き「篤志(あつし)！」「危ね！」まわりで声があがった。反射的に飛びおりるのと同時にパイプ椅子が勢いよく閉じて床に倒れた。

けたたましい金属音が部室中に響く中、弓掛は天安の膝の上にあるパソコンだけを凝視して膝立ちでにじり寄り、間近で画面に食い入った。

「篤志」

頭の上から呼ばれた。跪(ひざまず)いたまま顔をあげると画面の上で天安がこちらを見下ろしている。

「欧州のクラブチームと最終的な話をまとめてる段階だ。このプロジェクトの派遣第一号として、弓掛篤志を欧州に送りたいと、ぼくは考えている。費用は部で作った後援会の出資とクラウドファンディングで全額まかなう。行き先は、ポーランド」

「ポーランドって、まさかプラスリーガですか!?　天さんすげぇ……！」

ある程度の話は知らされていたらしい四年生たちも国名を聞くとさすがにどよめいた。

ポーランドといえばバレーボール大国。世界でも屈指のレベルのバレーボールリーグを持つ国だ。一部リーグの各チームには近隣の欧州各国の有名選手、それにアメリカなどのプロリーグを持たない国からも代表級の選手が所属している。

あのポーランドで、プレーできる……？　おれが……。

しかし弓掛は一時ぽかんとしていた顔を引き締めた。

「天さん」

と声を低くする。

「海外じゃセッターだって一九〇あるんがザラやろ。そんなところが本当におれを受け入れてくれると？　リベロとしてやなかとやろ？」

海外、とりわけ世界最高峰とされる欧州各国のリーグに挑戦する日本人選手はたしかに増えている。とはいえ一九〇センチですら「小さい」と言われるのが基準の世界で、一七〇センチ台となれば全員リベロかセッターだ。

「もちろんスパイカーで受け入れてもらうことを条件にチームを探してた」

「将来も継続的に部員を送り込みたいんが天さんの計画なんよね？　一七五のスパイカーを第一号に送り込むんは冒険やない？」

客観的な事実を自らたたみかける弓掛に、いったんは興奮にわいた七見たちも押し黙った。

第一号の人選がプロジェクトの将来を左右する。弓掛がまったく通用しない可能性も、下手をすれば使ってもらえることもなく帰される可能性だってある。客観的に見れば誰もが無謀だと思うだろう。天安がかなり無茶な交渉をしてねじ込んだことは想像に難くない。

天安が福岡まで来て箕宿（みほし）高校を訪れたのは弓掛が高校二年の春休みという早い時期だった。スポーツ推薦をもらっても経済的な問題で私立大学に進学することは難しかった弓掛に、大幅な免除がある特待生として獲れるようにすると天安は持ちかけてくれたが、弓掛は決して大学側の希望条件を満たす素材ではなかったはずだ。

「そうだね。ぼくにとっても冒険だ。でも、一緒に挑戦してみないか？」

ふっくらした顔の中のつぶらな瞳には、慧明（うち）に来ないかと熱心に口説きに来たあのときと同じ、情熱の光が宿っていた。

慧明大学のキャンパスに隣接する学生寮の一つ「かわせみ寮」。川蟬は宝石のような美しい羽毛の色から「翡翠」とも書かれるため慧明のカレッジカラーにちなんで寮名がつけられたようだ。

男女が入寮しているのが特色だが、食堂などの共有空間を除いた居住フロアは男女で明確に分かれており、異性のフロアへの立ち入りは厳格に禁止されている。その国境線である各階の階段で男子寮生と女子寮生が逢瀬を交わしているのはよくある光景だった。

帰寮した弓掛が階段に足をかけたとき頭の上から声が降ってきた。

「あっそれと、山吹のこと気になるって言ってる友だちいるんだけど」

「へー。何学部？」

「商学部の子。今度紹介していい？」

耳にした名前に反応して弓掛が顔をあげると、プリントTシャツとスウェットパンツに着替えた山吹の姿が踊り場に見えた。プリントの図柄に見覚えがあると思ったら去年の全日本インカレの大会記念Tシャツだ。会話の相手の声は踊り場を折れたところから聞こえている。

「別にいいけど、おれオフ少ないから飲み会とかあまり行けねーよ」

「じゃあ般教の大教室で一緒になったとき連れてく」

「ああ」

とくだん気のなさそうな態度で山吹が答え、階上へ駆けあがっていく相手を見送った。と、足音が遠ざかるなりスウェットのポケットに突っ込んでいた両手をだしてぐっと拳を作り、

「っしゃ。一日で二人。なんか今日のおれキテんじゃね？」

「なにが二人なん？」

独り言をわりとでかい声で言った山吹に階下から声をかけると「うおっ!?」と肩を跳ねあげて山吹が振り向いた。弓掛の姿を認めてすまし顔を取り繕い、

「こっちの話です。ていうか篤志さんに伝言です。女子フロアから騒音の苦情でてるから寮長から注意して欲しいって。上が４０３だそうです。四年の部屋なんで直接は言えないそうで」

「４０３ね。おれから言っとく」

「幹部ミーティング帰りですか？　お疲れです」

「いいことあったとこみたいやけど、もう一コ朗報。誠次郎、豊多可、亜嵐。明日の欅戦スタメンやけん」

「……！」

途端、すました仮面が剝がれて純粋に顔が輝いた。

「本当ですか！」

「景星三人組で直澄をある程度抑えられたけんね」

「同じように灰島公誓も抑えるのを期待されてるってことですよね。元チームメイトとして」

武者震いが駆けのぼってきたように山吹がぶるっと身を震わせた。

「一年組にもう言っていいですか」

「うん。準備させとって」

「はい。じゃあ失礼します」

軽快にきびすを返した山吹の後ろ姿が踊り場を一八〇度折れて視界から消えた。それを見送って弓掛もあらためて階段を上りだしたとき、頭上の手すり越しにひょこっと頭が覗いた。

「篤志さんもなんかいいことあったんですか」

「なんでわかるとや？」

「スパイカーの表情を見るのはセッターの仕事のうちです」

得意げな笑みを浮かべた山吹に、弓掛も笑みを返した。「うん。あったとよ」


〝今電話してよか？〟

まだ明日のリーグ最終戦が残っている。大会期間中に連絡を取りあうことは普段はないがメッセージを送って訊くと、

〝いいよー〟

と柔らかな声が聞こえてきそうな返信があった。

昔は「こっちからかけるよ」といつも浅野(あさの)からかけてきた。浅野はスマートにそういうことをする奴なのでなにも言わなかったが、その頃は通話料の負担を気にしてくれていたのだろう。今ならかけ放題やネット電話も充実しているので高校時代までのそんなやりとりはなくなった。

スマホを手にベランダにでた。都心から電車で小一時間、東京都西郊に所在する慧明大学のキャンパスは鬱蒼(うっそう)とした松林に囲まれている。「東京の夜空」と聞いて一般にイメージされるであろう空の色からはかけ離れた、たっぷりと闇を抱いた夜空が頭上に広がっている。日中は快晴だった五月の夜空にはブルーグレーの雲の陰影がいくらか浮かんでいるが、おおかた晴れて星が見えていた。箕宿高校の守護星だった射手座は夏の星座だ。この時間帯に見るにはまだ季節が早い。

呼びだし音を鳴らしはじめたスマホを耳にあてるとすぐに繋(つな)がった。

「なんしようと？　今大丈夫なん？」

『なんかまわってきたネコ動画見てた。九時から食堂でミーティングだけど、今は大丈夫だよ』

「部屋におると？」

『うん。ベランダでてきたとこ』

「おれも。一緒やね」

電話の向こうでくすっという小さな笑いが聞こえた。

「なん？」

『声聞いて安心した。悪い知らせじゃなさそうで。篤志がリーグ中に電話しようなんて珍しいから、なにかあったのかと思った』

明日の試合が全部終わってからでも話すタイミングはあるだろう。閉会式後には属する大学に関係なく知己(ちき)の者で会話に花を咲かせて写真撮影をしたりするのが常だ。一日くらい待っても違いはなかった。

けれど最初に報告したい相手の顔が浮かんだら、なんだかうずうずして待てなくなって。

現時点で決まっていることを浅野に話した。

『天安監督が……？　欧州派遣をクラファンで……』

ちょっと放心した声で浅野が呟(つぶや)いたきり、続く言葉が聞こえなくなった。茨城と東京西郊を繋ぐ夜空を沈黙の電波が十秒間ばかり漂った。

「なん？　直澄」

『ん。ああ』

天安が福岡まで来たことを浅野に報告したのも電話だったが、思い起こせばあのときはぱあっと正円の波紋が水面を広がるような気持ちのいい反応がすぐに返ってきた。

あの日と違って今日は弓掛の言葉が水面で受けとめられず、とぽんと虚しく沈んだような気がした。

「おめでとうって言ってくれんと？　なんか引っかかることあるとや？　……おれじゃポーランドで通用せんって、思っとっちゃないと？」

『篤志は世界で戦えるって、おれは一度も疑ったことない』

言葉を濁した浅野がその問いには即答したので弓掛のほうが一瞬反応に詰まった。

『ただ、あっちのチームがそれを証明するチャンスをほかの選手と同じくらい作ってくれるかどうかを信用する根拠がない。国内以上に海外は小型選手に厳しいよ。だから手放しでおめでとうとは言えない。今だって国内での扱いにおれは腹を立ててる。今以上に理不尽な扱いを受けるかもしれない環境に自分から晒されに行く理由があるのかって』

「冷や飯食わされるだけかもしれんよ。でもそんなん行ってみんとわからんやろ。もしチャンスもらえんのやったら余計に、行動せんと扱いは変わらんままやん。国内以上に厳しいことくらいわかっとう」

『わかってるよ、おれだって。篤志が全部わかってて怯まないってことも。おれがなに言ったたって意志は曲げないことも。だから説得してるわけじゃなくて……うーん』

と浅野が電話の向こうで苦りきったようになった。

『ごめん。いきなり否定したらそりゃカチンとくるよな。ちょっと頭冷やすよ』

思わず語気を強めて反発してしまったことを弓掛も反省した。身体の中で膨らんでいた期待感に冷や水を浴びせられた気がして、強情になってしまった。

こうやって弓掛が我を押し通して浅野が説得を諦めることがつい先週にもあったばかりなのに。

「おれもごめん……」

『電話じゃないほうがいい。明日も会える。明日話そう、篤志』

気落ちして謝った弓掛に、またテンションが上向いた声で浅野がそう言った。

いつもそうだ。気まずくなっても浅野からは決してコミュニケーションを放棄しないから何度も救われている。

「うん。明日。おやすみ。あ、これからミーティングか」

『うん。じゃあ明日』

「ネコの動画のリンクおれにも送ってくれん？」

『あはは。すぐ送っとくよ』

## 2. THREE-SIDED NIGHT

座卓の上に置いていたスマホの画面が灯り、バイブで電話の着信を知らせた。越智はそのままノートパソコンに向かって作業を続けていたが断続的なバイブがしばらく続いている。表示されている発信元にちらりと目をやった途端、

「あっ」

反射的にスマホを引っ摑んだ。しかし着信に応じるかためらっていると、

「電話？　いいぜ、でて」

同じ座卓で自分のノートパソコンを開いていた裕木が気さくに言った。

「あ、けどあとで掛けなおします」

「いいよ。まだ集まらねえから」

「すんません……ほんならちょっとだけ外行ってきます」

スマホを手に立ちあがった。ベランダのアルミサッシを引きあけて敷居をまたぎながら急く気持ちで通話ボタンを押し、

「なんかあったんか!?　統っ」

耳にあてるなり食いつく勢いで訊いた。

頭に浮かんだのは緊急事態でも起きたのかということだった。三村はセルフコントロールの塊だ。それこそ越智にしてみればそんなに自分を制して我慢しなくていいと痛ましくなるくらいに。明日も横体大の体育館で顔をあわせるのに、今日電話で話さねばならないような用件に越智のほうは心当たりがなかった。

『いや、なんもねえけど、なにしてた?』

越智の勢いに若干引いた三村の第一声には懸念したようなニュアンスはなかった。安堵で脱力するとともに、なんや呑気に、と恨み節が浮かんできた。

「よく言えば毎日修学旅行」「悪く言えば刑務所」「外観は廃病院」と寮生からの賛否両論がやまない八重洲大学男子体育寮は本キャンパスの外れにある。高度成長期の時世の団地のような趣のベランダに渡された物干し竿をくぐって手すり際に立つと、キャンパスの各学部棟が茨城の夜空にそびえているのが眺められる。角張った建物の影の中にぽつぽつと窓灯りが灯っている。学生や院生が遅くまで研究で残っている部屋があるのだろう。

東京の三鷹は茨城からだと南西のほうか。なんとなく越智はそちらの空を見た。

「ミーティングの準備してたとこや」

『忙しかったか』

「ちょっとなら大丈夫や。どうした？」

『ああ。今日清陰組が関西とビデオ通話してたで、ひさびさに小田の顔見たわ。青木も。懐かしいやろ』

「ん、ああ……」小田はいいとして越智は正直なところ青木を苦手にしているのであまり気持ちの乗らない反応をしてしまい、取り繕うようにこちらから話題を振る。「関西はもう春リーグ終わってんやったな。小田の大学は二部やったげな」

『今日入替戦で、無事に勝って二部残留やって。小田はサイドでフル出場してんやって』

「あのタッパでまだ主力でやれてんのか。すげぇな……」

記憶では小田は一六三センチだったか。一七五センチの慧明の弓掛が満場一致で「小柄」に分類されるこの界隈ではきわめて低身長と言える。高校時代に選手継続を諦めた越智のほうが小田より上背があるくらいだ。ジャンプ力はある選手だったが、それにしたって物理的な限界がある。スパイカーで続けているのは相当の根性の賜だろうと頭が下がる。

『おかえり、って言われたわ。小田に』

「……ほうか。ほうぼうから待ってもらってたな」

額面どおりの意味だけではなかったであろうことは越智もすぐに察し、あたたかさとありがたさが胸に広がった。

窓越しに「うぃー」という太明のゆるい声が聞こえた。スマホを耳にあてたままはっとして振り返ると、部屋に入ってくる破魔の大きな影もカーテンの隙間に見えた。

「あ、すまん。主将たち集まってきたみたいや。戻らんと。今から幹部ミーティングで、そのあと全体ミーティングもあるんや」

『幹部ミーティングもでるんはすげぇなあ、アナリストは』

「すごくねぇわ」

三村の軽口を越智は苦々しく斬り捨てた。

「慧明の対策してたつもりやったのに、それをあっちが超えてきた。試合中に次の手を打てんまま押し切られてもた。まだまだやな……」

今日の敗戦をあらためて噛みしめる。

全勝を突き進む慧明の最大の、そしてほぼ唯一のストッパーとして期待されていたのが我が八重洲だった。フルセットまで持ち込むこともできず1－3での敗戦は、アナリストとしてもっとできることはなかったかと選手たちに申し訳ない思いだった。

「まあ今は落ち込んでてもしょうがねぇしな。明日のためにやれること最大限にやるだけや。横体戦は絶対取りこぼせん」

『頑張れや。アナリスト』

三村の声は笑っていたが、冷やかす色はなかった。

「今はまだまだやけど……もっと頼られるようになるで」

五年後、十年後、またいつか三村の力になるためにと、約束した言葉はずっと越智の胸にある。

背中で窓がノックされた。窓辺に顔を寄せた裕木が指でガラスを叩いて「そろそろいいか」というジェスチャーを送ってきた。「もう戻ります！」スマホのマイク部を手で押さえて部屋の中に声を張ってから、

「ほんでどしたんや？　ほかに用あったんでねぇんか？」

『ああ、急用やねぇで今日電話で話さんでも別によかったわ。明日の試合終わってから直接言うわ』

「今日でなくていいって……」珍しく電話してくるくらいだから今日話したい用があったんじゃないのか。「なんや、変なフラグ立てんのやめろって。なんか怖なるやろ。明日体育館来る前に事故とか、絶対気ぃつけろや」

『おいおい、そっちが縁起でもねぇこと言うなや。明日死んだりせんって』

笑いまじりに三村が文句を言い、

『ほんなら明日な』

ごく淡泊な別れの言葉とともに電話が切れた。

我ながらさすがに心配症が過ぎるか……これでは小学生の子どもを持つ母親みたいである。ちょっと恥ずかしくなりつつ切れたスマホをおろしてサッシに手をかけたとき、かすかな話し声が聞こえるのに気づいた。窓ガラスを挟んだものではない、クリアな声だ。

パーティションなどというプライバシーの配慮はない寮なので外壁に並んだほかの部屋のベランダが見渡せる。同じ階にあるベランダの手すりに預けられた色白の前腕が宵闇に浮かびあがっていた。すらりとしたスタイルのポロシャツ姿がカーテン越しの淡い窓灯りを背中から受けている。

直澄も電話か……。

どうやら同時刻に二人ともベランダに並んで電話をしていたようだ。

浅野はこちらに気づいていなかった。なにか話し込んでいるようだったので越智はこちらの存在を知らせることなく静かにサッシを引きあけた。

部屋に戻ると太明と破魔が裕木とともに座卓を囲んでいた。

「電話大丈夫だったか？　話し込んでたけどなんかあったか」

「大丈夫です、すんません。はじめてください」

主将・太明。副将・破魔。主務・裕木。四年の幹部三人が三辺についた座卓の残りの一辺に越智もつく。あいていた場所がそこだったため破魔が真正面になった。越智は正座で破魔はあぐらをかいていたが、それでも座高がだいぶ違うので目線の高さに厚い胸板の壁がある。ちなみに座卓は冬季は布団をかぶせてこたつに変身する。

「慧明対策に戦術上の顕著な穴があったってわけじゃなかったと思ってる」

太明の発言で幹部ミーティングがはじまった。

「いえ。あれで抑えられれんかったら別の手を講じなあかんかったのに、最後までなんも見つけられんままで」

「おれの体力が最後までもたなかったのが敗因だ」

太明の左右の辺から越智と破魔が食い気味に発言した。わかったわかったというように太明が両側の二人を左右の手で制し、

「今日の試合中に改善できることはほとんどなかったよ。戦術でやれることと、個人個人のスキルやフィジカルの強化が必要なことがある。どっちにしても昨日の今日でできることじゃない。課題の洗いだしはリーグ終わってからにして、最終戦に集中しよう」

「金髪なのにめちゃくちゃマトモな主将なんだよなあ」

「ひと言多くね？」

ジト目で睨む太明を裕木がスルーして星取表のプリントアウトを座卓にだした。今日行われた第

十戦の全六試合の結果がさっそく反映され、最終日を残した段階での十二チームの中間成績がでている。

「慧明の全勝にストップかけられなくて、総合優勝は厳しくなった。慧明が欅に負ける可能性ははっきり言って低い。うちは横体戦を取りこぼさずに二位は死守しないとな」

「慧明が有利なんはたしかですけど、欅が勝てばうちにもまだ総合優勝の可能性があります」

と越智は裕木の話に口を挟んだ。

「灰島は黒羽の引きだし方が特にうまいです。高校時代に灰島・黒羽の清陰は箕宿に勝ってます」

「そういやそうだったか。箕宿がまさかの途中敗退したときの――」

「はい。三回戦で箕宿を阻んだのが、初出場やった福井の清陰です」

「だが高校の話だ。大学は高校とは違う」

正面で破魔が発言したが越智も主張を続ける。

「黒羽は急速に大学のレベルに対応してきてますし、対角の三村の調子があがってます。データ上でもリーグ後半で右肩あがりになってます。今の欅のダブルエースが三村・黒羽って言っていいです。弓掛とマッチアップするレフトのダブルエースを灰島がまわして化学反応が起これば、欅にも十分勝機はあります」

「高校で負けてるなら余計に弓掛は奮起して臨むだろう。あの男の負けず嫌いを甘く見るな。うちに勝った慧明が欅に負けるのは考えにくい。うちのプライドとしても負けられるわけにいかない。慧明有利は変わらない」

「欅も慧明に楽な試合はさせません」

持論を曲げずに座卓を挟んでばちばちと対立する二人に、

「なんできみらが代理戦争してんの」

「八重洲の部員だろーがおまえらは」

と太明と裕木が顔を引きつらせて突っ込んだ。

「欅に勝ってもらったほうがうちはありがたい。ただ慧明に勝ってもらわないとうちのプライドが立たない。ってなるとどっちの敗戦も願えない立場だな、こりゃ。というわけで不毛なこと考えてもしょうがない。うちが直接できることは、慧明に一敗がついたときに競り勝てるように横体にきっちりスト勝ちすることだけ。ってわけで横体戦の話に移ろう。越智から頼む」

太明が仕切りなおして越智に話を振った。「あっはい」越智はパソコンに目を落とし、咳払いを一つして話しだした。

「まずミドル――去年の柱だった四年は抜けましたが、二メートル五ある新人が入りました。ただまあ正直今んとこは下手です。破魔さん、孫さんの相手にはならんでしょう。レフトに一セット十五本以上あがるのに対してミドルは一から三本ってとこです」

横体大は「高いミドルを軸にしたブロック力」と「サイドのエースの攻撃力」で勝負するチームだ。セッターもスピーディで多彩なゲームメイクをするタイプは伝統的にあまりいない。ラリーになるとミドルはほぼ使わず、明確にサイドへのトスに偏る。ゲームメイクはシンプルながらエースを信頼して供給するトスの質は非常に高い。

ミドルブロッカーに関しては器用さはないが、とにかく圧倒的に高いのが伝統的な特徴だ。「未熟でもいいからでかいミドルを獲る。大きい選手は育てられる」という明確なスタンスで監督が毎年高身長のミドルを獲得するのは有名である。

二メートル二センチの東武大・川島賢峻を超える二メートル五センチの逸材が横体大の今年の

一年生に入った。情報によるとバレー歴は高校二年からだそうで、上位の大会の出場経験はない。ポテンシャルは高いものの今現在は脅威となる選手ではない。

「で、一番警戒すべきがやっぱり金城さんですが――」

横体大のポイントゲッターが主将も務める四年アウトサイドヒッター、金城だ。

「今日の東武戦のビデオ見返したらストレートがけっこうすっぽ抜けてました。金城さんは土曜に悪かったとこを日曜も引きずる傾向があるんで明日も調子は同じと見ていいです。ストレートあけて打たせれば勝手にアウトになります。ただクロスはキレてたんで東武もそこに苦しめられてました――」

十勝0敗で単独首位を走る慧明を九勝一敗で追うのが八重洲と欅舎。得失セットも同率だが得点率の差で八重洲が二位、欅舎が三位につけている。

今日の第十戦で東武を下して総合四位を確定させている横体大が八重洲の最終戦の相手だ。

慧明が欅舎に勝てば全勝のまま総合優勝を決める。しかしもし欅舎が慧明の全勝を阻止すれば三校が一敗で並び、優勝争いがセット率や得点率の僅差までもつれる可能性がある。トーナメント戦なら最後は決勝に残った二チームが雌雄を決するだけだが、リーグ戦は単純な直接対決だけが順位を決める要素ではない。これが他人事だったらこれぞリーグ戦の醍醐味といえる最高に盛りあがる展開にただ無責任に興奮して楽しめるのだが、我が八重洲はまさにその渦中にいる。

前季リーグ六位から今リーグで大きく飛躍した欅舎が慧明にどれだけ食らいつけるか――八重洲、慧明の運命すら左右する鍵を欅舎が握っている。

## 3. CHASING TWO RABBITS

「いつものいくぞー。最初はグー、じゃんけん、ぽん！」

一年生六人でやるじゃんけんはあいこが延々と続く日もあるが、今日は一発で勝負がついた。五人がチョキ。唯一パーをだした自分の手首を摑んで黒羽は「ああああ……」と膝から崩れ落ちた。

「じゃあ黒羽がゲロ甘当番よろしく」

「うげー」

クーラーボックスで持ち込んだ氷を割ってアイシング作り。ベンチ入りメンバー十四人が着るユニフォームやタオルの準備。スタメン八人分のスクイズボトルにドリンクの準備――試合前には下級生とマネージャーがこれらの仕事を分担して行う。

四月初旬から週末ごとに行われてきたリーグ戦を十戦こなすうち黒羽たち一年の手際もよくなった。アリーナの外の廊下に座り込んでめいめい手を動かしながら雑談に花を咲かせる余裕もある。

カツン、カツン。クーラーボックスの前でアイスピックを左手に持ち氷の塊を黙々と割っている灰島の隣に黒羽は投げやり気味にうんこ座りした。二人とも下はゲームパンツに穿き替えているが上はまだTシャツだ。灰島は試合直前までコンタクトを入れないため今は眼鏡のままである。

クーラーボックスには清涼なブルー系のラベルがついたスポーツドリンクの二リットルペットボトルが並んでいる。白鳥の群れに紛れ込んだアヒルみたいにその中に一本まざっているピンク色の一リットル紙パックを黒羽は灰島の脇から摑み取った。

パックの注ぎ口をあけてスクイズボトルにとぽとぽと注ぐ。ボトル半分まで注いだら残り半分はスポーツドリンクで満たす。この時点で黒羽は自分が胡乱なものを配合している気分になっているがこれで終わりではない。仕上げにチューブ状の練乳をボトルの口ににゅるにゅると絞りだす。キャップを閉めてボトルをシェイクしはじめたとき、廊下を歩いてくる棺野の姿が見えた。

「あっ、棺野せんぱーい！　お疲れさんでした」

黒羽が声を明るくして呼ぶと灰島も氷から一度顔をあげてぺこっと挨拶した。

二人の前で棺野が足をとめた。クールダウンを終えてユニフォームからTシャツとジャージのロンパンに着替えていたが、首筋に光る汗が第五セットまでコートにいたことを物語っている。まだ試合の熱が引かずほのかに上気した色白の顔に満足げな微笑が浮かび、

「ありがとう。見てたんか？」

「おれらB1の審判やったんでA1見てられんかったんですよ。最後だけちょっと見ました。おめで――」

「おーおー黒羽あ。おれの前で棺野になんやって？」

と、そこへもう一人、黒羽の声を遮ってがらの悪い大声が割り込んできた。

棺野が来たほうと逆方向から大隈がふんぞり返って歩いてきた。目の前で棺野と大隈が鉢合わせる形になり「いえそのおっ」と黒羽はごまかし笑いする。大隈もTシャツとジャージに着替え、首にかけたタオルでまだ引かない汗を拭きながら、

「なーんてな」

とおどけた口調になり、棺野に右手を差しだした。

きょとんとした棺野が微笑んで握手に応じた。

「次やるときは負けんでな」

「その前に大智大は入替戦きっちり勝って一部に残ってもらわんと。秋リーグでまたやるの楽しみにしてる」

「おうよ。今年はもっと試合でれるようにならんとな」

「お互いにな」

Ａコート第一試合はフルセットにもつれる熱戦の末に秋葉大が勝利した。負けた大智大は総合十一位に落ち、来週行われる二部との入替戦に臨むことになった。

黒羽たちがラインズマンを務めたＢコート第一試合は全敗中だった山王大が成田学院大にセットカウント３－１で勝利して最後の最後で初白星をあげ、こちらもこちらで盛りあがった。

アリーナでは第二試合がＡ、Ｂコートで進行中だ。

「ほんなら第三試合は上で見てるわ。頑張れや。慧明は強いやろけど、応援してるでな」

棺野のエールに黒羽は「はい」と応えた。

「なんたって弓掛には高校で勝ってんやでな。気をでっかくしていけや。弓掛のほうが絶対ビビってるわ」

そういう大隈だって見かけによらず気が小さくて緊張する性分なのを黒羽は知っているのでにまにまして「はい」と大隈にも応える。

立ち去ろうとした棺野がなにか思い残したことがあるように足をとめた。

「ところで訊いてもいいか？　さっきから気になってたんやけど、それは……？」

棺野が目を向けた先にはスポドリのペットボトル、いちご牛乳の紙パック、練乳の三点セット。

「これは〝統さん専用〟です」

と黒羽はバーテンダーを気取った仕草でボトルのシェイクを再開した。

このボトルにだけ肩部分に貼られたガムテープに油性マジックで「９」と、選手のナンバーが書いてある。基本的に口を直接つけずにあおるものなので試合中のボトルは共用だが、このボトルだけは区別しておかないとほかの選手が誤ってがぶ飲みしようものなら試合のパフォーマンスに影響しかねないのである。実際に被害者が何人かでており、そのたび被害者自身の字で「一般人は飲むな」「キケン物」とかいった注意書きが増えていっている。

「統さん、か。すっかり後輩やな」

「あの人のほうから強制的に呼び方変えさせたんですって」

半眼で黒羽がぼやいたとき、別の方向からなにやら早口の会話が聞こえてきた。

主務を務める久保塚を中心に四年生の何人かが立ち話をしている。慌ただしい気配が伝わり、廊下に座ってストレッチをしていた二年生たちも顔をあげた。

「どうかしましたか？」

二年の福田が訊くと久保塚が深刻な面持ちで曰く、

「三年が何人かまだ着いてない」

「え、試合でるメンバーもですか？」

「ああ。健司と、あと統も。なんかの事故で遅延してるらしい」

氷割り職人と化していた灰島がはじかれたようにそっちを振り向いた。

第一試合の審判の係だった下級生や、部車に機材やボールを積んでくる久保塚ら一部のスタッフは朝イチで会場入りした。ただ自校の今日の試合は第三試合なので、ほかの者は試合の準備に間にあう時間に各自で来ることになっていたのだが……。「人身事故かな……」「もし間にあわなかったらやばいよな。どうするんだろ」と一年たちも憂えげに視線を交わす。

「どうする？」

黒羽も灰島の耳もとに囁いた。今作ったこれだってどうすればいいんだ……あの人しか飲めないのに。

「もしそうなったらほかのメンバーでやるだけだ。清陰じゃないんだ。メンバーが足りないわけじゃない」

さすが踏んでいる場数と度胸が並みとは違う。すぐに切り換えて次善の策を頭の中で組み立てはじめているような顔で灰島が言ったが、「チッ……なにやってんだよ、あの人」と舌打ちを漏らして独りごちた。

そんなことで責めんでも……と黒羽は鼻白んだが、二、三週間前に聞いた灰島の言葉を思いだした。

灰島のほうから来た……。三村と同じチームでやるために。

＊

七戦目の八重洲戦を終えて八戦目の前に一週休みが入った五月上旬のある日だった。
朝から気持ちのいい五月晴れが広がった三鷹の空を、
ごすんっ
という奇っ怪な濁音が澱ませた。
布団を干しがてらひとときひなたぼっこしていた黒羽と灰島が午前の微睡みを妨害されて振り向くと、屋上のドアの下で三村が棒立ちになっていた。布団一式を両手に抱えているので額を押さえることもできずに俯いて悶絶している。

「……お。ユニチカもか。いい天気やもんなあ。おれも授業行く前に干してこうと」

顔をあげてこちらの姿を認めると何事もなかったように朗らかに言ったが、前髪の隙間から覗くおでこが赤らんでいた。

「おはようございます三村さん。ていうか大丈夫ですか」

完全に頭ぶつけたやろ今。強がってスルーしたな……。

高志寮の屋上は共用の物干し場である。コンクリートの土台がついた物干し台が並び、物干し竿が掛けられている。洗濯機置き場にはドラム式の乾燥機で洗濯したものや各自の部屋の布団を寮生たちはここで干す。一つ下の五階にある洗濯機で洗濯したものや各自の部屋の布団を寮生たちはここで乾燥機はコイン投入式の有料になっている。乾燥一回で学食の麺類を一杯食べられる小銭が飛ぶので極力みんな乾燥は使わないのだ。

あいていた物干し台に三村が布団を担ぎあげた。

「四階やでいいなーおまえら。おれ松葉杖やったで二階にしてくれたんやけど、今になってみたら二階から布団担いでくんの地味に面倒なんやって」

「ほういや三村さんが上京したんってまだ松葉杖ついてたときやったんですね。欅舎に入ったんってやっぱ手術の……あ」

言いかけてから無神経だろうかと気づいて尻すぼみになったが、

「三村さんの手術の予定知ってても星名さんが推薦取り消さなかったからですよね」

黒羽が言いよどんだことを灰島がストレートに口にしやがった。

物干し竿に引っかけた布団の上に三村が腕を預け、布団と一緒に干されてるみたいな恰好で睨ん

できた。怒られるかと思って黒羽は反射的に緊張したが、ジト目でなにを言うかと思えば、

「いつまで三村さんって呼ぶんや。こっちはユニチカって呼んでるやろ。統ー。すーばーるー」

復唱せよと言わんばかりに執拗（しつよう）に一音ずつ発音する。黒羽は灰島と顔を見あわせた。

「統……さん」

二人で口を揃えると「よっしゃ」と三村が満面の笑みになった。なるほど、こうやって懐に入るのがこの人のやり口かと黒羽は冷めた目で納得したものである。

「ほういうチカは？　おまえやったらもっと強豪大とかＶ１からもスカウトあって選び放題やったんでねえんか？」

「そっちが来そうにないからですよ」

スカウトの件は否定も謙遜もせず、むくれ面になって灰島が即答した。

「そっちが言ったんじゃないですか、一緒のチームでやってみたかったって。一年以内に復帰してＵ－21に絶対入るって言ってたのに来ないし。だからおれのほうから来たんです」

面食らったように三村が絶句して灰島を見つめ返した。

一拍おいてふっと頬に浮かんだ笑みは、名前呼びを強要したときの〝ぶりっこ〟の笑みとはがらりと変わっていた。——高校時代に黒羽が見ていた、コートの上の三村統の笑いだった。

「ほんで？　おれは期待を裏切らんで済みそうか？」

「はい。今のところは」

＊

「バス降りた？　もう着く？」

　玄関前ホールを腹をすかせた熊みたいに行きつ戻りつしながらスマホを耳にあてていた久保塚の声に安堵が滲んだ。

　まもなくリュックを担いだ集団が騒々しくホールに入ってきた。「遅くなりました！」という通りのいい声の持ち主は三村だとすぐわかる。キャンパス前のバス停から走ってきたようで息を切らせながらシューズを履き替えてあがってきた三村や辻の姿が見えると下級生たちにも安堵の空気が広がった。

　上級生たちや監督も廊下に姿を見せており、

「遅延組集まったな！　じゃあミーティングします！」

　主将の野間が号令をかけた。各自割りあての仕事を終えていた黒羽たち一年も「はい！」と立ちあがった。灰島ももうコンタクトを入れてきて、壁際に座って両手の指にテーピングを巻いているところだった。いつも両手あわせて六本の指に施すテーピングの六本目、左手の中指に巻き終えたテーピングの端をしっかり貼りつけるように右手で一度握って指先に擦りあげ、一年の中で一番最後にボスキャラみたいに腰をあげた。

　練習Tシャツにゲームパンツやロンパンを穿いた選手陣、チームポロシャツを着たスタッフ陣が玄関前の開けたスペースに集合した。監督の星名も学生スタッフと同じくチームポロシャツにチノパン姿だ。

「総合優勝も狙えるけど、結果はあとからついてくるものだから。では今日も怪我に気をつけて」

　星名は自身も大学バレーの経験者とのことだが、戦略戦術の細かい話はアナリストであり参謀である染谷に完全に任せている。ただ試合前のミーティングで星名が必ず言うことが一つあった――

「怪我に気をつけて」。

「最終戦もスタメンセッターは灰島公誓」

野間から発表され、灰島が「はい」と気負いも微塵の気後れもない顔で応えた。八重洲戦を境にリーグ後半は野間がリザーブセッターにまわって灰島がスタメン起用されている。

「アウトサイド2番に統。ミドル3番に大輔。4番純哉。アウトサイド5番が黒羽祐仁。ミドル6番が健司」

自分の名前にめいめいが短い返事で応える。黒羽も背筋を伸ばして「はいっ」と返事をした。

リーグ後半を戦ってきたメンバーが今日もスタメンに起用された。呼ばれた番号はセッターの灰島を起点の「1番」として反時計まわりにコート上の配置を表す。2番と5番にアウトサイドヒッター、3番と6番にミドルブロッカーが対角で入り、セッター対角となる4番にオポジットが入るのが一般的な組み方だ。同じポジションでも隣接するのがセッターになるかオポジットになるかで2番と5番、3番と6番の役割や適性が多少違ってくる。

黒羽が入る5番はいわば攻撃型。三村が入る2番に比べるとレセプション（サーブレシーブ）の守備範囲が狭く、攻撃に入りやすいポジションだ。

「コートキャプテンは統」

「はい！」

三村が歯切れよく応えた。

主将から染谷に話が引き継がれる。灰島とはまた違ったベクトルで気後れという単語が辞書になさそうな染谷が飄々とした語り口で話しだした。

「弓掛とマッチアップするレフト二人には負担かけるけど頑張ってもらわないとね。弓掛は右利きのくせにライトからでもレンジ広く打ち分けるから必ず二枚揃えたい。慧明のツルハト、前衛レフトになるべくサーブ取らせてライト側にブロックを注力するのが第一段階」

染谷にまとめてそう呼ばれた慧明のアウトサイドヒッターは三年の鶴崎と鳩飼だ。

「……っていうのが先週までの情報だけど、昨日見てたら山吹からあがる荒川の11も要注意だな。荒川の高い11、あれはリードだとちょっととめられない。山吹にAパス入ったらミドルは一周目荒川にコミットしちゃおう。攻撃は純哉くんに期待してるよ。クロスがあいててもストレート打てそうなら頑張って抜いて。クロスに打たせて弓掛が拾うってのがあっちが仕掛ける罠だからね……と、頭に入れといて欲しいのはこんなもん。あとは状況次第でまた伝えまーす」

もっとも厄介な弓掛と正面でマッチアップするポジションである黒羽と三村。ブロックの中心を担う辻健司と福田大輔。弓掛の逆サイドから攻撃を通すことを期待される柳楽純哉。染谷が端的に伝えるアドバイスに各メンバーが頷く。

高校のときは相手校の試合を専門的に分析して助言をくれる学生スタッフなんていなかった。相手校のビデオはみんなで見るが、エースがどんな奴でどんな攻撃が多いかをふむふむと頭に入れる程度で、それ以上の情報を得る意識は希薄だった。シニアのチームに所属したらスタッフはスタッフで選手とは別枠なのだろう。選手・スタッフとも学生が担ってチームを運営するという、大学生っぽい経験を入学最初の大会で黒羽は味わっている。

「慧明がオッズ1・1、八重洲が二桁、うちが三桁ってとこかな。うちを一位にして三連単買う奴はまずいないだろうねー」

「競馬に喩えるなっての、クズアナリスト」

どうやら染谷のツッコミ担当であるらしい辻からけっこう本気で忌々しげな突っ込みが入った。

ある意味染谷が一番〝大学生っぽい〟ことに興じている、と言えるんだろうか。ちなみに黒羽はまだ遭遇したことがないが、染谷は高志寮の三村の部屋に遊びにきたとき寮生に麻雀に連れ込まれて以来、三村と関係なくときどき高志寮に来ているらしい。

「優勝候補は三チーム残ってるけど、うちは三番手。優勝の条件は一番厳しい。負けたら優勝できないのは当たり前として、慧明に二セットやった時点でセット率で上回れなくなる。スト勝ちできれば理想。やっても一セットまで、ってことだけ頭に入れといて」

「格上の慧明に一セットまでしかやれないのはきついっすね」

染谷の話に柳楽が渋い声を挟む。黒羽は集団の後ろ寄りで隣の灰島に耳打ちした。

「3－1(さんいち)か3－0(さんぜろ)で勝ったら優勝できるってことけ？」

「3－1か3－0は大前提だ。ただ条件はそれだけじゃない。Aコートの八重洲の結果も絡む。うちの確実な優勝条件は慧明に3－0で勝って、かつ八重洲が二セット以上失うことしかない。もし八重洲が3－1で勝つとセット率で並ぶから得点率で勝たなきゃいけない。慧明に3－1で勝って、かつ八重洲が3－0で勝つとセット率で八重洲に躱(かわ)される。このとき八重洲が3－1だと――」

なにやら興奮が募って早口になってくるので「ちょ、ちょっと待て、途中からわからんくなった」頭が追いつかずに黒羽が遮ると灰島が口をあけたところで我に返った。

声量を抑えて喋らない奴なので、まわりの部員も灰島の目を炯々(けいけい)とさせるくらいの妙な勢いに引き気味になっていた。前に立って喋っていた染谷も話をやめていた。

「天才くーん。情報は取捨選択して伝えたほうがいいときもあるよ」

染谷に言われて灰島の頬がさっと染まり、

「……今のはおれが悪かった」と、渋面になって黒羽に謝った。「試合中に余計な計算しなくていい。隣のコートも気にするな。自分のパフォーマンスに集中しろ」

「そうそう」

と染谷がにんまりし、

「優勝を気負わなくていいけど、勝機はあるからみんな自信もっていきましょう。うちだってアンダーカテの代表候補が三人もいるんだし。今のうちに買っといたら万馬券になるかもよ」

「三人って、あと一人誰ですか？　灰島と黒羽がＵ－21ですよね？」

名前を挙げられた灰島と黒羽に部員たちの注目が向けられたあと、染谷に戻る。染谷が星名のほうへ目線を送った。

「言ってよかったですよね？」

「うん、本人にも昨日話したところだけど、Ｕ－23の合宿に統が呼ばれた」

星名が発表した途端、部員たちのどよめきで場がわいた。

「統、まじかよー！」

辻が三村の首っ玉に抱きついた。「ははは、まじや！　ありがとな！」三村が笑って辻の抱擁に応じた。三年や四年から「統ー！」「よかったなあ！」と大きなよろこびの声があがり、入れ替わり立ち替わり三村に抱きついた。

主将の野間も感極まった様子だった。野間が控えセッターの学年だった頃は術後の三村の自主練にずいぶんつきあったという話を黒羽も耳にしていた。三村と練習をともにしてきた仲間たちが我がことのようによろこぶ様子から、三村が乗り越えてきたものの大きさが窺い知れた。

黒羽たち一年は「おめでとうございます」「すごいなー」と遠巻きにささめいてぱらぱらと拍手を送っていた。ただ灰島だけが驚いてもいない顔で腕組みをして三、四年の騒ぎを見物しながら言

い放ったことには、

「やっと来たな」

いつものことだがどこから目線だ。

「おれも次のU－23には絶対入る」

「次って、おまえはまだU－21やろ」

「同じ年にU－21とU－23両方の大会に出場した奴だって過去にいる。おれも両方でセッターやりたい」

「二兎を追う者は一兎をも得ずって諺知ってるけ？」

相変わらず底なしの強欲っぷりを発揮する灰島に黒羽はあきれる。まあ灰島の辞書には載ってないのだろう。

ほかのプレーだってなんでも得意で全ポジションできる奴なのに、灰島はなによりスパイカーにトスをあげることが一番好きなのだ。黒羽の価値観では打つほうをみんなやりたいんじゃないかと思うのだが。

黒羽に言わせれば不思議だし、内心ちょっと面白くない。

灰島が目を輝かせて語る同世代のスパイカーはたくさんいる。その中でやっぱり、自分が一番灰島をわくわくさせてやりたい。黒羽にトスをあげたい、って言わせたい。とは思うのだった。

## 4. FLAG BEARERS

「そろそろ入場準備！」

久保塚の声が響き、三村に訪れた吉報にひとときわいていたチームの空気が引き締まった。

一つ前のBコート第二試合、督修館対臨海国際がAコートの同第二試合より早く終了する気配だ。欅舎の選手・スタッフがそれぞれに気合いを入れながら鉄扉の前に詰める。

「旗持ちは？」

「はいっ、今！」

と黒羽は答えて廊下の隅に横たえてあった部旗を摑みあげた。ほかの部員が黒羽が通る場所をあける。過密状態の薄暗い入場口をくぐって先頭に押しだされた途端、煌々と照明が降り注ぐアリーナが目の前に開けた。

B2の選手たちがコートを明け渡すまでチームの矢面に身を晒して待機することになり、中途半端な待機時間のあいだにすこし緊張してくる。

足の前で立てた旗竿を両手で握りなおした。紺色の布地に校章を染め抜いた部旗は今はまだ竿に巻きつけられている。欅舎の部旗は竿の長さ約二メートル半。黒羽の頭のてっぺんから六十センチばかり高いだけなので、もっと大仰な部旗を掲げる大学もある中では主張が慎ましいほうだ。

毎週末リーグ戦をこなす日々には慣れたが、実はいまだ慣れたとは言いがたいのがこの旗持ちの係だった。まだ毎試合ちょっと照れがでて腰が引けてしまう。

横手に目を向けると、フロアの向こう側の角にある入場口に慧明の選手たちが集まっている。その集団の先頭には黒羽と同じように部旗を立てている部員がいた。ターコイズブルーの練習Tシャツから伸びたつややかな浅黒い両腕が竿を摑んでいる。慧明で旗持ちを務めるのは一年生の荒川亜嵐。黒羽とはアンダーエイジ代表で一緒なので見知った仲だ。

黒羽の視線に気づいた亜嵐がにかっと白い歯を覗かせた。緊張しない性分だそうで、どんな試合でも亜嵐はいつも陽気にコートに入る。ミスプレーや好不調の波もけっこうある選手なのだがぜんぜんくよくよしない。いいときはめっちゃいいんだから悪いときは大目に見てよ、っていうくらいの態度で構えているのは見習いたいところである。

亜嵐がこちらに目で合図を送ってから、竿を頭上に高く掲げ「イエーッ」と金切り声を発して駆けだした。

黒羽も下腹に力を入れて意を決し、両手で摑んだ竿を振りあげた。頭上でぐるんと旋回させると濃紺の布地が竿からほどけ、白で染め抜かれた欅舎大学の校章が風を孕(はら)んで広がった。

「おっしゃ、行きまーす!」

亜嵐に遅れを取るまい。重量のある旗を両手でしっかり持ち、身体を引っ張ろうとする遠心力と空気抵抗を制御して壁沿いを走る。向こう側の壁沿いを亜嵐が掲げたターコイズブルーの旗が並走する。

二人が同時にカーブを切って壁沿いを離れ、それぞれのコートエンドからコートへ突入する。スパイクサーブの踏み切りのような要領で黒羽はエンドライン手前で床を蹴った。風を孕んだ大旗が強い空気抵抗を生みだし、上半身を後ろに持っていかれて弓なりに反る。サーブを打つときと同様に腹から短い息を吐いて反りを戻す。身体をくの字にたたみ、旗を床に立てて着地した。

ネットを挟んで向こう側で着地した亜嵐もコートの真ん中に自校の旗を立てていた。黒羽のほうがエンドラインからより遠く、よりアタックライン近くに着地していた。走り幅跳びの記録を競っているわけではないのだが、自分と黒羽の足の位置を見比べて亜嵐が口を尖(とが)らせた。

春季リーグを締めくくるオーラスの試合を見届けるためスタンドには他大学の部員が集まりつつある。前哨戦(ぜんしょうせん)のように両チームの一年生ルーキーが披露した跳躍力に学生たちから囃(はや)す声や口笛が起こった。

　め、目立ってもた……。

　冷や汗が滲んだ黒羽に対して亜嵐は目立ってナンボという顔である。海賊船の舳先（へさき）に海賊旗を立てた先兵みたいないでたちで腰に手をあてて屹立（きつりつ）した亜嵐に続いて残りの慧明の部員たちも集まってきた。

　まわりに比べて小柄な選手がその中にいた。「小柄」ではあるが「短軀（たんく）」という形容はそぐわない。体幹が抜群に強いのは間違いないが、それほど筋肉がつく体質ではなさそうで見た目がごついわけではない。むしろ周囲の長身の者たちより華奢（きゃしゃ）なくらいで、全体的な身体のつくりがひとまわり小さい。しかしこの選手こそが、現大学最強エース。

　ネットを挟んでも光が削がれない強い視線がこちらに向けられた。

——高校では勝ってる。頭に浮かんだ大隈の軽口が、ちょっと癪（しゃく）だが背中に手を添えて支えてくれる気がした。怯む必要はないと自分に言い聞かせ、目を逸らさずにその視線を受けとめた。

　今日も勝てる……はずだ。染谷が言ったとおり少なくとも勝機は十分にある。なにより、あのとき一緒に箕宿に勝った灰島が今日も味方にいるのだから。

　コイントスの結果慧明のサーブで第一セット開始となった。慧明のスターティング・ラインナップはセッターがバックライトとなるS1ローテ。スタメンセッターは二年の山吹だ。

　最初のサーバーとなった山吹のサーブはネットに突っ込んでサーブミス。

「ラッキーラッキー！　一点目！」

欅舎側が明るい声でわく。慧明側では山吹が顔を引きつらせたものの、強気に味方に向かって「まー焦んな焦んな、あとで二百パーセント挽回してやるよ！」などとセルフフォローし「自分で言うなー！」とリベロの豊多可から突っ込みが飛んだ。

欅舎1－0慧明。サーブ権が欅舎に移る。S5からスタートしている欅舎は一つまわしてS4となり、オポジットの柳楽が最初のサーバーだ。対角の灰島が前衛にあがる。

柳楽のサーブは染谷の指示どおり〝ツルハト〟の一人、鳩飼が守るゾーンの端に入った。ボールに飛びついた鳩飼に膝をつかせることに成功し「ナイッサ！」「潰した！」コート内外から声があがる。「弓掛来るぞ！」前衛アウトサイドを潰したので欅舎側の意識が弓掛に向く。

と、山吹がミドルの波多野を使った。ブロックの反応が一瞬遅れたところを波多野が真ん中から打ち抜いた。

慧明がすぐにサイドアウトを取り返し、欅舎1－1慧明。

慧明がローテをまわして後衛に下がった鳩飼のサーブ。レセプション側はリベロと前衛・後衛アウトサイドの三人で担うのが基本だ。

ローテごとにフォーメーションが逐一変わるのも六人制バレーの特徴だが、三村が入っている2番のほうが黒羽の5番よりもコートの真ん中を守るローテが多く、守備のスペシャリストであるリベロに次いで守備範囲を広く受け持つ。

「オーライ！」

三村の守備範囲にサーブが飛来するのを目視すると黒羽はすかさずフォーメーションを抜けて攻撃に移った。5番はレセプションの負担が若干少ないぶんもちろん攻撃で働かねばならない。

危なげないレセプションで三村から灰島のセットアップ・ポジションにボールが返った。灰島が頭上で構えた両手の指の中にボールが入るや魔法のように綺麗に軌道を変える。レフトサイドで踏み切った黒羽の打点に向かって無回転のボールがふわっと飛んでくる。

最高到達点付近で右手がボールを捉えた。慧明のブロックは間にあっていない。ノーブロックで気持ちよく打ち抜いた瞬間、

「!!」

直前まで開けていたスパイクコースに突如ブロックが現れた。

ブロックにぶちあてる結果になり、黒羽側に叩き落とされた。

対向車は見えてなかったのに出会い頭に交通事故に遭ったみたいな感覚に、黒羽はなにが起こったのかわからないまま着地してしゃがみ込んだ。目の前でブロックされたのにそこにはもうブロッカーはいない。サイドのポールまで吹っ飛んでいった弓掛がポールの緩衝材にしがみついてブレーキをかけた。

「おお、すげぇ」

「弓掛一枚でとめた！」

開始早々に弓掛の強烈な一枚ブロックが炸裂（さくれつ）し、会場が興奮にどよめいた。

欅舎１－２慧明。欅舎が先制したが慧明があっという間に連続得点（ブレイク）し、鳩飼のサーブが続く。狙いが変わって黒羽の前にサーブが飛んできた。被ブロックに驚いている場合ではない。切り換えて集中する。

中学時代から黒羽は灰島に「丁寧にAパスを返せ」と要求されたことは一度もない。「高く。それだけでいい」とずっと言われていた。高くあげて時間を確保しているあいだにしっかり助走を取って攻撃に入れ。灰島がスパイカーに第一に要求することはいつもそれだ――「あとはおれが最高

のトスをあげる」。

　顔の前に飛来したサーブを「っと！」とのけぞって受けた。コート中央付近に高くあがったボールをぱっと見あげて助走に移る。レフト側サイドラインの外まで膨らんでから内へ切り込み、両腕をバックスイングして踏み切り体勢に入る。弓掛は——膝を沈めながら素早く目で探した。センター付近にブロッカー三人が固まるバンチシフトの布陣から弓掛はまだ動いていない。だがさっきもあそこからレフトまでブロックが吹っ飛んできたのだ。

　灰島の手から飛んだトスはバックセンター、三村！　波多野・弓掛の二枚ブロックの間隙を打ち抜いたボールが慧明コートのど真ん中を割って突き刺さった。

　後衛から豪快に飛び込んできた三村がネットぎりぎりで身を反らして着地した。そのまま腰だめに両拳を握り、

「っしゃー！」

と気合い十分に吠えた。すぐに灰島を振り向いて笑顔でタッチを交わす。

　いつも明るく味方に声をかけて引っ張る姿は相変わらずだが、今日はいちだんと気迫が感じられた。

　同点に戻して欅舎2－2慧明。出だしは拮抗している。これで黒羽がサーブに下がって三村が前衛にあがる。

「一点目もらったぞ」

　などと三村が言って黒羽にもタッチを求めてきた。

「え、ほーゆう競争してんですか」黒羽はちょっとあきれたが、顔を引き締めて強めにタッチに応えた。「ほやったらおれだって負けんですよ」

三村がにまにました笑みを浮かべて「ナイッサ一本!」と黒羽をサービスゾーンへ送りだした。

＊

Bコート慧明・欅舎の入場パフォーマンスを越智がスタンドで見物してから十分ほど遅れて、Aコート八重洲・横体大両チームのカレッジカラー、鉄黒と茄子紺がアリーナの角の入場口に見えはじめた。

東京、埼玉、千葉などの民営・公営体育館や大学体育館を転戦してきたリーグ戦の最終週となる今週末は開幕週の会場と同じ、神奈川県・横浜体育大学蟹沢記念体育館に戻ってきている。バレーコート三面を取れるアリーナの中央をあけて左右にA・Bコートが取られている。両コートエンド側、アリーナを南北から見下ろす二階スタンドは関東圏の大学体育館では最大規模を誇る収容人数約二千人。長椅子型の簡素な座席が階段状に設けられている。

今日も午前十一時から第一試合がはじまった。もつれる試合が多かったため第三試合に差しかかった今は十六時をまわっている。先に試合を終えた八大学の部員たちも続々とスタンドに上ってきて、肩の荷がおりた顔で遅い昼食を摂ったりしながらオーラスの試合の観戦に興じていた。チームを異にするポロシャツが親しげに並んで座っている姿も少なからず見られた。

越智が座るアナリスト席側の角にある入場口で黒い旗が振りあげられた。

八重洲大学、入場。

そちらに目を向けた越智は「ん?」と席から上体を乗りだした。

いつもは一年生が務める旗持ちが破魔に代わっていたのだ。

破魔が大上段に構えた竿を頭上で旋回させた。畳一畳分近い面積に及ぶ布が波打って黒い絨毯を空中に広げる。布が広がりきった瞬間空中で硬化し、打ち鍛えられた鋼の板に変わったかのように錯覚する――八重洲の旗持ちに伝統的に受け継がれる旗さばき。しかし旗持ちを引き継いで一ヶ月あまりの一年生と比べると年季が違った。学年で〝上一〟の破魔は三年前の一年間、旗持ちを務めた経験がある。

　大旗と長竿の重量をものともせず両腕で制御し、ずしん、とサイズ三十一センチ、アシックスのミドルカットのバレーボールシューズが最初の一歩を踏んだ。旗で虚空を断って道を切り開くように歩きだす。破魔が露払いしたあとを、金髪を戴いた太明を先頭に八重洲が進軍を開始する。

　越智から見て対面スタンド側の角の入場口で鬨の声があがり、横体大の部員たちも入場を開始した。

　野太い雄叫びとともに先頭を務める旗持ちは、こちらも普段は一年生に任せているはずの四年の金城だった。

　破魔、大苑、神馬が去年シニアの代表に引き抜かれている期間、戦力が大きく欠けたアンダーエイジ代表で奮闘した選手の一人だ。身長一九五センチ体重九十五キロ。破魔とよく比べられる筋骨逞しいパワーヒッターだが、生真面目で言葉少なな破魔に対して金城は賑やかなお祭り男という印象だ。

　横体大伝統の茄子紺の部旗は竿の長さ四メートル。群を抜いて長尺の部旗が関東一部で唯一の体育大学のプライドを顕示している。越智の腕力ではたぶんあれを頭上に掲げられもしない。助力を借りて掲げられたとしても、一人で持った途端重さに負けてばたっと倒れそうである。小部屋一つくらいありそうな旗に金城が顔を紅潮させながら力ずくで空中を泳がせて駆けていく。

国立の名門・八重洲大学と、体育大学の名門・横浜体育大学。昔から関東の覇権を争って切磋琢磨してきた伝統的なライバル校だ。二人三脚で大学バレーの歴史を築いてきた。

Ａ、Ｂコートがともに第二試合まで終了し、これで八校が全十一戦を終えた。

ワースト４の争いとなった第一試合では山王大が成田学院大から一勝をもぎ取った。ただ一勝十敗で総合順位は最下位。二勝九敗で十一位に確定した大智大とともに入替戦にまわる。九位と十位は接戦になった。成田学院大が山王大に負けたことで、大智大に勝った秋葉大が勝率で追いついたのだ。越智の計算ではセット率で秋葉大が九位に浮上したはずだが、落ち着いて検算できていないため正確なところは表彰式の発表待ちだ。

第二試合はＡ２で東武大が楠見大を下して総合五位。楠見大が総合六位。Ｂ２は昨日時点で四勝六敗で七位の督修館大と、三勝七敗で八位の臨海国際大の激突だったが、臨海国際大が勝ったことで最終成績はどちらも四勝七敗。これも正確には公式発表待ちだが、ここでも最終日に逆転が起こったはずだ。前季リーグは十位で入替戦ぎりぎりだった臨海国際が今季は余裕をもっての一部残留となった。臨海国際には高校の同期だった高杉がいるので越智もほっとしていた。チームのミーティングを終えてスタンドに上ってきたらたぶん越智を見つけてひと声かけてくるだろう。

横体大はこれから最終戦だが、総合順位は四位に確定している。

未確定なのは一位から三位まで。Ａ３とＢ３の結果で行方が変わる。

Ａ３は公式練習前のアップと各チーム五分ずつの公式練習を経て試合開始となる。一方で進行が早いＢ３はすでに第一セットが進んでいた。

Ａコート側のスタンドから越智はＢコートのほうへ目を凝らし、コートに入っている両チームの顔ぶれを確認した。

欅舎は三村、灰島、黒羽が三人とも入っている。慧明は弓掛が入っているのは無論のこと、昨日の八重洲戦で起用された二年の山吹がスタメンセッターだ。

Ｂコートは両チームとも全員三年生以下の若いメンバー構成。四年生が威信を懸けてぶつかるＡコートとは対照的な様相になっていた。

白地に紺のラインが入ったシャツにナンバー「９」をつけた三村がコート上に見えた。よく通る声でチームのムードを盛りあげている姿に越智は微笑を漏らした。

昨夜の電話は結局なんやったんや……。気にはなっていたが試合前は会場内で行きあうタイミングがなかったので今日もまだ聞けていない。表彰式・閉会式後には空き時間ができるだろう。

スタンドの多くの者たちの目がＢコートに吸い寄せられていった。Ａコート側に座っている者たちもその多くがＢコートのほうへ顔を向けている。

「慧明、欅に食いつかれてるぞ」

「欅は一年ルーキーコンビが入ってまじで勢いあるな」

バレーと関係なさそうな談笑もいつしか減り、眼下の試合を話題にする会話に変わっていた。

越智がＢコートの得点板に目を凝らした時点で、欅舎21－22慧明。

「まじか」と越智は独りごちた。「どっちが第一セット取るかわからんぞ……」

欅舎にも勝機があると思っているのは本気だが、第一セットから拮抗するとは正直予想していなかった。慧明はスタートダッシュが悪いチームではない。

『なんか言ったか？　今つけたから聞こえなかった』

左耳のインカムに声が聞こえた。公式練習のサポートにでていた裕木がベンチに戻ってきてインカムを装着していた。

「あっいえ、独り言です」

Ｂ３に一セット近く遅れてＡ３もまもなく試合開始だ。

八重洲のスタメンは昨日と変わらず。ベストメンバーで万全を期して横体大をねじ伏せる。ミドルブロッカーが四年の破魔と孫。オポジットが四年の大苑。アウトサイドヒッターが四年の神馬と三年の浅野。セッターが三年の早乙女。そして四年主将・太明がディグリベロ（自チームにサーブ権があるときのリベロ）、レセプションリベロ（相手にサーブ権があるときのリベロ）とも一人で務める。

越智は携帯サイズのチョコレートをひと粒口の中に放り込んだ。べつだん特徴のないダークチョコレートだが越智の舌には十分甘い。ボトル缶のブラックコーヒーをひと口飲んで中和する。

膝に載せたノートパソコンのホームポジションに両手の指を軽く置く。

「っし。集中」

Ｂコートをずっと気にしているわけにはいかない。自校の大事な最終戦だ。

ピ――――ッ！

一ヶ月半かけて十二校が総当たりし、全六十六試合が行われてきた春季リーグの、六十六試合目の試合開始のホイッスルが鳴った。

最初のサーバーは早乙女。このローテでは前衛に大苑・破魔・神馬の〝大魔神〟が並ぶ。八重洲コートから横体大コートに向かって虚空を切り裂いて泳ぐボールを目で追いながら指がキーボードの上を滑ってコードを入力する。サーブの着弾地点、レセプションした選手、返球位置、セッターからのセットアップ方向――コードはすべて暗記している。経験からなる予測も込みでほとんど無意識下で指が動く。一本目の攻撃は１１――

刹那、ミドルの隣のスロットから飛びだしてきた後衛・金城にトスがあがった。２１のｂｉｃｋ(ビック)か！

が、ボールはネットを越える前に横体大側にズドンッと沈んだ。

ネット前で破魔がひと吼(ほ)えした。囮(おとり)につられず待ち構えていた破魔が完璧なタイミングでネットの上に両腕をだしたのだ。越智は鳥肌を感じつつ先走って入力しかけたコードを修正した。

『気合い入ってんなあ破魔。今日は途中で燃料切れしてくれんなよー』

裕木の苦笑まじりの声がインカムに届いた。「ですね」と越智は相づちを打った。

一点目からパンチの利いたブロックポイントが飛びだし、スタンドの注目をＡコートが引き戻したが、その矢先Ｂコート側のスタンドでどよめきが起こった。Ａコート側の者たちが再びＢコート側に首をひねってどうにもせわしない。どっちに集中して観ればいいかみんなが迷う試合が同時進行している。目と頭がもう一セット欲しいと越智も思う。

ボールデッドのあいだにＢコートの状況をさっと確認するとコートチェンジの動きが見えた。両チームの選手がネット両側のボールを時計まわりに大まわりする。スタッフやリザーブメンバーはベンチの荷物を運んで小走りですれ違う。

越智が得点板を確認する直前、得点係についている督修館の一年生が第一セットの点数をリセットしてしまった。

どっちが取ったんだ!?

『欅舎』の校名のプレートの脇に得点係が赤い丸型のマグネットを貼りつけた。

見物人の多くにとっては番狂わせだったはずだ――「欅が第一セット先取……！」

## 5. NEXT TACTICS

「大学進学したいんで」

という理由で、灰島は高校三年時に来たV1のチームからの誘いを一度ならず断った。

「えっ？　嘘でしょう？　本気で？　灰島くんは当然最短距離でトップカテゴリでプレーすることを選ぶと思ってましたよ」

スカウトに来たどの人間にも驚かれた。大学からの声がむしろ少ないのはそう思われてたからかと腑に落ちたものである。

「若槻先生からも説得してもらえませんか。灰島くんの選手人生の中で四年間もまわり道をするのはもったいない」

「最近の大学をご覧になって仰ってますか」

スカウトマンが困惑するさまを灰島の隣でただ面白がるみたいに見物していた若槻が言った。

「プレーレベルもトレーニング環境もどんどん向上してますよ。関東上位校なら黒鷲や天皇杯でV1と張りあう試合も見せます。それに見てのとおり灰島はまだ細い。大学でしっかり身体を作ってからシニアに行かせたほうが結果的にいいでしょう。まわり道ってのは言い過ぎじゃないですかね。セッターは選手生命も比較的長いですから」

なんだか説得力のある理由を滔々と並べたて、スカウトマンをしどろもどろにさせて引き下がらせた。

「なんで賛成してくれるんですか」

スカウトマンが言うことにも道理はあるように思ったので若槻の全面賛成っぷりは当の灰島でもちょっと不思議に思うくらいだった。

「大学バレーは面白いぜ。いろいろ並べたが正直言って最大の理由はそれだ」

「面白いですか。大学」

「ああ。経験できるときにあの世界観を経験しとくのは悪くない」

〝一番面白いバレーが一番強いバレー〟を信条とし実践している男が保証するのだから、それはきっと灰島の期待にかなう〝強くて面白い〟バレーなのだろう。

「楽しみです」


『さてさてっと、空の上でポーカーしてる神々がいたとしたら、欅舎を手札に持ってる神はレイズするか悩みだした頃だろうね』

久保塚がスピーカーモードにしたスマホから聞こえる声に、ベンチ前に集まったメンバーの大半の顔に疑問符が浮かんだ。

「レイズってなんや？　最新のバレー用語け？」

黒羽が隣で囁いてきたので灰島は「知らねえ」と首をかしげた。少なくともバレー用語では聞いたことがない。

『レイズってのは賭け金を上乗せすることね』

「やっぱりギャンブルの話じゃねえかクズアナリスト。スポーツにギャンブル持ち込むんじゃねえ」

『いやいやｔｏｔｏとかあるっしょ。それに競馬も競輪も競艇もプロフェッショナルなスポーツよ？』

辻が間髪をいれず斬り捨てたが染谷がこたえたふうもなく軽薄に反論し、

『それはそうと終盤はＣ１のストレートに慧明の照準があってきたな』

と自分で逸らした話の路線を自分で本線に戻した。

ここまではオポジットの柳楽を多用したライト攻撃が奏効した。第一セット先取の功労者となった柳楽にメンバーの視線が一度向く。

「とめられだしたらレフトに比重移そう。チカ、持ってこい」

三村が力強く言うと黒羽もはっとなって対抗した。「おう、ほやな。持ってこい灰島」

第一セットではレフトの打数が極端に多いことはなかったが三村・黒羽ともタオルで拭う先から額や首筋に汗の玉が浮かんでくる。弓掛が前衛にいるときのマッチアップは三村と黒羽で半々ずつ。負担を分けあえているのでマッチアップの読みは成功したと言えるが、レフトサイドの攻撃は弓掛に阻まれてなかなか気持ちよく通らずにいる。

「弓掛を抜くのが厳しいからライトから抜いてたんだし、比重移しても結局厳しいんじゃないですか」

福田が深刻な面持ちで口を挟んだ。

「３１も使うんでミドルはサイン意識しといてください。３１で引きつけて５１を通します」

灰島の指示に福田と辻が気負いつつ頷いた。

三分間のインターバル終了が近づく。第二セットもスタメンの変更はない。

「灰島」

円陣がばらけてから久保塚が灰島を呼びとめ、染谷の声を伝えていたスマホを差し向けて目配せした。スマホはまだスピーカーモードになっているようだ。

『弓掛のリードブロックの反応は大学最速だけど、トスの出だしの軌道でどこまで飛ぶか判別できなかったら選択肢を絞れないだろうね』

「……」

灰島は一秒ほど思案して頭の中にイメージを描いた。

『できる？』

「誰に言ってるんですか。やれます」

『さすが。おかげでいろいろ試せてこっちも楽しいよ』

スパイクの区別に用いる３１、５１、Ａ１といった用語は「スロット」と「テンポ」を表す二つの記号から成っている。

幅九メートルの味方コートを一メートル刻みの短冊状に九分割したものが「スロット」。理想的には中央ややライト寄りでセットアップするセッターがいる場所を「０」としたときに、そこからレフト側へ「１〜５」、ライト側へ「Ａ〜Ｃ」の記号を振る。「５」から打つアウトサイドヒッターまで五メートルのフロントセット、「Ｃ」から打つオポジットまで三メートルのバックセットを飛ばすことになる。

そのセットアップと、スパイカーの踏み切りのタイミングの関係性を表すのが「テンポ」。ボールがセッターの手を離れるのとほぼ同時に踏み切るものを「１」（ファーストテンポ）。時間差攻撃のように一拍だけ遅いものを「２」（セカンドテンポ）。ハイセットにあわせて時間を取って踏み切るものを「３」（サードテンポ）。ゼロテンポやマイナステンポと呼ばれるものもあるが主流は１か

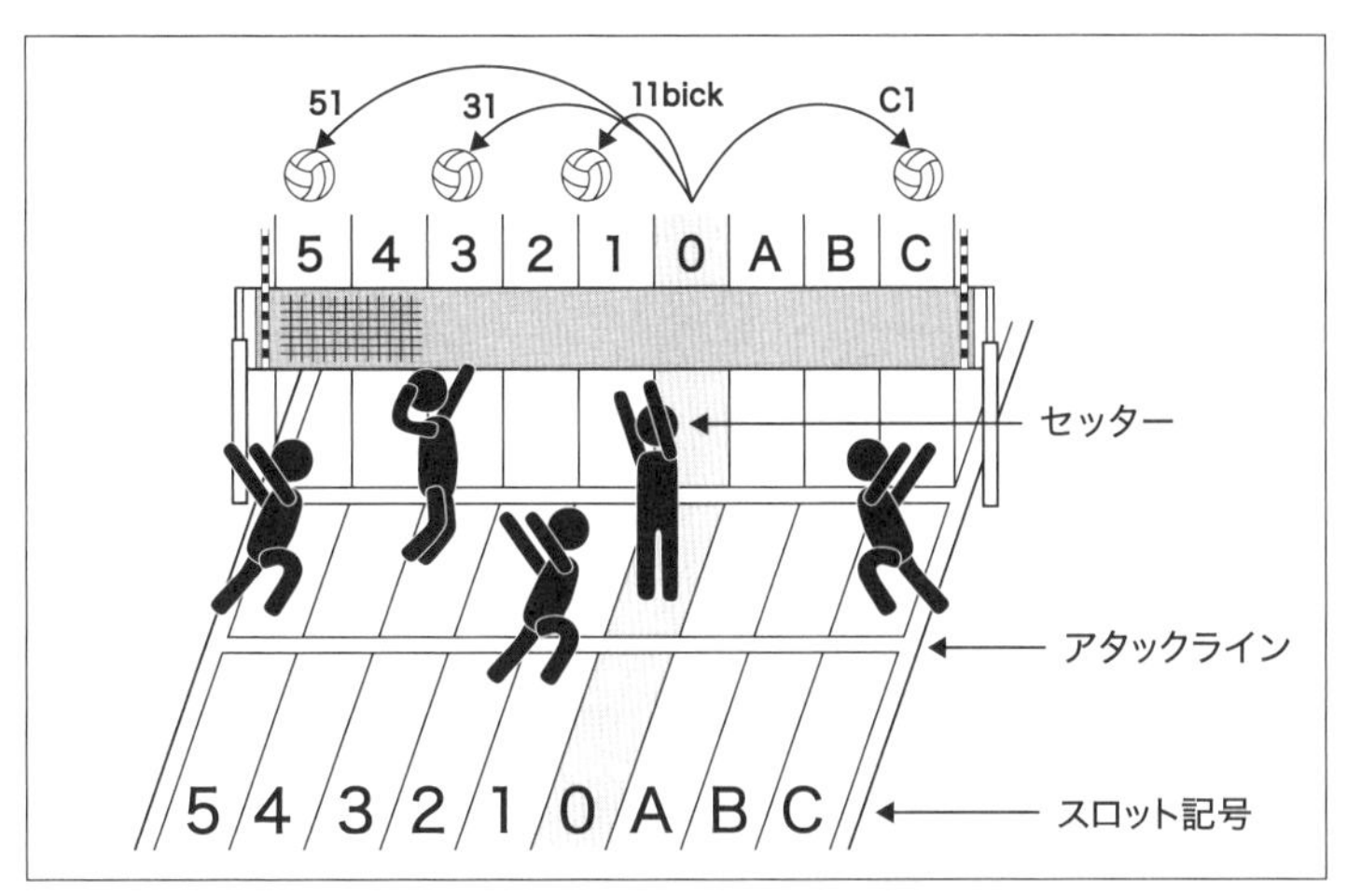


「スロット」と「テンポ」の概略図

ら3だ。

二つの記号を組みあわせると「11」はミドルがセッターの目の前のスロットで打つAクイックに相当する。「31」がBクイック。「A1」がCクイック。後衛アウトサイドが繰りだす速いバッククセンターは「11bick」や「21bick」。時間差攻撃もまだ活用されている高校以下と違い、大学以上ではイン・システムの攻撃は基本的に全員ファーストテンポで入るのでサイド攻撃も「51」や「C1」になる。

ブロック側は攻撃してくる相手側の「どのスロットに」「どのタイミングで」ブロックに行くという意識を味方ブロッカー間で共有して動く。

第二セットがはじまって早々に柳楽のC1が決まらなくなってきた。

ストレートに打ったスパイクがまず鳩飼に捕まった。セット間に第一セットのデータ共有があったのは間違いない。慧明がブロックの締め方を調整してきた。

ストレートを締められて苦しくなった柳楽が次

はクロスを抜きにいく。

弓掛が後衛なので前衛ライトにいるのは山吹。柳楽の渾身のクロスが山吹のブロックに引っかかってサイドへ跳ねとぶ。ブロックアウトかと思ったとき、獲物に向かって一本の矢が放たれたかのように弓掛が床を蹴った。

一直線にコート外まで身を投じるフライングレシーブでバチンッとボールがあがった。すぐにカバーに走った山吹から鳩飼にあがって反撃を決められた。

第二セット前半で欅舎7－10慧明と若干水をあけられた。

くそっと柳楽が悪態をついて汗を拭う。表情がかなり険しくなっている。

ここが切り替えどきかと灰島はレフトに振った。トスを待つ前に黒羽が迷いのない準備態勢から踏み切っている。

欅舎のサイド陣で黒羽は踏み切りのタイミングが一番早い——一番〝高い〟ゆえに。早く踏み切ることでボールが届くまでに大きなフォームで高さと威力をチャージする。もちろん灰島の仕事は黒羽の最大の力を引きだすボールをドンピシャで届けることだ。

波多野の反応が間にあわず山吹一枚。高さで優位な黒羽が落ち着いてあいたコースを抜き去った。

「っしゃあ！」

と黒羽が気合いを発した。

サーブ権が欅舎に移り、慧明のレセプション・アタック。弓掛はまだ後衛だが強力なバックライトがある。黒羽が弓掛に意識を引っ張られた隙に山吹が波多野を使ってセンター線から決めた。

「っし！　やられたらやり返ーす！」

山吹が吠えて波多野とタッチを交わした。

慧明のサーバーがこれで山吹にまわった。三村と黒羽の守備範囲が重なるポイントを鋭いサーブが突いてきたが、

「オッケー！」

いちはやく三村が横に動いてボールを引き受けた。三村に押しだされた形で黒羽がぱっとレフトサイドへ攻撃準備に向かう。三村も「来い来い来い！」とトスを呼び込んでバックセンターから攻撃に加わる。

黒羽とマッチアップするライトブロッカーには弓掛があがっている。周辺視で弓掛を捉えると灰島はバックセンターにセットした。波多野、そして弓掛がヘルプに来たが通過点の高いスパイクが慧明コートのエンドいっぱいで跳ねあがり、バコンッと床を震わせて吹っ飛んでいった。

エンドラインを担当するラインズマンのフラッグが真上にあがった。

三村が「えっ」と驚き「いや、イン！　イン！」オーバーに両手を掲げて床を指し示す仕草でアピールしたが、主審からもアウトのハンドシグナルがはっきりとだされた。

ちょっと口を尖らせて両手をおろした三村が仲間に向きなおって「すまーん！」と拝んだ。辻やリベロの池端(いけはた)から「ドンマイ、次で切ろう！」「今の入ってたよなあ」とフォローの声が明るくあがった。

まだ山吹サーブのため緊張感が続く。再び守備位置についた三村が膝に両手をおき、きりりとした顔をあげて「さっこーい！」と大音声(だいおんじょう)で怒鳴った。

黒羽も対抗するように「さっこーい！」と守備の構えを取った。

二人の気合いに触発されてコート内で「ここで切るぞ！」「一本カットー！」と気合いを入れる声が続いた。

サーブが飛来した瞬間池端が三村・黒羽を押しやって自ら取った。アウトサイドヒッター二人が素早くめいめいの攻撃に移る。

「チカ！　も一本バック持ってこい！」

「灰島！　レフトおー！」

味方どうしでボールを奪いあうような声が二方向から灰島を引っ張る。池端からあがってくるパスを手の中に迎えながら顔がにやけるのを抑えられなかった。

一本でも多くトスを欲するスパイカーが灰島は好きだ。スパイカーはエゴイストなくらいでいい。だが冷静なリードブロックで二枚を揃えた慧明がワンタッチを取って反撃。やはり慧明はこれまでの相手のようには通用しない。

じわじわと差が開いて中盤、欅舎10－15慧明。

〝トスの出だしの軌道でどこまで飛ぶか判別できなかったら選択肢を絞れないだろうね〟

スタンドで食えない笑いを浮かべているチームアナリストの軽薄な声が脳裏でリフレインした。

ローテがまわってアウトサイドヒッターの前衛・後衛が入れ替わっている。後衛の黒羽が11bick。前衛の三村が「レフトレフトレフト！」とトスを呼ぶ。

レフト側にトスを飛ばすや弓掛がぱっと動いた。スロット5を目標地点に弓掛が思い切った助走をつけた刹那、ボールはスロット3で辻の右手に収まった。

弓掛を振った。とっさにスロット3で踏み切ろうとした弓掛が無理な体重移動でバランスを崩し、シューズの底から甲高い摩擦音が突き抜けた。中腰で踏みとどまった体勢のまま弓掛が目を見開いて慧明コートを穿った(うが)ボールの行方をなぞった。

ネット側に向きなおった弓掛と視線がぶつかった。二人を隔てるネットを編むナイロン糸に炎が燃え移って焼け切れそうな眼光が睨んできた。灰島は顎を反らして苛烈な瞳を傲然と受けとめた。

## 6. NOBODY IS SLACKING

クイックが決まって調子をあげた辻が好サーブで慧明のレセプションを崩し、チャンスボールが欅舎に返った。「ナイッサー！」「チャンスチャンス！」

ひゅんっとトスを飛ばした灰島の視界の端で弓掛の影が反応した——が、迷ったように一瞬だけその動きがとまった。一瞬でもとめれば十分。バレーボールでは0コンマ数秒の判断の要否がラリーの明暗を分ける。

福田は31を空振り。福田の打点を越えてレフトいっぱいまで伸びたボールを三村の右手が捉えて打ち抜いた。

「っしゃあ！」

「統ー！」

欅舎のブレイクで欅舎12－15慧明。いまだ点差はあるが仲間が俄然勢いづく。

「集中集中！　まだ詰められっぞ！　第二セットも取るぞ！」

三村が発した鋭い声が盛りあがった空気を引き締めた。攻守が替われば弓掛をとめねばならない。弓掛とマッチアップする三村には気を抜く暇もなくブロックのプレッシャーがのしかかる。

福田をセンターに挟んで三村の逆サイドで待機しながら灰島は山吹の顔をネット越しに注視した。山吹が欅舎側の守備をちらと見やってボールの下に入る。わずかな目線の動きを捉えてセッターの心理を推測し、

「——ミドル！」
トスが飛ぶと同時に怒鳴って福田のヘルプへ。ど真ん中にあがったトスを亜嵐が「ほっ」というちょっと抜けた発声とともに叩いたが福田・灰島の二枚ブロックで引っかける。勢いを削がれたボールが欅舎側にあがった。

辻が飛び込んで繋ぐ。ネット際で着地するなり灰島はレフト方向に逸れたボールを追う。守りにまわった慧明側が「レフトレフト！」と警戒する。

三村が入ってくるレフトにブロッカー三人が寄るのを把握するとバックセットでライトへ飛ばした。遠い（ファー）サイドに寄っていたブロックはついてこられず、柳楽が決めて欅舎13－15慧明。

五点差から追いあげて二点差。辻のサーブが続く。慧明としてはこれ以上の追いあげは阻止せねばならないところだ。「ライト来るぞ！」「弓掛弓掛！」絶対的な信頼が置かれるポイントゲッターを警戒する声が欅舎ベンチやアップエリアから飛ぶ。福田がライト側へじわっと動かされる。

灰島はぱっと一人でレフトへ走った。山吹のセットはまた弓掛にはあがらず鶴崎へ。灰島が一枚で阻むが、鶴崎の足もとに「にゃろお！」と膝立ちで滑り込んできた豊多可がのけぞりながら胸でボールを受けた。

「誠次郎！　持ってこい！」

弓掛が呼んでライトに開く。声が持つ引力に引っ張られるように山吹が今度こそ弓掛に託した。満を持しての弓掛に欅舎のブロックも満を持して三枚つく。三村がストレートを締めたが弓掛が強引にそこにねじ込んだ。三村の腕にあたって真横に跳ねたボールがアンテナを吹っ飛ばす勢いで突き抜けた。

主審が慧明の得点を示したあともしばらくアンテナが折れそうなほど激しくしなっていた。

「大丈夫大丈夫！　弓掛にあまり打たせてないぞ！　このまま行こう！」

ベンチで片耳のインカムに手を添えている久保塚がコートの選手たちを励ました。

事実、予想したほど山吹はここまで弓掛を使っていない。弓掛の調子が悪いわけではなく、打った本数に対する決定率はやはり高い。とはいえ打ちまくってくるという印象ではない。

山吹が弓掛に歩み寄って話しかけている。ほっとしたような苦笑が浮かんだ山吹の横顔を灰島はネット越しに見やり、呟いた。

「楽をする気はないみたいだな……」

弓掛を擁するチームはどんなにか頼もしいだろう。三枚ブロックがつこうが決めてくれる大エースだ。なにも考えず弓掛にあげればセッターは〝楽〟ができる。だが弓掛の決定力に安易に頼っていれば、試合が進んでもっと必要な状況が生じたときに弓掛を使えなくなる。

欅舎13－16慧明。ブレイクを切られて弓掛にサーブがまわった。欅舎にとっては縮めた差をまた戻されるピンチ。

「オッケーオッケー！　フロント薄いぞ、一本で切ってこう！」

あえて慧明側を挑発するように三村が声を張った。弓掛と山吹の前後が入れ替わったため弓掛のブロックの脅威はしばらくない。

「薄くねえぞ！」

とムッとして怒鳴り返してきた山吹に主審の視線がじろりと向き、山吹が審判台に手刀を切って繕った。

第二セット中盤を越えて両チームの熱量がいちだんと高まっている。

弓掛サーブの直撃を受けた黒羽がこらえる間もなくひっくり返った。黒羽自身はコート外まで吹

っ飛ばされたがボールはなんとかコート上空にとどまり、

「祐仁ナイス！　チカ持ってこい！」

三村が助走に入る。「９番９番！」慧明側ブロックが迷わず欅舎レフトにつく。灰島もここはレフトを選択する――と、新たな選択肢を周辺視が捉えた。

後ろでんぐり返りで転がっていった黒羽が懸命に攻撃に戻ってくる。

「ははっ！」

灰島はプレー中に声を立てて笑ってしまった。

味方にも〝楽〟をしようとする者は誰もいない。

セット直前で灰島は脇腹をひねってサイドセットでバックへ飛ばした。

黒羽の得意のバックセンターが豪快に炸裂した。「黒羽ナイスキー！」「弓掛サーブ凌いだぞ！」

味方から喝采があがり、着地した黒羽が「うっし！」と気合いたっぷりに吠える。

弓掛サーブを一本で切ってブレイクのピンチを凌いだところで、欅舎のサーバーは灰島だ。

「24番サーブ！」

「一本で切るぞ！」

慧明側で緊迫した声が飛び交う。豊多可が大声と手振りをまじえて鶴崎・鳩飼の守備位置をずらし、ライト側半分を一人で受け持った。

脚を広く開いて低く構え、両手もレシーブの形に組まずに広げて待つのが景星学園時代からおなじみの豊多可のレシーブスタイルだ。身長一八五センチ、手足が長い長身リベロの利点である〝的の広さ〟を最大限に利用する。反射神経を頼んで自ら飛び込むよりも的確なコースで待って「近くに来たボールを身体のどこかにあてる」スタイルだ。

「さっこいチカ！　きっちりあげてやる！」

血気盛んに煽る声が飛んでくる。灰島はふんっと笑って頷いた。

灰島が打ったサーブは慧明コートのレフト側、前寄りに落ちる。「あっ卑怯！」などと豊多可が口走ったが卑怯でもなんでもない。クイックの助走ルートに入ろうとしていた亜嵐が「わっ」とつんのめりつつ手をだし、前方に低く跳ねとんだボールがネットに突っ込んだ。「ラッキー！」欅舎側で明るい声があがったが、

「まだだ！　あがる！」

灰島は怒鳴ってサーブからディグについた。

ネットに捕まって真下に落ちるボールに山吹がダイブし、ワンハンドでバックゾーンへ打ちあげた。二タッチ使って最後の一タッチに弓掛が走り込んでくる。「打ってくるぞ！」欅舎側で警戒心が高まり慌てて守備を敷く。ブロックには三村・福田がつく。

ボールを打ち抜く刹那、弓掛がスイングをゆるめてインパクトのタイミングを外した。リバウンド狙いのハーフショット！——だが三村がはっとして手を下げたためボールはブロックに触れずにその上を越える。江口が後ろで拾って欅舎が攻撃チャンスを摑む。

三村とマッチアップするブロッカーは山吹。レフトへ飛んだトスを追って山吹がスロット5までひと息にステップしたが、続く亜嵐がスロット3の福田の前で一瞬ブレーキをかけた。福田を素通りしてトスが伸びたので亜嵐が慌てて追いかけるも、割れたブロック間を三村が冷静なコントロールで抜く。足の長いクロススパイクが対角のコーナーいっぱいに決まり、

「おーーーっし‼」

着地姿勢のまま三村がガッツポーズを作った。

「おい前衛ー！　なにガチャガチャしてんだよ！」

慧明コートでは豊多可が味方に文句をつけた。

ストレート側のディグについていた弓掛がまだ低い姿勢で構えたまま顔だけをあげていた。ぎらぎら光る眼球が動き、トスの軌道を脳内で再生するようにネット上をなぞった。

欅舎15－16慧明。一点差に詰めて灰島のサーブが続く。

亜嵐が取らなくていいよう鶴崎が通常のポジションより前にでる。となれば当然灰島は奥を狙う。一転して長く伸びたサーブを鶴崎が身をひねって見送った。鳩飼が横っ飛びでカバーしたが大きく打ちあがり、欅舎側に直接返ってくるボールになる。

「ナイッサー！」

「灰島やべぇー！」

アップエリアの声に背中を押されつつ灰島はフロントゾーンまで駆けあがる。キュッ、とネット際でワンレッグでブレーキをかけて振り向くと、

「チカ！　レフトレフト！」

「灰島！　バックバック！」

三村と黒羽が助走に入りながら競って呼んだ。慧明側で構えるブロッカーを右目の端で把握し、江口が送ってきたボールをバックセット。ライトから柳楽が叩き込んだ。レフト側に意識を引っ張られていた亜嵐が「あーっ」と悔しがった。

欅舎16－16慧明。終盤に入る直前、捉えた！

ベンチやアップエリアの味方が歓声をあげる中、バックセンターからジャンプしただけで着地した黒羽が「あっ、順番ー！　順番的に次おれでねえんかあ？」などとぶうたれてきた。「順番なん

てねえよ。なに言ってんだ」

「今んとこおれが勝ち越してるな」

「どんな計算ですか」

にやにやして煽ってきた三村に黒羽が迷惑そうに顔をしかめた。

副審側からホイッスルが吹かれた。慧明のタイムアウトに欅舎側がまたわく。慧明側は全体的に低く、逆に欅舎側は全体的に高く——音程の異なるざわめきとともに両チームがコートから引きあげる。

「統さん、今日妙におまえを煽るよな」

「高校んときからあんなもんやったぞ、あの人。みんなに愛敬振りまいてぶりっこしてんのにおれの扱いはなんか雑やし、ちょいちょい意地悪ぃし」

ベンチ前で率先して円陣を組む三村の背中に黒羽が半眼をやった。

「なんで?」

「おれに愛されキャラぶる理由がねぇでやろ」

「だからなんで」

「ライバルやでやろ」

黒羽の口からその単語がすんなりとでたことが、灰島をにやりとさせた。

「おまえにとっても、だよな」

「ユニチカどこ行ったー?」円陣の中から三村が振り返った。屈託のない笑顔で「はよこっちこい」と手招きする三村に「へーい」と応えた黒羽が、いつものちょっととぼけた顔で汗が浮かぶこめかみをぽりぽりと掻きながら、しかしちょっとトーンを落とした声で呟いた。

「……ああ。おれもあの人に一番負けたない気ぃする」


特定のスパイカーをマークするコミットブロックに対し、リードブロックでマークするのはスパイカーではなくセッターだ。セッターの手からトスがでた瞬間その行き先を見て反応する。

3１と5１のトスは同じ方向に飛ぶため、トスがでた瞬間選択肢を一つに絞るのは難しい。複数のスパイカーが入ってきていればなおさらブロッカーは迷う。

鳩飼と波多野の意識が揃わず慧明ブロックが割れた。黒羽がそこを狙って打ち抜く。三村ほどのコントロール力がないので波多野の手の端にあててしまったが、球威が幸いして大きく跳ねとびブロックアウト。

十六点で並んでからは拮抗する展開で進んで二十点を超えている。

S１ローテの慧明は弓掛がレフト、鳩飼がライトからのレセプション・アタックとなる。欅舎ライトブロッカーの灰島が弓掛とマッチアップする唯一のターンがここだ。

山吹のトスが飛ぶなり灰島はボールの方向を追って踏みだした。センターから辻も続き、二枚ブロックで弓掛と勝負！

五指を固めて叩き落とそうとしたが、凄まじい強打が指をはじいて突き通った。威力を削がれず欅舎コートを襲うボールに三村が腹這いで手の甲を突っ込んだ。「あがった！」「統！」

灰島はネット際から身をひるがえしてボールの下に走る。「にじゅさんにじゅさん！」黒羽のナンバーを豊多可が連呼する。三村も立ちあがるなり休む間もなくバックセンターから助走に入ってきた。鳩飼・波多野は黒羽の側に寄っていたため三村の前にブロッカーはいない。拾った三村が自ら打つ。

が、そのとき逆サイドのブロッカーだった弓掛がセンターまで吹っ飛んできた。流れすぎて三村の前を通り過ぎざま左手一本でボールの通り道を阻み、バガンッと跳ねあげた。

キキュウッ！　カーレースみたいなスキール音を響かせてネット際から取って返し、バックまで駆け戻って助走距離を稼ぐ。豊多可が繋いで山吹に送るあいだに弓掛がサイドラインの外まで膨らんで助走してくる。二枚ブロックがついたが、とめられずに打ち抜かれた。

ラリー中足をとめずに何度でも守備に、攻撃に入り続けるハードワーク、さらに決めきる力は、やはり弓掛が三村を上回る。

慧明サーブに替わると欅舎がレセプション・アタック側となり、ここから弓掛が本来のライトブロッカーにまわってくる。

黒羽の５１か辻の３１か、選択肢を絞れず慧明の反応が一拍遅れた隙に灰島はレフトサイドまでトスを通した。黒羽がインパクトした瞬間、
バチンッ！

出会い頭にネット上に現れた弓掛の手に阻まれた。また……！　シャットアウトにこそならなかったが威力を相殺されて浮いたボールが白帯(はくたい)の上を滑り、波多野にこれをはたき込まれた。

着地した黒羽が鳩が豆鉄砲を食ったような顔でネット上を見あげた。もちろんブロックされた状況しかあり得ないとはいえ、打った瞬間にはブロックは見えていなかったのだろう。

ブロッカーを迷わせる材料は増えている。なのに二本連続で弓掛が手をあててきた。

一般的に右利きが苦手とするライトプレーヤーを弓掛がずっと担っているのは、オポジットがもっとも攻撃力の高いスパイカーが担う点取り屋のポジションだから——という理由だけではない。

レフト側のアウトサイドヒッターを任せたとしてもその得点能力は遺憾なく発揮されるはずだ。

スパイカーとしてのみならず、弓掛は卓越したライトブロッカーでもあるのだ。

右利きにとって自分の右方向へのブロックステップはスパイク時の踏み切りと逆足になるため本来速い移動が難しい。スパイク時と同じ足運びで踏み切れるレフトブロッカーのほうが自然にプレーできる。しかし高校時代から実践しているスイングブロックの練度は極めて高く、反応速度とライトへの移動は右利きの中では無類の速さを誇る。スパイカーにとっては打つ瞬間まで見えていなかったブロックが突然吹っ飛んでくるので対応が間にあわない。

八重洲の破魔清央(すがお)が最強ミドルブロッカーたるのはフィジカルも上乗せされての総合的な評価だが、ブロック技術なら弓掛は破魔より上かもしれない。

ローテがまわり黒羽・三村の前衛・後衛がまた入れ替わる。辻の３１を越えてレフトまで通ったトスを三村が打ち抜く。刹那、
射出直後のボールにブロックが覆いかぶさり、ドパンッ!!と垂直に沈んだ。

「！」

二回のブロックタッチを経てコースとタイミングを完璧にあわせられた。三度目の正直で、どシャット！

二人のエースをぶつければ弓掛に対抗しうるという自信が灰島にはあった。それを越えてくる気か……〝九州の弩弓(どきゅう)〟。

第二セットは欅舎23－25慧明で慧明に取り返され、セットカウント１－１。

最悪慧明にやってよかった一セットを許し、欅舎はこれ以上一セットもやれない状況に立たされ

た。

## 7. SECOND TO NONE IN SERVE

「おいおい……なにあの化け物ブロック」

山吹は口の中で突っ込みを入れずにいられなかった。

味方ながらも弓掛の戦いぶりには薄ら寒くさせられる。弓掛が後衛に下がれば対角の山吹がライトブロッカーを担うのである。あれと同じことがおれにも求められるのか？

ビッ！と鋭い音とともに弓掛がボールを引っかけて欅舎側に跳ね返す。自分自身はそのまま身体ごとサイドまで投げだされていくところをボールの緩衝材にしがみつき、シューズの底から煙があがりそうな摩擦音を立ててブレーキをかける。そうでもしないと記録席の机に突っ込んでいくところだ。鉄砲玉かよ。

だがワンタッチボールの軌道が大きい。ブロックアウトになるか？　欅舎側も見送る動きを見せたとき、

「イン！」

ネット際から自コートを振り返った灰島がジャッジを発した。激しくスピンするボールが不規則な軌道を描いて欅舎コートの端、コーナー上に落ちる。フロントゾーンに詰めていたリベロが取って返したが届かない。中腰でラインに目を凝らしていたラインズマンがインを示した。

ブロックタッチにより偶然かかった強い回転が慧明側に幸運に働いた。

欅舎のベンチが動いてタイムを取った。

ベンチに引きあげながら山吹がコートを振り向くと、一人の選手がまだネット前にとどまっていた――結果的にブロックポイントになったとはいえ今のブロックに納得いっていないのか、弓掛が修正点を確認するように欅舎コートをひたと見つめていた。

やっと弓掛がきびすを返し、一番最後にベンチに引きあげてきた。「篤志――」鳩飼がタッチを求めかけたが、その顔つきを見てぎくりと固まった。

荒れ狂う雷雲の中心に一人だけ佇（たたず）んでいるかのような、近づいたら感電してはじき飛ばされるんじゃないかと恐怖を感じるほどの集中力が同学年の味方まで声をかけるのをためらわせる。

――と、

「ねえ。後ろがメーワクしてんですけど」

空気を読まずに文句をつけた者が一人。

極端にまばたきが減っていた瞳が一つまたたいた。ぱちんっと瞳の表面で光が爆（は）ぜ、弓掛を取り巻いていた雷雲が霧散した。

「なん、どういう意味ね」

集中力を断たれて気分を害したように弓掛が発言者に目をやった。両手を腰にあてて仁王立ちした豊多可がその眼光に及び腰になったが、小型犬が大型犬の威圧感にびびりながら吠えたてるみたいに（実際には豊多可のほうが十センチもでかいが）不満を露（あら）わにした。

「こっちがヘタクソだと思われんだろっ。好き勝手なとこに吹っ飛んでくから後ろがポジショニングできないんだよ。ブロッカーがディガーより偉いわけじゃねえからなっ」

同学年ですらたじろぐ今の状態の弓掛に嚙みつける無鉄砲さには感心しないこともない。だが山吹は豊多可に取りあわず、

「なにやろうとしてるのか教えてください」

弓掛に意図を尋ねた。

「どっから打つかわからんけん、全部タッチ取るしかなかろう」

弓掛が大胆に言い切ってチームメイトをざわつかせた。

「スロット3から5まで一人でタッチ取る気ってことですか」

「うん」

冗談であって欲しかったが真顔も真顔だ。

「めちゃくちゃじゃん！」

豊多可が喚いた。さすがに豊多可だけでなくチームメイトも戸惑って顔を見あわせた。

「スロット決めてくれなきゃ後ろがカバーできないでしょ！　原則破壊すんなよ！　練習でやってないことされてもみんなヘルプ行けてないし、あんたのワンマンプレーじゃん！　山吹さんだってそう思うでしょ？」

「そうだな。できる奴ができない奴にあわせる必要はねえよな」

「でしょーっ」豊多可が我が意を得たように小鼻を膨らませてから、「えっ、裏切るんですか山吹さん」

「裏切るもなにも、なんでおれがおまえの味方なんだよ」

「ちょっ、味方でしょ？」

「全員のな。敵はあっちだろ」あの野郎、また天才テクニック見せつけやがってと山吹は忌々しい気持ちで欅舎側に一瞥をくれた。「今までのやりかたで対応できないことやってくるならこっちが変えるしかねえだろ。変えるのがめんどくせえなら高校に帰れ」

顔を紅潮させて豊多可が絶句した。助太刀を求めて亜嵐に目をやったが、亜嵐のほうは肩をすくめておどけてみせた。

「ま、できる奴ができない奴にあわせろって言われたら、なにそれっておれも思うかな。だって試合だろって」

タイムアウト終了のホイッスルがはやばやと鳴った。この内容を話すには三十秒は短すぎる。

「豊多可、おい」

円陣が解散してから山吹は豊多可に素早く近寄った。否定してばかりで拗(す)ねられても困る。豊多可が不満を溜め込まずに口にだすことでチーム全体の意識を訂正するきっかけができる。豊多可の性格が役に立っている一面があるのも事実だ。

案の定不貞腐(ふてくさ)れた顔で豊多可が振り向いた。

「おれが前のときは同じことはできない。ブロック抜けたら鋭角にぶち込まれるからストレート側は前めで守らせろ。それで拾えなければストレートに二人ディグ入れてクロスはおまえ一人で守れ。そこは状況見ておまえが指示しろ。いいな」

と役目を託し、自分より五センチでかくなった後輩の肩口に口を寄せる。

「チカに勝てなきゃ意味ねえんだ。おまえと亜嵐の助けがいる」

ひととき豊多可がジト目をよこしてから、ふと得意げににやっとした。

「ほらね。山吹さんが一番おれたちの力が必要でしょ。チカでも直澄さんでもなくて」

「はあ？　なんだよそれ」

山吹が半ギレで語尾を跳ねあげると豊多可は亜嵐のほうへぴゅうっと逃げていった。

灰島のセットアップのフォームにはフロントセットとバックセットの癖がまったくない。普通のセッターならどういうワンが入ったらどの攻撃を使う確率が何パーセントといったデータがでるが、灰島の場合データ上でも有意な傾向がない。実際にでたトスを見るまでブロッカー側が予測できる情報がほとんどないが、フロントにあがったからといってその行き先がスロット3なのか5なのか瞬時にわからない。というのが慧明が陥っている状況だ。

弓掛がやろうとしていることですら、うまくすれば何割かを阻めるだけで、すべての攻撃を防御できる特効薬なんてものはこの世に存在しない。攻撃の一本一本を集中して守り、とめられる限りとめに行き拾える限り拾って相手にストレスをかけ続けるしかないことに変わりはない。

スロット5まで伸びるかに見えたトスをスロット3で辻が打つ。ブロックの脇をすり抜けて決めた辻が胸を撫でおろした顔をした。

緊張感を抱えているのは慧明側だけではない。欅舎側も一本一本緊張感を抱えながら打っている。

ローテがまわって弓掛が後衛に下がると欅舎のスパイカー陣が抱えるプレッシャーがあきらかに軽減される。かわりに前衛にあがった山吹にしてみれば面白くない。マッチアップする三村や黒羽からすると一八〇センチの山吹は怖いブロッカーではないのは明白だが……舐めんじゃねえぞ。

弓掛サーブとなるこのローテはむしろブロックが重要だ。サーブで崩してブロックで仕留めるブレイクチャンス。

サーブの直撃を受けた黒羽が派手にひっくり返った。池端が逸れたボールのカバーに走る。三村が助走を取りながらトスを呼ぶ。池端が二段トスを三村に託した。

灰島が噛めない攻撃になった。慧明はこのチャンスを逃せない。

「オープン！」「ここ止めるぞ！」

「相手低いぞ！」「続行けー！」

慧明、欅舎双方のベンチから声が飛ぶ。

三枚ブロックでコースは塞いだが通過点の高いスパイクが山吹の指先の上を抜けた。くそっ……！　着地しながら首をねじって振り向いたとき、自コートの後方でばちんっとボールがあがった。

見事なフライングレシーブから弓掛が身体を丸めて床の上で一回転。即座に立ちあがる体勢に入りながら「誠次郎！」取りに来いという声が呼ぶ。

「ライト！　弓掛来るぞ！」

欅舎側で声があがる。二段トスに入ろうとした豊多可を山吹は「どけ！」と怒鳴りつけて自らボールの下に走り込みざま、サイドセットでレフトの鶴崎へ飛ばした。

振ったと思ったがネットの向こうで素早く反応する影があった。灰島一枚で鶴崎をブロック！

一年生セッターのソロブロックにスタンドがどよめいた。

「ヤロー……天才発揮すんのはトスだけにしとけ」

山吹は歯嚙みして毒づいた。

判断ミスだったか？　豊多可に二段トスを任せて弓掛に託すべきだったろうか。最善だと思ってやっていることが本当に正しいのか、迷いが頭をもたげる。

ふう……落ち着け。迷えば迷うだけ敵の思うツボだ。腰に手を置きがてらユニフォームで汗ばんだ指を拭い、足もとに向かって一つ息を吐いて呼吸を整える。

弓掛のサーブは一本で切れ、サーブ権が欅舎に移った。サーバーは灰島。

欅舎側のサービスゾーンでボールを受け取った灰島がこちら側に向きなおる。切れ長の目尻が吊りあがり、唇の片側をめくりあげるような笑い方をした。まっすぐ肘を伸ばして突きだした左手にバレーボールを載せた立ち姿が人間の心臓を摑んで握り潰さんとする悪魔の姿に見える。頭に生やした曲がりくねった二本の角まで目に浮かぶようである。

あれが灰島なりの〝満面の笑み〟なのだから始末に負えない。こっちにとっては一本ごとに神経をヤスリで削り取られるぎりぎりの攻防が、あいつには大好物のご馳走ときている。

どシャットを食らったばかりの鶴崎に追い打ちをかけるようなサーブが襲った。やっぱり人の心臓を非情に握り潰すことに快楽を覚える悪魔かあいつは。

レフトサイドいっぱいに入るサーブに鶴崎が飛びついた。隣の守備位置だった鳩飼が逸れたレセプションのカバーに走り、アウトサイドが二人とも消された。鳩飼が繋いでもまだボールはコート外だ。豊多可が「くそおっ」とアンダーで高く打ちあげて欅舎にチャンスボールを返す。

欅舎にとっては万全の攻撃態勢を整えられる。今度はとめてやる——レフト側の攻撃陣を山吹が意識した隙に灰島からバックセットが飛んだ。ライトかよ！

柳楽のクロスが慧明コートを斜めに割って抜ける。が、山吹の背後で弓掛が飛距離のあるフライングレシーブ。またリベロ顔負けのファインセーブを見せる。「篤志ー！」「ナイスセーブ！」

あんたもあんたで攻撃力に特化しろよと山吹は理不尽な愚痴を胸中でこぼした。

一度奪われた攻撃権を慧明が奪い返した。灰島の連続サーブを阻止するためにはここで決めたい。同じ監督に師事した時期があるのである意味当然だが、自分と灰島は同じ属性のセッターだと山吹は考えている。サイド攻撃に頼らずセンター線も多用する。セット位置は絶対に低くしない。高い打点で打たせることを重視する。ネット前への正確なAパスは要求せず、アタックライン付近に高いボールがあがればよしとする。これにより自身がセットに入る時間およびスパイカー陣の準備時間を確保することで、四人のスパイカー、どこからの攻撃も使えるイン・システムの状況を作りだす。

今それぞれが属するチームにおいて大きな違いを一つ挙げるなら、山吹には弓掛がいる——システムが崩れた状況になっても圧倒的決定力を持つ大エースを頼れることだ。

「弓掛弓掛！」

「ブロック頑張れ！」

慧明側から聞こえる声とバックライトに入ってくる弓掛の存在感を感じながら山吹が選択した先は、

「亜嵐！」

「はいな！」

ど真ん中、亜嵐の11で叩く。福田を躱して抜けたボールにディグリベロの江口が飛び込んだが、手にあてたボールが吹っ飛んでいった。

ホイッスルを聞いてふうっと山吹は息を抜いた。「ふぃーっ、ギリ、怖っ」と胸を撫でおろした亜嵐をねぎらってタッチを交わした。

こんな駆け引きが一セットに何十本も蓄積されていけばどんな人間でも神経が磨り減る。〝戦闘狂〟灰島公誓以外の普通の人間なら、だけどな。

第三セット中盤まで緊張感が抜けない競りあいが続き、慧明16－15欅舎。慧明にとって大きなブレイクチャンス——山吹にサーブがまわった。

「誠次郎頼むぞ！」

「ナイッサー！」

　コート内外からかかる味方の声援に山吹はひらりと片手で応えてサービスゾーンに向かった。ボールを受け取ってコート側に向きなおる。

　欅舎のレセプション・フォーメーションは真ん中の三村を挟んでライト側にレセプションリベロの池端、レフト側に黒羽。ミドルの辻とオポジットの柳楽は基本的にレセプションに入らないが、前寄りやライトの端に来たボールは取ることもある。

「サーブだけはチカに負けんなよ、山吹さん！」

　自陣のバックゾーンを守る豊多可が余計なひと言を言ってきた。

　だけは、ってどういう意味だおい。あとで覚えてろ。

　サービスゾーンから豊多可をひと睨みしておいて、その向こうの欅舎コートに視線を戻し、ふん、と自嘲する。

　……よくわかってんじゃねえか。

　視線は欅舎コートに据えたまま、トスを放る右手に意識を集中する。トスの精度が山吹が放つサーブの生命線だ。味方スパイカーのために試合中献身的にトスをあげ続けるセッターが、自分のサーブ時のみ唯一、自分のためのトスをあげる。

　軽く手首のスナップをつけて指の腹でボールを投げあげ、助走スタート。狙いどおりのトスが前方上空にあがった手応えがあった。理想形でミートしたボールが鎌のような弧を描いてネットを越え欅舎コートに飛び込む。黒羽と三村の中間を割って伸びたボールがエンドいっぱいで角度をぐんっと一段深めて落ちる。ボールを見送りかけた三村が身をひねって飛びつくも、指先で掠ったただけで大きくはじいた。

ぶん三村側に寄る。

池端と三村が手振りを交わして守備位置を調整した。三村が黒羽とのあいだを詰め、池端がその

「まだまだ、もう一本行くぜ！」

コートに一歩足を踏み入れただけで山吹は威勢よくきびすを返してサービスゾーンへ戻る。

サービスエース！　慧明17－15欅舎。

「ナイッサー！」

──〝チカが来たからっておれがチームに必要なくなったとは言わせません〟

サービスゾーンで二球目を構えた山吹の脳裏に、いつだったかの自分の台詞(せりふ)が蘇(よみがえ)った。

灰島が景星に転入してきたことで、山吹にとっても結果論だが、たぶん来なかった場合より倍は努力してサーブを磨いた。

サーブだけは負けねえ。

二本目、今度も手応えはいい。一本目よりライト側に曲がる。欅舎バックゾーンのほぼ真ん中だが、広がっていた三村と池端のあいだのスペースを割ってワンバンしたボールがねじれ回転をともなって吹っ飛んでいった。

「二連続エース！」

「誠次郎ぉー！　かっけぇー！」

三本目は黒羽が守るレフト側のサイドを攻める。左手前に来たボールに黒羽が突っ込んで前にはじいた。ネット方向に飛んだボールがアンテナにあたって突き抜け、四人のラインズマンがいっせいに右手のフラッグを頭上で振って左手でアンテナを指さした。

「まだ行くぜ！」

気炎を吐いてサービスゾーンに大股で戻り、次の一球を構えたとき、副審側から吹かれたホイッスルに邪魔された。

三連続サービスエースに危機感を募らせた欅舍にタイムを取らせた。

山吹は一度受け取ったボールをボールリトリバーに下手(したて)で放り戻した。「仕事したじゃん！」などと言って寄ってきた豊多可を「なんで上からなんだよ」とベンチのほうへ小突いて引きあげる。

口々にねぎらってくる味方とタッチを交わしながら円陣に迎えられると食い気味に話しだした。

「次はレセプあがります。ただしAパスはあげさせません。右か左に逸れたらニアよりファーを警戒してください。普通あげにくいほうにあげてくるのが灰島です」

欅舍も守備を修正してくるはずだ。さすがに四連続エースはない、と冷静に考えている。

タイムアウトあけのサーブはライト側、ライン際にいた柳楽の足の前。通常レセプションに入らない柳楽が一瞬迷い、つんのめってボールに手を伸ばした。はじいたボールに池端が走ったが追いつけず、ホイッスル。

「せーじろー!?」

「まじかー!?」

味方側からの声まで歓声からどよめきに変わった。後衛の守備に入りつつネットの向こうを注視していた山吹も我ながら「まじか……!?」と呟いた。

四連続サービスエースで慧明が五連続得点。一気に突き放した。欅舍の星名が腰を浮かせてタイムのサインをだしかけ、思いだしたようにすぐ座った。欅舍は二回のタイムアウトを使い切っている。アップエリアの控えの四年たちが声援を送りながら祈るように両手を組んでいる。

〝豊多可が訊きに来たぜ。決勝のスタメンセッターどっちで行くのかって〟

高校三年——景星にとっては前回大会の初優勝に続く春高(はるこう)連覇が懸かった決勝の前夜。当時主将だった山吹が若槻と二人で寮のミーティングルームで話していたときだった。宿を取って遠征してくる他県の出場校と違って景星は大会期間中も自校の寮から毎日東京体育館へ通うため普段の生活と大きくは変わらない。

〝はあ？　なにあいつ気持ち悪ぃことしてくれてんの〟

本心から苛立(いらだ)って山吹は毒を吐いた。

〝スタメンは誠次郎。もちろん状況によっちゃ途中でチカと使い分ける〟

〝三年だから記念出場とかいう理由だったら、そういうのはやめてください。若槻先生には似合わないですよ。勝てるセッターを使ってください〟

〝そんなウェットな理由じゃねえよ。決勝には誠次郎のサーブが必要だ。それに決勝でガキどもをきっちりシメる役もおまえにしかできない〟

よく言えばフランクな、悪く言えばぞんざいないつもの口調で若槻は言い、向かいあって座った山吹の目を意外にまっすぐな眼差しで見つめて、

〝言わせなかったな〟

と、にやりと笑った。

〝今年一年間のおまえ、チーム一かっこよかったぜ。あと一試合頼む。直澄に二連覇を見せようぜ〟

〝比較対象がチーム内じゃ当たり前でしょ〟

図々しく山吹は受けとめたが、若槻からの最高の褒め言葉に救われた。

## 8. DON'T PLAY IT SAFE

慧明20－15欅舎。第三セットが終盤に入っていく。山吹の連続サーブここまで四本、レフトからライトまで幅広く散らして欅舎のレセプションを振りまわしてきた。五本目は四本目に続けてライト側いっぱい。柳楽のカバーに入った池端が辛くもあげた。ライト側に逸れたボールに灰島がもうダッシュしている。

そのまま振り向かずにバックセットに入る。近いサイドにいるのは柳楽だ。ほとんどのセッターはこの状況ならニアを選択する。ニアのほうが速い攻撃ができ、セットミスのリスクも少ない。

「ライトライト！」鳩飼、波多野、そして遠いサイド側の弓掛がじわりとそちら側に寄りながらブロック待機する。

と、柳楽の頭を越えてボールが伸びた。ライトの外からレフトまで、バックセットであの距離を飛ばすか!?というボールが正確に飛ぶ。自分に来ることを確信していたかのようにレフトで黒羽が踏み切っている。ダイナミックなサーキュラーアームスイングからボールを叩き込む――刹那、弓掛のブロックがセンター側から吹っ飛んできた。

インパクト、ブロック、そしてボールが床に沈む音がドガガガンッ！と連続した。

慧明21－15欅舎。突き放す！

山吹のサーブがまだ切れない。サービスゾーンで六球目を手にし、床に向かってふっと強く一つ息を吐く。

「きっつ……」

連続得点は願ってもないが、それはそれとして六連続サーブはしんどい。

だが欅舎の気力にとどめを刺すのはここだ。

今にもちぎれそうな集中力を歯を食いしばって掻き集める。

六本目、エンドいっぱいに突っ込むがドライブのかかりが甘くなった。思ったほど落ちない。頼む、入れ、と念じたボールに池端が手をだして後方へはじいた。「またエースーーー！」「まじかー!?」

まだホイッスルは鳴らない。短距離走ばりのダッシュで追っていったのは三村。ボールを追い越して壁に半ばぶつかりながらコート側へ打ち返した。「返るぞ！」一度わきかけた慧明側が守備を敷きなおす。

「祐仁！」

三村が壁に背中を張りつけて怒鳴った。

「黒羽！　行け！」

コート内で灰島の声も飛んだ。ボールの落下点はバックセンター付近。前衛で待っていた黒羽がエンドラインまで助走を取りなおした。

ガッ！と波多野のブロックを削ってなお突っ込んできた強打を豊多可が拾い切れずにはじき飛ばされた。高く吹っ飛んでいったボールにホイッスルが鳴った。

欅舎側で安堵とともに黒羽をたたえる声がわいた。

「くっそお！　次はあげる！」

エンドラインの外でひっくり返った豊多可が悔しそうに悪態をつき、背中で反動をつけて起きあがった。

慧明21－16欅舎。山吹のサーブは切れたが味方に落胆の空気はない。六連続得点で突き放し、第三セット取得に大きく近づいた。一点ずつサイドアウトを取っていけばこのセットの流れを渡すことはない。「誠次郎サイコー！」「ご苦労さん！」とねぎらう声がかけられる。

六点ぶりにサーブ権を取ってローテをまわした欅舎は灰島が前衛にあがる。サーバーは灰島にかわって後衛に下がった柳楽。調子の波に左右されるサーバーだが、気合いが乗れば左利き独特の回転の癖が強くでる。レセプションを乱され、「ちっ」と山吹のほうからボールの下に走る。

一瞬、思考停止して安易に弓掛にあげようとしていた。はっとしてほかのスパイカーも視野に入れる。ゆるんでる場合じゃねえと気を引き締めなおす。灰島が五点差で折れると思うな。あいつがこのセットを諦めたわけがない。

クイックは潰されたがまだ鳩飼、バックから鶴崎、そして弓掛の三枚は生きている。

レフトはさっき灰島に被ブロックを浴びている。さすがにそろそろ弓掛にあがるはずだと欅舎は弓掛から注意を外さない。欅舎ミドルの辻の足がライト側へ動きかけた瞬間山吹はレフトへ飛ばした。

一枚になった灰島の脇を鳩飼がぎりぎり躱した。

慧明22－16欅舎。あと三点……。

追い込まれようが肝が据わった灰島のトスワークで辻の３１が決まり、慧明22－17欅舎。三村があがって黒羽がサーブへ。豊多可が今度はしっかりあげて挽回し「しゃあ！」と気炎を吐いた。

四枚攻撃を揃えられるベストなワンがあがった。「ミドルあるぞ！」「レフトレフト！」欅舎側で緊迫した声が飛び交う。

ここで！　ライトへバックセット！

自分がセットしたボールを山吹が振り返る前に、ズドンッ！　チーム一のスパイクの快音が頭の後ろで聞こえ、三村のブロックを豪快にはじき飛ばした。

慧明23－17欅舎。あと二点……。

欅舎にとってはあと二点取られたらセットを落とすだけではない。その時点で総合優勝の可能性が潰える。「チカ！　レフトレフト！」三村が今の失点を自ら取り返さんという気迫でトスを呼ぶ。

「レフトあるぞ！」

前衛にあがった亜嵐に山吹は警戒を促した。こういうとき灰島はスパイカーの負けん気によろこんで応える奴だ。果たして灰島の手から三村へトスが飛んだ。弓掛のヘルプに亜嵐もつく。二枚ブロックに三村が果敢に挑むが、渾身のスパイクをブロックが跳ね返した。

自分で打ったボールを顔面に受けそうになった三村が間一髪で頭を反らした。ボールを避けてサイドライン上に尻もちをついた三村の背後で、コーナーに立つラインズマンがぱっとフラッグをあげた。

惜しくもブロックアウトになったが、まだ慧明23－18欅舎。どっちにしてもあと二点だ……。

亜嵐の１１——を、囮に鳩飼の２１ｂｉｃｋで決めようとしたが、福田・灰島のブロックに引っかけられた。自陣側に跳ね返ってきたボールを山吹がネット際で振り仰いだとき、
ピィッ！

まだボールは生きているのにホイッスルが突然吹かれた。

しまった、と自分の足もとに目を落とした。

パッシング・ザ・センターライン。ネット際で返した足がセンターラインを踏み越していた。

「くっそ、なにやってんだ……」

セット終盤でこんなケアレスミスを犯した自分に歯噛みする。

「山吹さんドンマイ！　終盤だよ！　丁寧にいこー！」

豊多可にフォローされると余計にへこんでちょっと目をあわせられない。うなだれて額の汗を袖口で拭いつつ「すいません」と仲間に片手をあげた。

慧明23－19欅舎。ひさびさに欅舎にでたブレイクで一点詰まった。このまま欅舎を勢いづかせるのは避けたい。あと二点……。

確実にブレイクを切るには弓掛にあげて決めて欲しい。ただ頭の中にあるシナリオではまだそれはやりたくない。

もう一本、センター線で抜く。福田の両サイドから灰島・三村がヘルプにきたため亜嵐が打ち急ぎ、「あ！」とわかりやすくミスった声をだした。芯を外したスパイクを欅舎側で拾われてトランジション・アタックのチャンスを与えた。

灰島から三村へトスが飛んだ。即座に弓掛がそちらへ踏みだしたが、トスの軌道に山吹ははっとした。「バック……!!」

ボールがスロット5まで届く前に、後衛で踏み切ってほぼ前衛並みのところまで飛び込んできた黒羽がスロット3でインパクトした。31bickだと――！

決まる確信があったような顔を見あわせてタッチを交わす灰島と黒羽をネット越しに睨みつけて山吹は歯軋りした。

bickは11か21が大半で、後衛アウトサイドが31に入ることは稀だ。31クイックと51の判別ができないトスにこっちが対策しかけてきたと思ったら、また違う引きだしをあけてきやがった。

「おれまでサーブまわしてください。このセット行けます」

ネットの向こうで灰島が微塵も諦めていない声色で味方を励ます。辻の次にまわってくるサーバーは灰島だ。

慧明23－20欅舎。あと二点……。

って、考えるのは何度目だ？　無意識下で繰り返していた自分の独白に気づいた。そこから三連続得点されたじゃねえか。

あと何点なんて思考は捨てろ。このセットを逃げ切ろうなんて守りに入った思考であいつに勝てるわけがない。攻めて三セットを取り切らなきゃ勝てないんだ。

「おれにもっと持ってきてよか、誠次郎」

弓掛が肩を叩いてきた。しかし山吹は頼れる大エースの申し出に首肯しなかった。

「このセットは今の配球で粘らせてください。目的はこのセット取って欅を一位から蹴落とすことじゃない。あと二セット取って、おれたちが勝つことです」

鳩飼の１１ｂｉｃｋでど真ん中から攻める。さっきからｂｉｃｋにいい反応を見せている福田が阻んで慧明側に落とされたが、ネット下で構えていた豊多可が尻もちをつきながら掬いあげた。

山吹は倒れた豊多可をまたぎ越してボールの下に入った。ジャンプセットした山吹の頭の上で亜嵐の右手がしなってボールを叩く。リバウンドから間髪をいれない反撃に福田も反応できず、欅舎コートを貫いた。

下から豊多可、山吹、亜嵐の順で折り重なって潰れつつ、山吹は一年生二人の頭を掻き抱いた。

「サンキュー！　よくやった！」

ほかの仲間も集まってきて「ナイスガッツ！」とたたえながら三人を助け起こした。

慧明24－20欅舎。第三セットのセットポイントを握り、サーブが弓掛にまわった。もし欅舎が一本でサイドアウトを取れば三点差で灰島にサーブがまわる。灰島サーブに対して三点差は安全圏ではまったくない。

サーブのコントロールなら弓掛にも負けないと山吹は自負しているが、弓掛のサーブは二メートル級の選手ばりの打点から打ちだされる。レシーバーから見れば弧を描いてネットを越えることなく、射出から着弾までほとんど直線距離で肉薄する。

レセプションが固い三村の長身をコート外まで吹っ飛ばした。反動がついた速いボールがニアネットに返る。

三村が欠けたレフト側に黒羽がバックからまわってくるのに気づき、山吹は思い切ってブロックに踏みだした。腹をくくって反応しないと黒羽の速さと高さはとめられない。振られたら振られたで割り切るしかない。

黒羽に対して山吹一枚。タイミングはドンピシャに嵌(は)まったが、予想以上に打点が高い。芯で受けて叩き落とせず、指の腹で引っかけたボールが欅舎側に跳ね返った。池端が繋いだボールに即座に灰島が走る。ただ黒羽がバックに下がって三村が前衛に戻る時間はない。

と、灰島がジャンプセットの体勢から左手を返して自ら打ち込んできた。

やられた、あいつは迷わずこれをやる奴だった。山吹がボールを目で追うだけになったとき、豊多可が腹這いで手の甲を突っ込んだ。ホイッスルはない、繋がった！　跳ねあがったボールを弓掛が直接打ち込む。

決まったと思った刹那、ネット上でボールが阻まれた。

このラリーのあいだに前衛に戻った三村がブロックに来ていた。山吹は懸命にカバーに飛び込ん

だが、

「！」

はっとしてボールから身を引いた。

強い回転がかかったボールがサイドラインの数センチ外、山吹のシューズのあいだでバウンドした。ねじれながら吹っ飛んでいったボールを振り仰いだ先で、ラインズマンのフラッグが真上にあがった。

——ブロックアウト。

山吹はそのままべたっと尻と両手をついてへたり込んだ。

天井を仰いで愚痴と一緒に深く息を吐きだした。

「はーっ……きっつ……！」

## 9. TOUGH AND FLEXIBLE

風向きが悪いな……。

スタンドからAコートを見下ろす越智は気を揉んでいた。無意識に漏れた溜め息が喉の奥でうなり声をともなった。

第一セット、第二セットは順調に取ってストレート勝ちに王手をかけた。事前に伝えた情報どおり、サイド攻撃が多い横体大に対し破魔を柱にした八重洲の鉄壁のブロックできっちり押さえることに成功した。

ところが第三セット、あとがなくなった横体大が新しいセッターを投入して打開を図ると潮目が変わった。

渋面でコートを睨みながらキーを叩いていた越智は「——ミドル！」インカムに向かってというわけではなかったが思わず口走った。

ラリーが続く中で50番という大きいナンバーをつけたセッターが1 1クイックを使った。前衛ミドルは45番、例の二〇五センチの新人だ。

破魔が易々と一年生を通すことはない。どっしりしたバンチシフトからの神速のリードブロックで跳ね返した。だがさすが二〇五センチを活かした打点は高い。どシャットできなかったボールを横体大が拾ってリバウンド攻撃に繋げる。もう一本50番から45番へ、連続で1 1！

気を抜かずバンチシフトに戻った破魔がこれも跳ね返すが、またどシャットにならず横体大のリバウンド攻撃になる。次は金城に託すか？　だが45番も休まずすぐに下がって攻撃に参加する。澱みなく入力を続ける越智の指が一瞬迷ってキーから浮いた。

45番から長いトスがレフトへ飛んだ。ここで金城！　豪腕から炸裂したストレートに大苑がブロックタッチを取った。両者の膂力が激突してボールが大きく吹っ飛ぶ。後衛の早乙女と神馬が追ったが届かず、ブロック側のアウトとなった。

試合がとまると八重洲陣地の隅から一年生モッパーの二人がワイピング（ぞうきん）を手に駆けだした。早乙女と神馬が滑り込んだ床の汗を拭き取るあいだ、越智は入力し損ねたコードの残りを入力しながらまたうなり声を含んだ溜め息をついた。

『金城のストレートが決まりだしてるな』

インカムから裕木の声が聞こえた。

「タッチは取れてるのに繋げてないって状況です。ブロックはもっと締めて、ディグはライン下げたほうがいいかもしれません。ワンチがでかく飛ぶんでまずそこに追いつきたいです。あと第一セットも第二セットも十六点以降で孫さんの３１が一本もでてません。３１に入っててもトスあがらんのでフェイクにもならんくなってます」

こっちは相手セッターについての情報が乏しいのに対し、早乙女のデータは横体大に分析されているのも第三セットからじわりと旗色が悪くなってきた一因だった。

『50番が意外といいな。今までの横体のセッターにいなかった組み立てしてくる。伏兵がいたって感じだな』

「はい……情報収集が足りませんでした」

一階と二階で苦々しい声が交わされる。

『高校で有名だったわけじゃないんだろ』

「そうですね。全国にも高校選抜にもでてません」

ミドルの45番と同じく横体大の新人だ。一応プロフィールには目を通していたがべつだん注目していなかった選手だった。

セッターが替わってから横体大にしてはミドルを使う本数が増えた。もちろん八重洲のど真ん中には破魔という壁があるので決定率は抑えている。ただラリー中も積極的にミドルを絡めてくるため、そのぶんサイド陣が楽になって攻撃に勢いが乗ってきた。低調と見ていた金城のストレートの調子があがるきっかけにもなっていた。

横体大の新人ではやはり45番がどの大学からの注目度も高く、50番のほうははっきり言ってまったく話題になっていなかった。

一年生ながら胆力があるセッターだ、と越智は目をみはっていた。

『45番も50番もあれか、〝灰島世代〟か』

裕木の呟きに越智は三度うなり声を漏らしかけ、思えば高校の恩師だった畑が戦況が苦しいときによく漏らしていたうなり声にそっくりではないかと気づいた。隣で聞かされすぎて伝染ったのか、恩師の癖を受け継いだのは嬉しいやら嬉しくないやら……苔むしたような無精髭がいつも貼りついていた厳つい顔を思い浮かべて複雑な気持ちを抱く。

全国から選手を刈り取ってくるという悪評もある若槻監督が率いる東京・景星学園の七冠時代は、コンビバレーかオープンバレーかという旧来の高校バレーのアプローチからの脱却の契機になった。全国大会出場レベルの高校だけでなく、そこを目指す各地の高校全体に影響を及ぼした。福井県も例外ではない。景星学園のトータルディフェンスを福井でいちはやく研究したのは越智の母校・福蜂工業だ。インターネット配信の普及で海外のハイレベルな試合も簡単に視聴可能になり、〝灰島世代〟の選手たちは二つ上の自分たちの頃より戦略的バレーの意識レベルがあがっている。

無意識にまたうなり声を漏らしそうになった。親父くさくならないように気をつけよう……。

八重洲14－18横体大。第三セット終盤に向かう段階でリードを許している。

バレーボールはセットスポーツだ。前のセットで積みあげた点数は次のセットではリセットされる。セットごとに流れががらっと変わることはざらだ。スト勝ちを焦って崩れるくらいなら最悪このセットは落としても、次のセットで勝ち切るための布石を終盤までに打ち、3－1で勝てばよしとして……。

Aコートの中断中にBコート側を何気なく流し見、視線を戻しかけて「！」とそっちを二度見した。

欅舎・慧明のコートが入れ替わっている。第四セットに突入しているようだ。セットカウントは……!?　得点板に目を凝らす。取得セットを表す赤丸のマグネットは第一セットのときに見た一つ目が欅舎に、そして、二つ目と三つ目が慧明に貼りつけられているのを越智は固唾（かたず）を呑んで確認した。

「裕木さん。Bコート、2－1で第四セットです。慧明が二セット取りました」

　Aコートのベンチは Bコートに背を向けた配置になっている。裕木が背後を振り向いて得点板に目を凝らした。

『そうか……まあ予想内だしな』険しい声で言ったがすぐに気を取りなおしたように『欅はこれで優勝争い脱落か？』

「そうなります」

　そして八重洲にとっても3－1で勝てばよしなんて言っている余裕はなくなったことになる。

　インプレーの合間に三村がコートの真ん中で仲間を集めてなにか話している。越智は唇を噛んでBコートから目を背けた。チームの状況が苦しいときこそ冗談まじりに仲間に活を入れる三村の声が、視線を引き剥がしても耳に入った。

　破魔がサーブに下がるタイミングで太明が一時的にコートを離れる。サービスゾーンへ向かう破魔に口の脇に手をやって声をかけ、堅持（けんもち）に一礼して裕木の隣に座った。裕木が太明にタオルを渡しがてら顔を寄せて話す声がインカムを通じて聞こえた。

『慧明が二セット取った。うちが万一このセット落としたら、全試合終わる前に慧明の優勝が確定する。絶対このセットで決めるしかねえ』

　背後をちらっとだけ振り返った太明のリアクションは『おっと。そっか』という緊張感があるとは言えないもので『気楽かよ』と裕木が恨めしげに突っ込んだ。

『ほかの連中にはどのタイミングで話す？　破魔なんかは余計な雑音はないほうがいいタイプだけど、神馬なんかは追い込まれたほうが燃えるし。性格次第だよな……』

『うーん、終わるまでこのままでいいんじゃね。もともと全員スト勝ちするつもりで全力尽くしてる』

『そりゃそうだけどさ、最後の最後で根性のひと押しがボールを追う力になることもあるだろ。負けたらあとがないってことを知ってたら、死んでもあの一点繋いだのに……って、選手に後悔させたくないよ、おれは』

『そんなの結果論にしかならないだろ。勝てば正しい判断だった。負ければ判断を誤った。それだけ。あんま悩むと禿げるぞ？』

『禿げそうなのは誰が見てもおまえの頭だ』

　黙って聞いていた越智はつい噴きだしそうになり、慌ててインカムのマイク部を手で覆った。笑っていられる状況ではない。喉がひくつくのを懸命に抑えるはめになりつつ二人の会話に耳をすます。

『おまえら選手が悩まないでやれるように悩むのがおれの仕事だ。一人一人にとって一番いいやりかた考えてサポートすることしかできないからな』

　太明が頭を倒して隣の裕木の顔を覗き込んだ。金髪が裕木の膝に落ちかかった。『なんだよ』と顔を引いた裕木に、

『今の話、裕木の結婚披露宴で絶対おれにスピーチさせて』

『ば、ばかっ』

　裕木が赤面して罵ったところでサイドアウトになった。

『みんなには言わずに終わらせる。ケツはおれが持つ。心配すんな』

太明が明朗な声で断言して立ちあがった。

八重洲15－19横体大で点差は変わらず。ここから変則ローテで破魔が後衛に残るかわりに神馬がコートを離れる。

『選手への情報提供は取捨選択するにしても、こっちは情報を駆使して打てる手は打たないとな。早乙女を一回下げて頭リセットさせたい。S4で二枚替え行くか』

「和泉と一枚替えでどうですか」

『一枚？　ワンブロでもなく？』

越智の提案に裕木が怪訝そうに返してきた。和泉は大苑の後継のオポジットにすべく育成中の二年生だが今大会はワンポイントブロッカーとしての投入のほうが多い。

早乙女と一枚替えするとセッターが不在になるが、

「直澄がいるんで」

S4ローテ、早乙女が前衛にあがるため前が低くなる（といっても早乙女とて一八五あるのだが）タイミングで八重洲がメンバーチェンジを申請した。

コートのメンバーも一枚替えの意図は察したようだ。早乙女がコートを離れる前に浅野に合図を送った。少々苦しげな表情で引きあげてきた早乙女を裕木が隣に座らせ、越智と話したことを端的にまとめて伝える。

『孫の31、決まらなくてもいいから一回見せろ。単調になってる』

大苑のサーブで試合が続く。強烈なスパイクサーブがレセプションを崩し、例の一年セッターには返らない。「ナイッサ！」

レフトから金城の雄々しい声がトスを呼び、二段トスが託された。金城のストレートが復調したこのセットは二段トスからでも決定力の高いスパイクを打ち込まれている。八重洲の前衛はクロス側から浅野、孫、そしてストレート側に和泉が入って金城の正面の壁も高くなっている。

「もっと下がれ！　大苑（ソノ）、エンドエンド！」

太明がディガー陣に下がれという手振りとともに指示を飛ばした。大苑をライト側エンド、破魔を中央エンドに配置し太明自身はクロスを抜けてくるコースを守る。

和泉がワンタッチを取ったボールが勢いを削がれず跳ねあがった。守備位置を下げていた大苑がバックステップして頭上を越えるボールに飛びつく。片手がぎりぎり届いて前に打ち返した。「よし」と頷きながら膝の上でパソコンを叩く越智のインカムに『おし、繋いだ！』と裕木の声も聞こえた。

不在の早乙女のかわりに浅野がボールの下に走る。スパイカー陣から浅野が抜け、ボールを繋いだ代償にコートエンドでひっくり返った大苑の戻りも遅れたが、まだ打ち手はミドルの孫、ライトに和泉、そして破魔がバックから打てる。

浅野からレフトにトスが飛んだ。本来浅野自身が攻撃に入るスロットなので打ち手が空白だ。しかし太明が場所をあけて破魔を呼び込んだ。

「破魔のバックレフトぉ!?」

スタンドの他大の者たちが驚愕（きょうがく）にどよめいた。左利き（レフティ）のバックレフトは越智も見たことがない。

腹の底から短い濁声（だくせい）の気を発し、コントロールから逃れようとするボールを力尽くでねじ伏せるようなバックアタックが左腕（さわん）から炸裂した。

ひさしぶりに八重洲にブレイク！　八重洲17－19横体大。

メンバーチェンジが嵌まった。太明が守備の意図を的確に汲んで指示をだしてくれたのも功を奏した。集まってロータッチを交わす仲間たちを見下ろして越智もまずはほっとした。

一点ずつ取りあって小刻みにローテがまわり、後衛でも凶暴なまでの働きを見せた破魔が前衛にあがる。孫のサーブのターン中またベンチに戻ってきた太明が早乙女と裕木の隣に座る。

『破魔さんの体力大丈夫ですかね』

『万が一第四セット以降にもつれこんでやばそうだったら考えるよ』

心配げな早乙女と鷹揚に構えた太明のやりとりが裕木のインカムを通して越智にも聞こえた。二人の真ん中で裕木がしかめっ面でコートを見つめ、

『とりあえず45番を一本ガッツリとめたいな。ひよっこミドルにいつまでも調子こかせておくわけにいかねえぞ。そろそろ——』

まさにその瞬間、45番の11に破魔のブロックが覆いかぶさった。キャッチャーミットみたいな手のひらにボールが捕まり、
ドパンッ!

二メートル超の一年生ごと撃ち落とすようなブロックが決まった。

『おっ』と太明が声を高くし、『でたあ!』裕木が快哉を叫んだ。

45番が大きな身体を丸めて尻もちをついた。破魔がかがんでネット下から手を差しのべ、45番の腕を取って助け起こした。45番がぺこっと頭を下げたがちょっと腰が引けていた。

八重洲20－21横体大となり一点差に詰められた横体大がタイムを取った。八重洲勢もベンチに引きあげる。

『破魔の31ってだせる? さっきのバックレフトのインパクト引きずってると思うから引っかか

ったら儲けもんだ』

『破魔さんに31のサインだしたことないですが……』

太明の提案に早乙女が困惑気味に答えた。

破魔のメインウエポンはA1、いわゆるCクイックだ。破魔が前衛時の攻撃は十八番のA1を軸に組み立てている。11も打つことはあるが31となるとまず使わない。左利きミドルはそもそも稀少なのでA1が使えるだけで十分有効であり、左利きにとって打ちにくい31をあえて使う必要性がなかったことが大きい。

『破魔の31なんて一年以上見た覚えねえぞ』

裕木も渋ったが、

『でもほら』

と、太明が円陣の外のいずこかへ首を巡らせた。破魔が例によって縦ぶれのない機械的な動きで首をまわして太明の視線をなぞった。

控え部員たちが立ち並ぶ自校応援スタンド最前列の手すりの真下——アナリスト席はその隣のブロックにあるため越智からは死角になるが、そこになにがあるのかはすぐに思い至った。

黒い地に豪快な筆致で染め抜かれた、八重洲大学バレー部のスローガン、〝剛にして柔〟。

『な？』と太明がにこやかに破魔に頷きかけた。八重洲の〝柔〟を象徴する男に、八重洲の〝剛〟を象徴する男が信頼を寄せて頷き返した。

タイムアウトあけ、S1ローテになったタイミングでベンチに半周待機させた早乙女をサーブから戻す。裕木が早乙女の背中を叩いて送りだした。

S1は〝大魔神〟三人が前衛に並ぶ八重洲最強のブロック布陣だ。横体大の一年生セッターが的を絞らせないトスワークで揺さぶってくるがワンタッチを取って後ろへ繋ぎ、攻撃チャンスを奪った。

最強のブロックのみならず攻撃においても破魔・大苑が前衛のためライト側が圧倒的に強い。どの対戦相手もそのデータをもってライト側の警戒を厚くしてくる。

早乙女が破魔をレフト側、スロット３に入れた。

破魔が３１クイックを打ったことは、越智が遡れるデータ上はほぼゼロ——ボールが流れてやむを得ず移動したケースを除けば完全にゼロだろう。したがって対戦相手が破魔の３１をマークしたこともゼロだ。

しかしさっき破魔が見せたバックレフトが目に焼きついている相手側に動揺が走るのが見て取れた。ブロッカーがステイできずに破魔の前へ踏み込んだ瞬間、早乙女のトスはバックセンターへ。後衛ど真ん中から浅野のｂｉｃｋが貫いた。

八重洲22－22横体大。見かけ上は同点だがレセプション側の横体大がまだ半歩前を行っている。

金城の気迫に満ちた一発がブロックを吹っ飛ばした。太明がダッシュで追うも繋がらず、ブロックアウトをもぎ取って八重洲のブレイクを切った。金城がコート中を走りまわって味方を盛りあげる。

『逃げ切られる前に最低限デュースに持ち込まねえと』

裕木の力んだ声がインカムに聞こえた。

孫が前衛にあがると早乙女が３１を使った。横体大ブロッカーが遅れつつも斜め跳びで手にあて、早乙女の顔が強張ったが、斜め下に落とされたボールが辛くも八重洲側のサイドラインを割った。

『危ねっ、助かった……』インカムから掠れ声がこぼれた。『はー……心臓に悪ぃ』

一点ずつ刻んでデュースにもつれ込んだ。八重洲25－25横体大、八重洲が半歩遅れつつまた並ぶ。相手にたった一度の連続得点を許したらこのセットを逃げ切られる。その瞬間、八重洲の総合優勝の可能性は潰える。最終的には隣のコートの結果次第にしろ、自ら総合優勝を逃すより可能性を繋いで終わったほうがいいのは自明だ。

大苑が後衛に下がって早乙女があがる。ブロッカーはレフト側から浅野、孫、早乙女になる。金城の前が早乙女になるのは厳しいが、早乙女は一度交替しているのでもう下げられない。

横体大側で一年生セッターにボールが入る直前、孫と早乙女が素早く位置を入れ替わった。早乙女がセンターブロッカー、孫がライトブロッカーにスイッチ。向こうにしても絶対に連続失点はできないところだ。ここは金城に託すはず。

嵌まってくれよ。力んで見守る越智の視線の先で金城にトスが飛んだ。早乙女にかわって孫がしっかりつき「ワンチ！」ワンタッチボールを大苑が追って繋ぐ。前衛の攻撃力が落ちるローテだが、破魔のバックセンターが横体大に襲いかかった。

決まった瞬間裕木が両手を突きあげて立ちあがり、そそくさと尻を椅子に戻した。

八重洲26－25横体大。やっと半歩前にでた。同時に八重洲にマッチポイントがつく。

『いけいけいけいけ！』

座りなおしたものの裕木が上半身を乗りだしてコートに発破（はっぱ）をかける。スタンドで越智もぐっと身を乗りだした。行け、ここで決めてくれ。

大苑の連続サーブ。孫と早乙女がまたスイッチするのを見越して一年生セッターが選択したのは、ミドルの45番。「クイック！」太明のよく通る声が後衛から響いた。

いかんせん一年生コンビ、この局面で打ち急いだか通過点が低くなった。マッチアップする早乙女の頑張りでワンタッチを取り八重洲コート後方へボールが跳ねとんだ。深い位置で守っていた太明が即座に反転して飛びつく。

『繋がれ！』

コード入力の手をとめて思わず張りあげた越智の声がインカムを介して裕木とハモった。

太明が繋いだボールがバックゾーンに返り、破魔が二段トスをあげに走る——いや、そのまま自分で打つ！ ボールに向かって破魔が踏み切るのを見てブロッカーがセンターに集まった。

直前のバックセンターの再現が誰の目にも予想された。その瞬間破魔がボールに両手を添え、ジャンプセットで前衛レフトに送った。

「うおっ……」

越智まで驚愕した破魔のフェイクセットに浅野があわせていた。「直澄！」つい腰を浮かせた越智の膝からパソコンが滑り落ちた。

中腰でパソコンを掴んでコートに視線を戻したとき、浅野のクロスが横体大コートを断ち割って対角線上のコーナーで跳ねあがった。ラインズマンのフラッグがインを指し示した。

まさしく、

〝剛にして柔〟

ピッ、ピ————ッ！

得点を示す短いホイッスルと試合終了を告げる長いホイッスルが続けて吹かれた。

第三セット、八重洲27－25横体大。セットカウント3－0。

スタンド最前列で応援していた部員たちが手すりから横断幕をほどき、横一列に並んでそれを掲げた。地響きのような野太い歓声とともに、黒い横断幕に白で燦然(さんぜん)と染め抜かれた〝剛にして柔〟

が誇らしげに揺れた。

　コート上の選手たちはよろこびを大袈裟(おおげさ)にはじけさせることはなかった。満足感をそれぞれの内に嚙みしめるように控えめに拳を握り、中央に集まってねぎらいあった。

　直前まで興奮を露わに声を高くしていた裕木も満足感は半分と言った感で安堵の溜め息をついた。試合中一度たりと腰をあげようとしなかった堅持がおもむろに立ちあがった。堅持が横体大ベンチのほうを向いて一礼するのに気づいた裕木も慌てて倣(なら)う。コートメンバーとアップエリアにいた選手たちはエンドラインに整列する。

『お疲れ。直接やれることは最大限やった』

　裕木から越智にもねぎらいの言葉があった。越智も息をつき、いつからか入りっぱなしだった肩の力を抜いた。すっかり肩が凝っている。

「はい。人事は尽くしました」

『あとは隣で欅にフルセットで勝ってもらって、慧明を一敗に引きずりおろせれば――そんで？』

　越智はパソコンに保存してあるメモの数字を見直した。予想勝敗パターンに応じた結果を昨夜のうちに算出してある。

「その場合慧明は得セット32、失セット7。セット率を計算すると4・571。うちは得セット31ですが、今の結果で失セットは6。セット率は5・166――慧明を躱します」

『人事は尽くした。あとは天命を待つだけ、だな』

と、裕木が再び声色を引き締めてBコートへ視線をやった。

　Aコートが佳境を迎えて集中していたため詳しい状況はわからなくなっていた。まだ第四セット中のはずだが。

「点数は……？」

パソコンを隣の席に置いてBコートに目を凝らす。欅舎がサーブ権を取ったところのようだ。三村がサービスゾーンに立っているのが見えた。

越智から見て欅舎のコートは今ちょうど手前側だ。越智は手すりから身を乗りだし、斜め下方に見えるサービスゾーンに立った三村の背中に念を送った――最後まで気ぃ引き締めて仲間を引っ張って頑張れ。悔いのないように、全力だせるように祈ってる。

右手で摑んだボールを右腿の脇につけ、右足に軽く重心を置いて自然体で立つ。サーブ前にやる一連のルーチンを終えた立ち姿のまま、三村がつと顔を上向け、正面の慧明コートの向こうにそびえるスタンドを見あげた。

統、こっちや、こっち。

越智は反対側のスタンドから念じる。自分を捜していると直感した。何故(なぜ)かこのときは自惚(うぬぼ)れだとも思わなかった。

Bコート側からAコート側のスタンドまで、三村の視線が一、二秒だけ彷徨(さまよ)った。

――統？

妙に心許(こころもと)ないその行動に胸騒ぎが衝(つ)きあげた。

――どうした……？

## 10. JOUST ABOVE THE NET

頰に溜めた空気をふうっと抜く。すう、と大きく吸い込み、

「すまん！　もうちょい中に落とせてればなー！」

ぱんっと手をあわせてベンチ前に集まった仲間に謝った。

第四セットを控えてコートチェンジを終えている。第三セットは三村のブロックがアウトになって慧明に決勝点をやることになった。弓掛をやっととめたという達成感が一瞬わいた直後にボールがラインを割ったときは、やっちまったと痛恨の念だった。

とはいえ自分のラストタッチでセットや試合を落とすことなど数え切れないほど経験してきた。ラストタッチを託されるエースポジションにいたからこそ。いつも次のセットまで引き摺ってはいられなかった。

「ブロックアウトばっかりは運もある。切り換えて第四セット取ろう」

控えメンバーたちがフォローしてコートメンバーを励ます。気合いを入れる声が口々にあがるものの、チームの空気は決して楽観的ではない。

試合の決着はまだついていなくとも、第三セットを落としたことで一つ大きな決着がついてしまったことは全員認識していた。これで優勝の可能性はなくなり二位争いにまわった。Aコートの結果いかんによっては二位も消える。総合順位が決まるピースが一つ一つ埋まっていく中でモチベーションを保って最後までこの試合を戦わねばならないのは、正直なところチームにとって苦しい。

隣のコートに視線をやりかけた黒羽を灰島が肘で小突いた。黒羽がはっとしてしゃちほこばった顔を作って目を戻した。

「まだなにも終わってません。こんなゲームできること自体めちゃくちゃ楽しいですけど、勝って終わればもっと楽しくなります」

ふんぞり返って言った灰島の顔からは一ミリグラムもモチベーションが目減りしていない。

『３１クイックと５１には予想以上に対応されちゃったけど、山吹のサーブとマッチアップが悪いわけじゃないから変えずにいこう。あと終盤使った３１のｂｉｃｋはまだ効くからねじ込んでこう。統とルーキーくんにはハードワークしてもらうことになる』

久保塚のスマホを通して染谷がいつもの動じない口調で指示をだした。

第四セット一巡目の山吹のサーブは、

「――アウト！」

ネットを越えてきた瞬間灰島の声で発せられたジャッジに三村は上半身をひねってボールを躱した。肩口を抜けたボールはエンドラインを割りサーブミス。

最初の山は切り抜けた。「ラッキーラッキー！」このまま流れに乗ろうと欅舎コート内外で声が飛び交う。

かわって欅舎のサーバーは柳楽。ローテを半周ずらしているため慧明のＳ１のレセプションに欅舎のＳ４のサーブがあたる。慧明はＳ１のレセプション・アタックのみ弓掛がレフト、鳩飼がライトに入れ替わる。欅舎の前衛は黒羽、辻、灰島。

鳩飼がストレートで黒羽の脇を抜く。ただそこはリベロの江口が守って、

「!?」

――ない。遠い場所で構えていた江口がぎょっとして目だけでボールを追った。がらあきになったストレート側でボールが余裕で跳ねあがった。

初歩的な連係ミスだ。欅舎側の空気が一瞬真っ白になった。

「……あ！　おれのサイン間違いです！」

黒羽が慌てて言い「いやっ、ドンマイ！」と江口が応えた。

相手が打ってくる側を担うサイドブロッカーがストレートとクロスどちらを締めるかの基準を作り、センターブロッカーがそこにブロックを揃える。ディガーはブロッカーがあけたスロットを抜けてくるコースを守る。これが前衛・後衛の連係によるディフェンス・フォーメーションの基本だ。ところが黒羽がクロスを締め、江口もクロスにディグに入ってしまっていたのでストレートががらあきだった。

慧明サーブにかわり、まだ動揺が残る欅舎のレセプションが乱れた。ただワンの多少の乱れは灰島のセットの問題にはならない。

と、辻がクイックに入らず立ち尽くしてボールを見ていた。打ち手が揃わず柳楽にブロックがきっちりつかれた。ブロックを避けて打とうとした柳楽がネットに引っかけ、フォアヒット（四打）を取られて欅舎の失点。

「みんな声だしてこう！」

「まだ終わってないぞ、このセットに集中しよう！」

アップエリアから主将の野間ら控えメンバーの声が飛ぶ。

「バックバック！」

三村はバックセンターからトスを呼んだ。慧明ミドル波多野の脇を抜く——その刹那、もう一枚のブロックが波多野の横から吹っ飛んできた。

弓掛！　ぞっとしながらスイングをゆるめず打ち切ったが弓掛の左手の小指、ガッと音を立ててボールが引っかかった。慄然とさせられたが大きく飛んでいきブロックアウト。なんとかこっちに幸いした。

ここから黒羽にかわって三村が前衛にあがり、弓掛が下がるまでマッチアップする。弓掛をまだ一度もとめられてねえぞ……。

まず一本、とめる！

ブロックタッチを取ってボールが跳ねあがった。シャットはできなかったが味方が繋いで反撃チャンスを得る。柳楽がクロスで二枚ブロックを抜くが、ディガーにまわった弓掛に拾われた。

クロスは弓掛に拾われるという染谷の助言に従って試合前半はストレートを増やしていた柳楽だが、ブロックの圧が蓄積しクロスに逃げるようになってきた。

二セット取って王手をかけた慧明の集中力がより高まっているのに対し、欅舎の集中力が低下気味なのは否めない。

ワンが多少乱れても灰島はいちはやくボールの下に入りどこにでもセットできるため攻撃枚数を揃えてイン・システムを確保できる。とりわけ多彩なクイックを巧みに操って相手ブロックに負荷をかけつつサイド陣の強烈な攻撃力を叩きつける戦術が、欅舎の今リーグ躍進の原動力となった。だがそれもモチベーションが満ちていてこそだ。ワンが逸れると福田・辻のミドル陣の足がとまりがちになった。クイッカーが入らなければ敵のブロッカーを格段に楽にしてしまう。

第四セットに入って山吹の采配(さいはい)が変わり、弓掛の打数が増えてきた。三村は集中してまたブロックタッチを取る。ビリビリッと強い痺(しび)れが指に走る。ぱっと顎をあげて直上を見あげた弓掛の視線の先を三村もすぐに追った。

浮いたボールはネット上空、双方の領域の境界線上——弓掛がジャンプして叩き込もうとする。三村が反対側から押し込む。寸秒の滞空時間中にボールの主導権を巡ってめまぐるしい駆け引きが行われる。顔を突きつけあうほどの至近距離で、自分よりずっと小柄な相手から強烈な圧が膨れあがった。

スタンディングジャンプなら高さで優位に立つ三村が押し込んだ。

「っしゃ！」

「統！　ナイス！」

次も食らいついてブロックタッチ。バチンッと手で受けたボールが慧明側に跳ね返り、山なりを描いてバックゾーンに落ちる。後衛の鳩飼と佐藤(さとう)が追う。エンドいっぱいに入るところを鳩飼がフライングレシーブで掬い、一緒に追っていった佐藤がフロントゾーンに戻す。

返球がネットに近い。捌(さば)くのが難しいボールだが弓掛がこれを押し込んでくる。三村が押さえ込む。二本連続、審判台からネット上の攻防を注視する主審の目と鼻の先で押しあいになった。

弓掛がボールを一瞬摑んでアンテナ側へひねった。三村側から押す力を利用され、慧明側サイドへボールがはじきだされた。

主審のジャッジは三村が最後にさわってブロックアウト。

「キャッチ！　キャッチ！」

三村は主審にアピールしたがジャッジは覆らず、逆に主審から手振りで抗議の多さを注意された。

巧い。それ以上に、絶対にポイントを取るという執念の差で競り負けた。相手より一瞬でも長くボールに執着したほうがラリーを制する。

これが……〝九州の弩弓〟か。

「二度はやられんけんね」

ネットの向こうから急に話しかけられて驚いた。

ネットの網目は十センチ四方だ。同じ高さの網目の中では目線は絡まない。三村の目線より二マスばかり下の網目の中からかっ開いた目が見据えてきた。常人の目の印象以上にはっきりした凸レンズ形に迫りだして見える瞳が光を多量に取り込んでぎらぎらと反射した。

三村は顔を流れる汗を拭い、

「まだまだ」

と弓掛の視線を真っ向から受けとめた。

諦めていいラリーも、相手にやっていいポイントも一点たりとないという姿勢で弓掛が生き残ってきたというなら、自分も負けてはいない。

「統ドンマイ！」

背中からフォローの声がかかった。三村は「すまんすまん！　次一本で切ろう！」と笑顔を作って味方を振り返った。

なんとか引き離されずにサイドアウトを取りあい、三村に一巡目のサーブがまわる。

サービスゾーンでボールリトリバーが投げてきたボールを片手で掬って受けとる。身体の正面でボールを持ち、両手の指のひねりで一回転させて同じ指でぱしっととめる。右手一本で摑んだボールを右腿の脇につけ、左手で右袖の肩口を軽く引きあげる——意識せずとも身体に染みついているサーブ前の一連のルーチンを紡ぎながら、気づくと頰に笑みが乗っていた。

味方を励ますために意識的に作った顔ではなかった。ごく自然に自分の中からわいてきたのが、我ながらおかしくて余計ににやついてしまう。

慧明にずるずる持っていかれまいと必死だった。けれど同時になにか、開栓したばかりの炭酸水の泡みたいに身体の底から浮かびあがってくる昂揚感に身をゆだねてプレーしていた。

福井代表のエースを長年務めながら、全国的に見れば注目されるプレーヤーとはいえなかった。その自分が、高校制覇を成し遂げた〝九州の弩弓〟の圧を直接受けるコートに立って、戦っている。高校時代はそこに手をかけることすら一度もできなかった。

リベロ佐藤の肩口にサーブが激突し、独楽(こま)みたいに跳ねとばした。背中から床に突っ込んだ佐藤が俯(うつぶ)せになって悔しそうに床をばんばん叩いた。

「統ー！」

「ナイッサー！」

「っしゃあ！」盛りあがるアップエリアを振り返って三村は拳を突きあげた。その拳をぐるぐると巻いてみせて応援を煽る。

二本目は佐藤のレセプションがあがった。山吹から荒川へ、阿吽(あうん)の呼吸のクイックに福田が懸命にタッチを取る。三村がワンタッチボールを追ってフロントゾーンへ打ち返し、自身もすぐに足を返してバックセンターから攻撃の一翼に加わる。

黒羽がレフトにいるため慧明のマークはレフト側が厚い。灰島がライトに振り、柳楽が丁寧にストレートを抜いた。「ナイスキー純哉！」「いいぞーいいぞー純哉！」スタンドとアップエリアが盛りあげる。

コート上のプレーヤーが集中力を取り戻しだした。ボールをただ眺めるだけになりがちだった足が動きだした。ブロックでもワンタッチを取れる場面が増え、そこからの切り返しの攻撃でも気をゆるめず助走に戻って攻撃参加するようになってきた。

双方からブレイクが多出するセットになった。点差が開かないまま第四セット終盤、欅舎20－21慧明。欅舎がサーブ権を取り、リベロが池端から江口に交替するタイミングでベンチからの指示を持ってきた。

「ABパスなら鳩飼のC1に仕掛けちゃってOK。ラリー二本目までは弓掛にはほぼあがりません。弓掛を使うのは三本目から」

試合が進みデータが溜まったらしい染谷がかなり具体的な指示を都度送ってくるようになった。

ここは慧明のS1レセプション・アタック。弓掛と鳩飼の左右が入れ替わるため黒羽は鳩飼とマッチアップする。

山吹からバックセットが飛んだ——その一瞬前に黒羽がぱっと動いた。

一枚ブロックながら見事に嵌まり、黒羽が鳩飼をどシャット！

「おおーっ！　黒羽ー！」

驚きまじりの仲間のどよめきに黒羽自身が驚いて自分の両手をまじまじと見た。三村が「おっしゃー！」と先に雄叫びをあげると「いやちょっ、おれですよっ、先に目立たんでくださいっ」と黒羽が目を剝き、ガッツポーズを突きあげた。「っしゃあー！」

ブレイク！　欅舎21－21慧明。コートの熱も高まって活発に声が飛び交う。「このセット取るぞ！」「フルに持ち込んで勝つぞ！」

ブロックポイントで黒羽が波に乗った。後衛に下がってもサーブも走りレセプションを崩す。もう一点ブレイクをもぎ取れれば慧明にプレッシャーをかけて優位に立てる。

二段トスが鶴崎に託された。三村、辻、灰島で三枚ブロックを揃える。

ぼぐんっと三村の逆サイドでボールとブロックの激突音が聞こえた。着地しながらボールの行方を仰ぐと、灰島がワンタッチしたボールがねじれながら三村側まで吹っ飛んできた。このままだとアンテナに突っ込む——三村はサイドいっぱいでジャンプして左手をボールに伸ばした。アンテナの手前で慧明側にはたき込む。と、向こう側から弓掛が押さえようとしてきた。

また押しあいになったら左手では不利だ。とっさに弓掛の腕に軟打をあてて自陣側にボールを戻した。

弓掛とネット一枚挟んだ至近距離で着地、振り向きざま「もっかい！」と怒鳴ってきびすを返そうとしたとき、膝に強い衝撃があった。

「!!」

その拍子にスリップしてもんどり打つようにすっ転んだ。肩をしたたか打ちつつ脊髄反射で顔をあげてボールの行方を探したが、
ピィッ！　ホイッスルが鳴った。

繋がらなかったか……。

跪いたまま息をついた三村の耳に、

「黒羽！」

叫び声に近い灰島の割れた声が飛び込んできた。ただならぬ声色に三村もはっとして自コートに視線を巡らせた。

バックゾーンで倒れている味方のユニフォームが目に入った。黒羽、それにもう一人、江口。二人が一メートルほどの距離をおいて倒れている。

衝突か……!?

江口は横臥（おうが）したまま起きあがらない。黒羽は逆さまにひっくり返った恰好で開脚して尻を突きあげているという妙な体勢になっている。

空中のこぼれ球を見あげて懸命に追っていると近くの味方が突然視界に飛び込んでくるという経

験はしょっちゅうある。ネットを隔てている敵との接触以上に、同じボールを追いかける味方との接触が多いのがいかんせん競技上の特性だ。決して珍しいことではないが、どちらかの打ちどころが悪ければ怪我に繋がる――。

と、黒羽がごろんと開脚前転で半回転し、ひょこりと頭を起こした。

「黒羽！　大丈夫か！」

「あ、はい、大丈夫です」

周囲の心配をよそにきょとんとした顔で答えて周囲を見まわす。駆け寄ろうとした灰島が膝から床に滑り込むように崩れてがくっと両手をついた。

ただ江口のほうはまだ起きあがれずにいる。ベンチの星名も顔色を変えて腰をあげた。

コートから運びだされてから幸いにも江口はすぐに意識を取り戻した。トレーナーの問いかけにしっかりと受け答えもできていた。ただ一瞬でも失神したとなれば脳震盪(のうしんとう)の疑いもある。星名が今日このままプレーを継続させることはないだろう。

もう一人のリベロ池端が入って試合再開となる。欅舎のリベロはサーブとレセプションの切り替わりごとに二人が交互に入っていたが、池端に一人で頑張ってもらうことになる。

「おまえはほんとにどこも痛めてねえな」

灰島が黒羽に念を押した。

「ああ、おれは目ぇまわっただけでなんともねえけど……」

手当てを受けている江口の様子を申し訳なさそうに気にしながら黒羽が頷いた。

「今気にしててもしゃあない。試合に集中しろ」

と三村も黒羽の肩を叩いてフォローした。不可抗力だし江口も黒羽を恨んだりするはずがないが、黒羽のほうに動揺が残っている。

倒れている黒羽が目に入ったときは三村も肝が冷えた。こいつに怪我なんかさせるわけにいかない。

勝ち越しを焦っちまったな……。最初からはたき込もうとせず、一度戻してコートの中を落ち着かせる選択をしていれば味方間の衝突も起こらなかったかもしれない。自分にも責任はある。

「そっちは大丈夫やった？」

と、慧明コート側から話しかけられて振り向くと、ネット際に弓掛が立っていた。

「ん、ああ、まあ」

「いや。あっちもやけどそっち。足大丈夫やった？　ごめん」

と弓掛が手刀を切ったので、三村は「ああ……こっちこそすまん。大丈夫や」と同じ仕草で返した。

ネット際できびすを返そうとして膝を入れた拍子に弓掛の下肢と接触したようだ。弓掛から言われてしまったがこっちから謝罪すべきところだった。

反射的に大丈夫だと答えたあとで自分の膝に意識を落とした。

大丈夫か？　あらためて自問する。じんじんとした疼痛（とうつう）はあるが単に強くぶつかったせいだろう。たぶん時間とともに消えるものだ。

両チーム集中しなおして再開後、一点ずつ取りあって欅舎23－24慧明。欅舎はこのレセプション・アタックを返さねば負ける局面で、慧明のサーバーは——弓掛。

さっきはスポーツマンらしく挨拶してきたわりに、野生動物が食うか食われるかの死線に臨んでいるかのような野性的な目が向こう側のサービスゾーンで獲物を捉えた。

三村の守備範囲に猛スピードでサーブが襲い来る。「っし」しっかり受けた、――と思ったが、なお破壊力のあるボールに押し切られて左膝をつかされた。

痛っ……！

意識を膝に持っていかれてボールをはじいた。しまった、とボールを目で追ったとき灰島が視界を横切ってコート外へ飛びだしていった。「チカ！　頼む！」

繋がらなければ試合終了だ。灰島が猛ダッシュでボールに追いつく。「繋いだ！」味方が安堵にわいたが、ただ繋いで凌いでよしとするような奴ではない。攻撃で返させる気まんまんの返球がくる。まだ片膝をついていた三村は衝き動かされたように立ちあがって助走を取った。

あがってくるボールに向かって踏み切る瞬間、つい膝を庇う意識が働いた。最高到達点で打てと常にぴたりとあわせてくる灰島のSっ気のトスにミートし損ねてボールが浮いた。荒川の中指がわずかに反ったように見えたが「アウッ」と佐藤がジャッジを発して見送った。

ラインズマンのフラッグがぱっとあがった。

まじか、タッチなし――!?

佐藤が真っ先に大きな身振りで万歳した。慧明コート内外の仲間によろこびが広がりかけたが、

ピピッ！　ピピッ！

ホイッスルが審判台に注意を向けさせた。

アップエリアから飛びだしかけた慧明の控えメンバーを主審が手で制した。控えメンバーがざわつきながらあと戻りすると、おもむろに欅舎の得点を示し、ブロックタッチありのハンドシグナルをだした。

欅舎24－24慧明。試合続行。

助かった……。

という本音を自分の胸の内だけで飲み込み、

「おおーっし！　チカサーブや、ここで前でるぞ！」

狙ったブロックアウトだったという顔で味方にガッツポーズを作った。

今は駄目だ。自分の判断が遠因で味方を動揺させるアクシデントがあったばかりだ。こんなときに新たな不安要素がチームに起こってはならない。もう二十四点だ。あとすこし、とにかくこのセット取るまでは最後まで支えないと。

自分の中で増殖しはじめた不安に養分を与えないよう心の蓋を閉めた。

## 11. EYES WANDER

灰島サーブで崩してブレイクをもぎ取り、欅舎25－24慧明。デュースに入って「半歩」抜けだした一点は数字以上にでかい。もう一本ブレイクすれば第四セットを取れる。

灰島サーブ二本目も攻めたコースを狙ったが、惜しくもアウトとなった。

「まじか、惜しいーっ……」

味方は嘆いたが灰島自身はミスと紙一重のサーブを打つことなんて当たり前だという顔でふんぞり返って戻ってくる。三村は苦笑を誘われつつタッチで灰島を迎えた。

「オッケーオッケー、一ブレイクすれば上出来だ！」

「次のチャンス摑もう！」

チームの空気は盛り下がっていない。優勝争いから脱落してリーグはもう終わったなどと考えている者は今はコート上に一人もいない。

欅舎25－25慧明と再び並ばれたところで副審側からホイッスルが吹かれた。

慧明にメンバーチェンジだ。四年主将の七見がリリーフサーバーに投入される。

「ライトにショートサーブあるぞ！」

ベンチの久保塚が両手を拡声器にして声を飛ばしてきた。染谷から即座に降りてきた情報だろう。灰島サーブの直後に迎えるＳ１のレセプションでは三村がライト側を守るが、周囲に灰島、福田、柳楽もいるため人の密度が高い。人が多いほうが守りやすいかと言えば必ずしもそうではなく、速いサーブが来ると味方どうしで動線の邪魔をしあって身動きが取れなくなる。

短い準備動作からぱっと放たれたジャンプフローターがライト寄りアタックライン上に落とされた。弓掛のパワーサーブの直後にこのゆるく落ちるサーブは頭ではわかっていても取りづらい。三村が前に大きく踏み込んで拾った。即座にレフトへまわろうとしたが、ライトへまわろうとする柳楽の動線と交錯して危うくぶつかりそうになった。

攻撃枚数を揃えられず、黒羽にブロックが集まってシャットを食らった。

リリーフサーバーが嵌まると俄然チームを勇気づける。欅舎25－26慧明。再び半歩先行した慧明が逆に流れを摑み寄せる。

「大輔！　レセプ入れ！」

久保塚がベンチから声を張った。通常いちはやくクイックに入る福田がレセプションに加わるが、ベンチに向かって頷いた顔は若干不安げだ。「アンダーでいいで迷うな」三村は福田の肩口に口添えした。下手にオーバーで取るとドリブルしかねない。

二本目も同じ狙いのサーブが来る。福田が高めに来たボールにあとずさってアンダーで取った。

三村と柳楽が移動できる余裕が生まれた。三村がレフトにまわって踏み切った瞬間灰島がバックセットで逆サイドへ飛ばし、ブロックを躱して柳楽が打つ。だがサーバーから守備についた七見が飛びついてこれを好セーブ。「あがった！」「弓掛弓掛！」「ブロックゆっくり！」欅舎側が緊迫して迎撃態勢に切り替える。

慧明側では「七さんナイス！」四年生が繋いだボールを弓掛が仰ぎみて助走に入った。弓掛は現在バックライト。三村はこのローテまで前衛だ。

前のセットで取られた決勝点のようなブロックアウトはなんとしても避けねばならない。サイド側となる左手を意識的に内に向けて固める。左手の端、薬指と小指に強い衝撃が来た。はじかれないよう堪えたが指をつけ根からもぎ取っていくような強打にぶち破られた。

まだ終わってない！　相手側のコート外にはじいたらもう手出しできないが、こっちの領域にボールをもらえばまだなんとかできる。

黒羽が顎を反らしてボールを見あげながらバックステップする。頭の上を越えるボールに飛びつき、自身はひっくり返りながらもボールをはたきあげた。カバーに間にあった池端が「統！」とコート内に送り返す。

ニアネットになった返球を追いかけて三村は前のめりに踏み切った。体勢が悪いが、中途半端なスパイクでボールを渡したらまた慧明の攻撃を凌がねばならない。最善は自陣側でブロックアウトを取ることだ。

ブロックに押しあてて自陣側サイドへはじきだした。キャッチぎりぎりだったか？　着地してぱっと審判台を振り仰ぐ。

主審が慧明側のブロックアウトを取った。

ほっと身体の中に溜まった息を抜き、会心の笑みで味方に向きなおって拳を高く突きあげた。呼吸を忘れるようなラリーを制し、欅舎26−26慧明。そしてサーバーは三村。

サービスゾーンでボールを受け取ると、七見とは対照的にサーブのルーチンに制限時間いっぱいを使う。

1……2……。七見がリリーフサーバー後もそのまま後衛に残ったので守備がいい選手のはずだ。逆サイドの鳩飼に取らせたほうがいい。

3……4……。身体に刻まれている感覚で頭の隅でカウントしながら左膝を意識した。最初に弓掛と接触した際は不安になるほどではなかったが、続けて床にぶつけたときは嫌な痛みがあった。そのあともレシーブ、スパイク、ブロックと激しい動作を反復したからか……まだ痛みが引かない。密閉した心の蓋の下で不安がぶくぶくと増殖してくる。

星名に……駄目だ。言ったら絶対すぐ交替になる。

5……6……。正面の慧明コートの奥に見えるスタンドに目が行った。隣のAコート側のスタンドまで、視線がゆらりと彷徨った。いない……。逆サイドのスタンドを振り向きかけたが、

……7。サーブを打つべきコートに目を戻した。

八秒制限いっぱいでサーブを放った。

鳩飼に取らせて体勢を崩すもボールは山吹がいる場所に返る。荒川の11に福田が思い切ってコミットした。タイミングが嵌まって慧明側に跳ね返したが、大柄で守備の的が広い佐藤が胸で受けてあげた。ラリーになり慧明の攻撃二本目。染谷によればまだ弓掛にはあがらないはず。鳩飼にあがったトスに柳楽・福田がついてワンタッチを取った。欅舎側のコート後方へ跳ね、三村がきびすを返してダッシュする。「繋げー!」アップエリアで懸命に声を送る味方のシューズを視界の先に

入れながら床を蹴ってフライングレシーブ。コートへ戻すボールにはできないが、同じく後衛の灰島がカバーに走ってきている。

　三村の脇を追い越したところで灰島が急ブレーキをかけてコート側に方向転換し、ボールの下で構えた。

「チカ！」

　すぐに立ちあがってコートへ駆け戻りながら三村は怒鳴った。ロングセットが三村の頭の上を追い越してネットへ向かっていく。

　アタックライン手前でダンッと踏み切った。背後から来る難しいボールだがさすが灰島、ドンピシャで打てる場所にあがってくる。ロングボールのハイセットに対し無論慧明は三枚ブロックを揃える。

　ブロックの上端すれすれを掠めて打ち抜いた。深い守備位置を取っていた弓掛が瞬時に身をひるがえして鮮やかに宙に身を投じる。だがその手が届く前にボールが床を抉り、弓掛が胸から床に滑り込むのと同時にバウンドしていった。

「うおーっ！」

「スバルー！」

　アップエリアやスタンドの部員が最高潮にわいた。

　欅舎27－26慧明。次のサーブで決めれば……。奥歯を噛みしめて再びサービスゾーンに立つ。セットポイントを握った状態からブレイクできない限りデュースは延々と続く。

　さっき振り向くのをやめた斜め後方のスタンドを肩越しに振り向いた。隣の試合が終わったようだ。観戦者たちが三々五々席を立ちだしている。人が減ったスタンドの最前列の手すり際に三脚に据えられたビデオカメラが残っているのが見えたが、それを管理しているはずの人間の姿は付近になかった。

A3の結果は今は気にかけず自分の試合に集中する。今度は八秒いっぱい使わず二本目のトスを空中に放った。

奥を狙ったサーブが七見の胸に突き刺さった。七見をひっくり返して跳ねとんだボールを佐藤が追って繋いだが、大きな軌道で欅舎側に直接返ってくる。「チャンボチャンボ!」「丁寧に!」欅舎側で声が飛び交い攻撃態勢に切り替える。

いや。黒羽の高さがあれば、

「行ける! 祐仁!」

「打て黒羽!」

三村と灰島が同時に怒鳴った。

二人の声に押されたように黒羽がボールを見あげて踏み切った。白帯から約一メートル上、高さ三メートル半を通過するボールを右手が捉え、ダイレクトで慧明コートに叩き込んだ。

一拍のあいだ、コート上に静寂が訪れた。

デュースが終わったことに黒羽はまだ気づいていないような顔だった。一番近くにいた福田が歓声をあげて抱きつくと黒羽の顔にも遅れてはにかみ笑いが広がった。

欅舎28－26慧明。第四セット——取り切った。

一気に吐きだしそうになった息を三村は途中でとどめ、喉を締めて細く吐いた。

痛みは……? ラリー中それどころではなくてもう考えてすらいなかった膝の状態を自分に問う。さっきより引いているように感じた。フルセットに持ち込めてせっかく勢いも乗っている。このまま言わなくても……。

いや、なに考えてる。自己判断しないで申告しないと。

星名の姿を探すとその隣にトレーナーの姿もあった。星名と縁があって頼んでいるというトレーナーは本業では整骨院を営んでいる柔道整復師だ。専属ではないのでいつも必ずいるわけではないが日曜は本業が休みなのでベンチに入ってくれている。

「黒羽ー！」

明るい声がそのとき響き、星名から声の主に視線を引っ張られた。アップエリアで応援に合流していた江口がベンチに引きあげてきた黒羽に一直線に駆けてきて、

「偉い偉い、よく打った！　おまえのおかげでフルセットだぞ！」

一七〇そこそこの江口がぴょんとジャンプして一九〇近い黒羽の首っ玉に飛びつき、なにか言おうとした黒羽が目を白黒させた。謝罪や無事の確認をしたかったのだろうが機先を制される形になり、黒羽が安堵に顔をくしゃっとゆるめた。

三村は心の中で江口に礼を言った。

「A3どうなったんだ？」

隣のコートが静かになっていることに試合中だったメンバーたちも順次気づいた。「先に終わってたのか」「早いな……」八重洲・横体大両チームも審判陣も引きあげ、学連委員によりネットの撤去がはじまっている。すでにリセットされている得点板からは結果を読み取れなかったが、

「えっと……八重洲のスト勝ちでさっき終わりました」

黒羽から離れた江口がテンションを落として答えた。

八重洲が3－0でストレート勝ち。その結果が自分たち欅舎にとってなにを意味するのか、ほと

んどの者が思い至るのに時間はかからなかった。

二位争いも望めなくなった。慧明に勝っても負けても、三位確定。

――こん
底を打つとはこういうことか、という空虚な音すら聞こえた気がしたほど、フルセットに持ち込んで高まっていたチームの空気が急降下した。

一度とめた足を再び星名のほうへ向けるのを三村はためらった。

最終セットは短い。大丈夫、もたせられる……。

「統」

久保塚に急に声をかけられたので思わず肩をびくっとさせて反応してしまった。

「あっ、はい」

「染谷から」

久保塚がタオルとスクイズボトルを差しだしがてら自分のスマホも手渡し、スタンドのほうに顎をしゃくった。

スピーカーモードでみんなに話す作戦とは別の話だろうか。油性マジックで「9」と書かれたスクイズボトルに口をつけつつスマホを耳にあて、

「斎？」

『おれや』

だし抜けに聞こえた声に完全に不意をつかれた。

危うく噴きかけたドリンクが喉に詰まって声もだせないままスタンドをがばっと振り仰ぐ。白いチームポロシャツにジャージを羽織った染谷がいつものようにあぐらを組んでノートパソコンを開

いている。その斜め上の席から、黒いポロシャツ姿の他校の部員が首を突きだして染谷のインカムを借りているのが見えた。

「おっ……!?　なんっ……そっ……!?」

口をぱくつかせているうちに電話の向こうで乱れた呼吸を整えるような間があった。やはり今の今まではAコート側にいたのか。

『聞け、統。抱え込むんでねえ。吐きだせ。自分のチームのスタッフを信じろ。なにがあってもおまえの味方なんやぞ』

遠目に見える厳めしい表情のとおりの説教じみた声色で一方的に言って越智がインカムを染谷に返した。染谷がこっちに向かって肩をすくめ、スマホを久保塚に戻すよう手振りで示した。

唖然としたままスマホを耳から離した。手から滑り落ちたスマホを久保塚がぎゃっと言ってキャッチした。

なんでばれたんだ……。いやなにをどこまで察したのかはわからないけど。

押し入れに隠した壊した玩具が親に見つかったときみたいな、苦い罪悪感が胸に滲んできた。

スマホが手もとに戻った久保塚が選手を集めて染谷の声を伝えはじめる。その円陣の外側で星名とトレーナーが並んで話を聞いているのをあらためて認めたうえで、三村はそちらへ歩み寄った。

「星名さん……いいですか」

肩越しにかけた声に星名が振り向いた。自分の声がでかくて通る自覚はあるが、星名も一八〇センチ台あるので声を張らなくても近い位置で話ができる。

「22－22で弓掛と接触してからちょっと、膝に……」

最後まで聞く前に神経質そうな眼鏡の奥の瞳が細まった。三村の膝に険しい目を一度落としてか

ら三村の顔に目を戻し、

「なんですぐ言わなかった？」

星名が厳しい口調を使うのを初めて聞いた。

「すぐ引く痛みだと思って、様子見しようと自分で判断しました」すいません、という謝罪が尻すぼみになった。

怒られるという経験が、思えば高校時代以来だった。高校の監督のほうが顔は百倍怖かったし、冗談も通じる人だったが厳しかったので怒られることには慣れていたのに、普段と違う星名の険相につい怯んだ。

トレーナーとアイコンタクトを交わした星名が久保塚を呼び、有無を言わせない口調で指示した。

「第五セットのスタメン変更する。あとアイシング持ってきてくれ」

「あっはい、すぐ――は!?」

やっぱりそうなるか……。

スタンドを見あげる気にはもうなれなかった。俯いて胸中で呟いた。

ほんとにこれでよかったんか……？　信じて正直に言った結果がこれやぞ……。

トレーナーに促されてベンチ裏のスペースにまわり、床に腰をおろす。ベンチを挟んだ向こう側に集まっているメンバーたちの何人かがベンチ裏の動向に気づいて訝しげな顔をしているうちにスタメン変更の報も伝わったようだ。場がざわっとして全員が顔色を変えた。

誰が入っても同じ戦い方ができるのがチームの理想ではあるが、現在の欅舎の戦力はその域に達していない。灰島の采配を軸にBチームの仲間とともに詰めてきて、この試合ここまで慧明に対抗できていた戦術が一部使えなくなるだろう。

灰島がベンチを蹴倒さん足取りでのしのしとこっちに歩いてきた。三村がトレーナーに「ちょっとだけ話させてください」と断るとトレーナーが頷いていったん離れる。憤然として目の前に仁王立ちした灰島が、

「なにやってんですか、あんたは」

いきなり言い放った。「ちょっ、灰島、責めたってしゃあないやろ」灰島を追いかけてきた黒羽が慌てて割り込んできた。「あの、大丈夫なんですよね？　確認のためにスタメンは外れるだけやって……」灰島を後ろに押しやって黒羽が不安げに訊いてきたが、

「せっかくおれのほうから来たのに」

灰島が黒羽を押しのけ返してさらに文句をぶつけてきた。

「灰島っ、おま……」

「これ以上はあまり待ちませんよ。長引かせられたら迷惑です。ちゃんとトレーナーの指示に従って休んでください。ただやれるんだったら途中からでも戻ってきてください」

歯に衣を着せることを知らない灰島だからこその、率直な言葉が胸のど真ん中に突き刺さった。

まったくもって正論だった。

なにをやってるんだおれは、ほんと……。

「……ああ。言われたとおりにする」

すこし頬をゆるめて灰島に答えるしかなかった。顔を引き締めなおし、「祐仁」と黒羽を人差し指で招く。

「あ、はい」

「腹ぁくくれ」

神妙な顔で片膝をついた黒羽の至近に顔を突きつけて言った。

「ぶっちゃけこっちが不利やぞ。第四セット取ったんはこっちやけど、優勝懸かってる慧明のほうが段違いでモチベが高い。おまえがエースや。チームを支えて勝たせるんはおまえの役目や」

「統。気持ちはわかるけど黒羽はまだ一年だぞ」クーラーボックスを担いできた久保塚がそれを耳にしてフォローを入れてきた。「負けても黒羽のせいじゃない。もちろん統のせいでもない」アイスバッグを取りだしながら黒羽だけでなく三村も気遣って言ったが、

「こいつはそんなちっちぇえ器やないですよ」

と三村は大見得を切った。

「ほやろ。できんとは言わせんぞ」

黒羽の目を覗き込んで声色を落とす。目をみはった黒羽が唇を結び、一度視線を落とした。

「……おれは苦労が足りんって、ずっと前に言ったことありますよね、統さん」

ふいに黒羽から切りだされた話に三村は小首をかしげた。いつの話だったかと記憶をたどる。

「おれはたしかにじいちゃんばあちゃん両親や親戚ん中ですくすく育ったんで、苦労って別にしたことないし……さっきもほやったけど、身体も無駄に丈夫やで怪我とか病気とかもしたことないし、春高初出場したらすぐユースに呼んでもらえたんも、幸運やったんやと思うし……」

「丈夫なのも幸運なのも無駄じゃねえよ」全部自分で言うんかと突っ込みたくなることを並べる黒羽の後ろから灰島が大真面目に口を挟んだ。

「〝苦労〟を乗り越えんと強くなれんのやったら、そういうもんを乗り越えてきた人たちに、おれは勝てるんですかね……」

灰島が苛立たしげにまた口を開きかけたとき、黒羽が続けた。

「勝ちたいんです。おれに方法は、ありますか」

灰島が口を閉じて黒羽の横顔を凝視した。

黒羽にその話をしたときのことを三村はやっと記憶の中から探しあてた。

どうしたらもっとエースらしくなれるのかと、三村にしてみれば自分たちが完敗して福井代表を奪い獲られたライバル校の、二つも年下のエースプレーヤーが、初々しくも無神経に助言を請うてきたものだった。

こいつはまだ自分は強くないとでも思ってんのかと、ちょっとあきれた気持ちにさせられる。あんまり自分を過小評価してこれ以上強さを欲されても、同じポジションを競う側としては正直たまったもんじゃないんだが。

「……苦労なんかしても美談にならんともおれは言ったはずやぞ。おまえはシンプルに、素材のポテンシャルが高い。それこそがおまえが特別に持ってる〝強み〟でねぇんか」

伏し目がちだった黒羽が驚いたように顔をあげた。

「ほやで、おまえはそのまま真っ直ぐでかくなればいい。そんだけでおれたちにとって一番怖ぇんや。弓掛にとっても同じはずや」

＊

〝おまえはもうちょいハッタリかませるようになれ〟

そんな大雑把な三村の助言を、聞いた当時は無責任にいなされたように黒羽は思った。

思い返せばあれは三村にとっては膝の手術の直前の時期だったはずだ。手術を経て丸二年という長いブランクを乗り越え、やっと試合にフルででられるようになり、リーグ後半を先頭に立って引っ張ってきて、その最終戦の、最終セットでの離脱……悔しいだろう。なんでこのタイミングでまたこんなことにと、怖さもいかほどのものかと思うし、運命の糸の先を握っているなにかでかい力に対して腹立たしさもあるかもしれない。

どんな感情が今、三村の身体の中で荒れ狂っているのだろう。

どんな精神力で〝ハッタリ〟をかまして、黒羽の問いにまた力強い言葉をくれたのだろう。

「おまえにだってあるだろ」

最終第五セットがいよいよはじまる。コートサイドに並んだ黒羽の横に立った灰島がふいに言ってきた。

黒羽は「ん?」と振り向いた。小作りの横顔はつるんとしているが、鋭く細められた瞳はいつもどおり勝つ気まんまんの戦意でぎらぎらしている。

「このレベルで続けてきた奴で、なにかを乗り越えてこなかった奴なんていない」

「おれがぶつかってる壁なんてぜんぜん低いって、おまえが言ったんでねえんか」黒羽はむくれて灰島を睨んだ。「おれが乗り越えてきたもん、ってなんかあったか? どっちにしてもそんなでかいもんはなかった気ぃするけどな」

「あっただろ。清陰での二年が」

つんとした口調で灰島が言った。

……ああ。

棺野たちを全国に連れていくことができず、エースとして自分の力不足を悔やんだ高校二年時。一人きりの最上級生になり、チームをまとめるのに四苦八苦した高校三年時……黒羽にも〝苦労〟

は、あるにはあった。

「っちゅうてもやっぱそんなでかくなくねぇか？　喉もと過ぎると忘れるほうやしなぁおれ」

「……大物だよ、おまえ」

ぷっと灰島が鼻から息を抜いた。あっ、噴きだした。珍しい反応に黒羽がきょとんとすると、

「腹くれ」

すぐにその横顔に鋭さが戻り、三村と同じ台詞を口にした。

「統さんが言ったとおり、おまえのポテンシャルが弓掛の脅威になる」

三年前の冬——東京体育館の晴れた夜空を背負い、松葉杖を両脇についた私服の三村の姿が目の前に現れた。あのときの言葉が一言一句耳に蘇る。

〝ハッタリを現実にするために身体を張れ。頭をフルで使え〟

〝おまえの隣にいつもいる奴は、それをやってる〟

## 12. TRUST

「ありがとうっ……忙しいとこ本当にすんませんでした」

まだ息を切らせながら越智は丁重に礼を言ってインカムを染谷に返した。

「借りはどっかで必ず返します」

「借りができたのはこっちかもしれないよ。些細(ささい)な異変によく気づいたね」

越智と対照的に気軽な口調で染谷がそう言ってインカムを受け取った。

自チームの試合の最中のアナリストは座っているだけに見えても多忙を極めている。セット間で

あろうが前のセットを分析し次のセットに向けて頭をフル回転させている。安易に話しかけていいものではなかったが、他チームの越智にはコートでなにが起こったのか知る手段がほかに思いつかなかった。いてもたってもいられず染谷がいるBコートのスタンドに走ったのだった。

「いいこと言うね、八重洲の」

インカムを自分の耳に嵌めなおす前に染谷が言った。「え?」越智が目をしばたたかせると、

「〝スタッフを信じろ。なにがあってもおまえの味方だ〟。──ありがたいね」

「ああ……ど、どうも」

ついもじもじする越智にごくごくフランクな態度で染谷が笑う。

「敬語じゃなくていいよ。タメっしょ? 統と同期だったんだよね」

「あっうん。おれ一浪やで学年下やけど。〝八重洲の〟やなくて越智って呼んでくれんか」

「越智くんね。タメ口になるとやっぱり統とおんなじ訛り(なま)だ。22-22で弓掛と接触があった。たぶんそのときかな──はいはいっと、把握してますよ。2番に上野(うえの)さんを。コートキャップはツジケンにやってもらいましょう」

染谷が話を打ち切ってベンチからの通信に応じた。三村が入っていた2番のポジションに四年の上野が入る。ただしコートキャプテンは三村と同じ三年の辻に任せるようだ……と、他チームの情報に耳を澄ませるのも行儀が悪い。

これ以上邪魔をしないよう越智が席を立とうとしたとき、

「そこにいなよ」

振り向かずに染谷が言った。

「え、ほやけど……」

「統の状態気になってるっしょ。ここにいるのが一番はやくわかる。これで貸し借りなしってことで」

と左耳に装着したインカム越しに左目でウインクしてみせた。

「……恩に着る」

越智は同じ席に腰を落ち着けなおした。

欅舎と八重洲の直接対決があったのは四月末のリーグ七戦目だ。こっちを煽っているようなクセ者っぷりに腹を立てたあの日の自分が少々後ろめたくなった。悪い奴ではなさそうだ——いや、かなり変な奴なのは間違いないが。染谷の足もとに紐を解いて脱ぎ散らかされた体育館シューズに越智は半眼をやって眉をひそめた。

最終セットでの三村離脱の影響は戦力的、そして精神的にも甚大なはずだ。八重洲の立場としても欅舎に勝って欲しいところだが、ほぼ絶望的になった……。

三村の姿はパイプ椅子を並べたベンチの後ろ側にあった。床に長座した三村の左膝に主務がアイシングをあてがってタオルでくくりつける。やっぱり膝……左か……。実のところどこを痛めたのか越智にはわかっていなかったが、それでようやくはっきりした。

トレーナーが三村の正面に立って足首を持ちあげ、逐一なにか問いかけながら角度を変えて屈伸させる。どうなんだと越智は焦れるが、ベンチから染谷に情報があがってくるのを待つしかない。

両チームの第五セットのスタメンがコートインし、副審にスターティング・ラインナップの確認を受ける。辻が挙手してコートキャプテンを自己申告する。

慧明はスタメンもローテも第四セットと変わらず。一方の欅舎側を目視し、スタート時のローテ変更に気づいた。

S6スタートか。

「第五セットはルーキーくんが確変起こしてくれるのに期待するとして、統のほうは来週のU－23に影響ないことを祈るしかないね」

「ああ……」

祈るしかない。染谷の台詞に神妙に頷いてから、

「……今なんて!?」

素っ頓狂な声がでた。

「U－23!? 統が!?」

「あれ？ 仲いいみたいだからてっきりもう統が言ったと思ってたけど、ごめん、そこまでじゃなかったか」

「なっ……か、は、いいし……！ 昨日も電話で話したし！」

口をぱくつかせて我ながら嫉妬じみた反論をしてしまった。

「来週の、って合宿のことやろ？ 統が呼ばれてるんか？ だってもっと前に連絡来てるはずっ……」

染谷の側頭部に唾を飛ばさん勢いで食いついた。

来週行われるU－23の強化合宿には八重洲からも複数名呼ばれている。メンバーが欠ける期間の練習について週明けには裕木や太明と話さねばならないと思っていたところだ。

「本人に訊いたほうがいいと思うけど……まあ口滑らせたのはおれだしね。おれが統に怒られましょう」染谷が溜め息をつき、諦めたように教えてくれた。「追加招集の枠ができたらしいよ。昨日の試合後にうちの監督から統に話した」

「昨日——？」

昨夜の電話のやりとりを急いで頭の中で遡った。

〝急用やねぇで今日電話で話さんでも別によかったわ。明日の試合終わってから直接言うわ〟

じゃ、ねえわ！

「あんの、阿呆がっ」

間違いなくその話のために電話してきたのだ。肝心の話題をださないで切る奴があるか！

……阿呆は、おれのほうだ。あの超がつく自制心の塊の三村が、翌日顔をあわせるのを待てずに電話してくるほどのことだったのだ。しつこく聞きだそうとしなかった自分を悔いた。あいつの性格は熟知してるのに……。

三村は後ろ手をついて左脚を持ちあげられた姿勢を維持したままトレーナーの表情や目線をつぶさに観察するようにひたと視線をあげていた。トレーナーに受け答えする三村の顔はここから見る限りは〝ちゃんとしている〟。どっちにしてもあいつは人前で〝ちゃんとしてない〟顔なんて見せたことがない。

どんな思いでいるんだ、今……。

高校時代にユースの一次合宿に呼ばれたことはあったが最終メンバーには残らなかった。次の二年間は術後の復帰に苦しみU－21には引っかかりもしなかった。あのどん底を経ての、U－23。今度こそ最後まで残りたいよな……。アンダーカテゴリとはいえ日の丸のユニフォームをもらって世界と戦う。夢見た姿を見られる日が、今、現実に手が届く距離に——……

「……っ」

見ていられずに越智はうなだれて両手で頭を抱えた。

「なんで、今なんやっ……。なんでおまえばっかりにこんな……」

「まだなにもわかってないよ。すこし待とう」

染谷の声が聞こえ、掻きむしった前髪の隙間から目をあげる。

「一時的な打撲の痛みだけって可能性もある。それでももちろん申告すべきだから、越智くんの行動も統の行動も正しかった」

俯瞰(ふかん)的な染谷のものの見方に感じ入り、ちょっと落ち着いた。

「越智！」

と頭の上から太い声をかけられて振り向くと高杉が通路を駆けおりてきた。越智の真後ろの席に尻を滑り込ませ、

「ここにいたんか」

「潤五(じゅんご)」

臨海国際大は第二試合で最終戦を終えている。

「統どうしたんや。なんかあったんか」

強張った顔を後ろから寄せて訊いてきた。三村が第五セットのスタメンから外れているのを見れば心配するのは当然だ。

「第四セットで膝の接触あったみたいや」

「まじけや……膝か」苦渋が滲んだ声を高杉が絞りだした。「ひどいんか」

「まだわからん」

「やっとスタメンでれるようになったんに、なんでこんなタイミングでまた……」

高杉の思いも越智と同じだった。

と、その高杉の背後に覆いかぶさるような大きな影が立った。ぎょっとして振り向いた高杉の一つ後ろの席に腰をおろしたのは、一九〇センチある高杉よりさらに十センチ以上でかい男、東武大の川島賢峻。

「三村はどうしたんだ」

と憂えげに眉根を寄せて訊いてきた。

「ああ、第四セットで……」

同じことを説明するはめになりながら、急に目頭が熱くなって越智は声を詰まらせた。

染谷といいこの二人といい、きっとほかにも、気持ちのいい味方が三村の周囲にはたくさんいる。

それは三村自身が今までの行動で築きあげたものに違いない。

高杉と川島に背を向けコートに目を戻した。膝の上で肘をついて拳を組む。

大丈夫だ。大丈夫だ……。気道が塞がるほど強く両拳を顎に押しつけ、自分に言い聞かせる。

こんなに味方が多い奴を、何度もどん底に突き落とすほどバレーの神の性根は腐ってはいないはずだ。やっとの思いで穴の出口まで這いあがって光を浴びたばかりの者の手を踏みつけてまた蹴り落とすような真似を、するわけがない。どうか、しないでくれ……。

両チーム十二名の選手がコートに散った。第五セット前にコイントスがあらためて行われた結果慧明サーブになった。Ｓ１からのスタート。最初のサーバーを任された山吹一人がコートを離れてサービスゾーンに立つ。弓掛がフロントレフトからスタートし、滑りだしの三ローテをたっぷり前衛でプレーする。第五セットは十五点先取のスピード決戦。ローテがまわる回数が少ないためスタート時が特に重要だ。

一方、先ほど越智が気づいたとおりＳ６でスタートする欅舎には一つ大きなデメリットが生じる。

欅舎のビッグサーバーである灰島がバックセンターからスタートのためサーブがまわるまで一周かかるのだ。十五点までにサーブ順は多くて二回しか来ない。

そのデメリットを押して欅舎が大胆な手にでた意図を越智は察した。

ここまでは黒羽と三村が半々で弓掛とマッチアップしていたが、S6スタートにより弓掛の前衛時と黒羽の前衛時が完全に合致する。

一年生を一人で弓掛にぶつける、か。三村がいない以上それしかないが、果たして黒羽が耐えきれるのか。

ピ――ッ！

拳を顎に食い込ませて越智が見つめるコートでホイッスルが響いた。

山吹のサーブが放たれるのと同時に染谷の指が高速でキーボード上を滑りだす。座席の上であぐらを組み、身体を二つに折りたたむように前かがみになってノートパソコンを腹の前で挟み込むという相変わらず独特のタイピング姿勢である。

三村にかわってこのセットで入った上野が狙われた。あまり出場していない選手なので越智の頭にもデータが入っていないが、黒羽を攻撃に集中させるため三村のぶんの守備力を補うタイプだろうと推測する。山吹のサーブをAパスで返すのはやはり難しいが、悪くない高いパスがあがった。

リーグ中一、二を争うビッグサーバー二人を擁する慧明に対抗すべくやれることといえば、集中力と忍耐力をもって地道にレセプションを灰島に繋げて得点チャンスを切り開くしかない。

「福田の31もあるんか」

攻撃態勢を見て驚いた。自チームの試合中だったため今日の欅舎の戦術を腰を据えて見るのはこの最終セットが初めてだが、八重洲戦からわずか三週間でミドルのバリエーションをまた増やしてきた。灰島め、とつい胸中で悪態が漏れる。

３１クイックか５１かで迷わされたミドルの波多野が遅れた隙に、福田を越えてトスが伸びた。黒羽の５１！

インパクトの瞬間、弓掛の手がコース上に現れた。

ズドンッ！　ネットを越える前に捕まって欅舎側に叩きつけられた。

一点目、いきなり弓掛のブロックポイント！

「んー。レフト三枚機能しないとやっぱ厳しいか」染谷が思案げに左右に一度ずつ首を倒した。「レフト二枚はもう慧明にほぼ攻略されてんだよね。抜いてたとしてもディガーがいたからあがってたよ」

山吹のサーブが滑りだしから二本続く。一本目で上野を狙ったのはデータ収集の意味もあったのだろう、二本目の狙いはセオリーどおり黒羽。サイドいっぱいを突いたサーブを横っ飛びで取った黒羽が崩された。灰島が今度は福田をライト側のＡ１に入れる。ライトサイドのＣ１には柳楽。予測不能かつ正確無比なバックセットでライト側も自在に操る灰島の采配に慧明ミドルが振りまわされる。だが福田のミートが甘くなり、佐藤がフロアで拾った。

このセット最初の慧明側からの攻撃だ。山吹はどんな采配をするか。

シンプルに、弓掛！　迷いのない綺麗なバックセットが大エースに通った。黒羽が食らいついてブロックに行くも、ブロックをぶち破って欅舎コートに突き刺さった。

欅舎は戦力が大きく削がれ、一方で弓掛のエンジンは全開。手がつけられんぞ……。越智は喉の奥でうなった。スタンドで観戦する他大の学生たちからもどよめきが起こっている。

この状況で自分だったらベンチになにを言えるだろう。染谷はなにを言う？　インカムを装着した染谷の側頭部をそっと窺う。

と、ちょうどそのころ越智たちがいるスタンドの対面のスタンドに黒いポロシャツ姿の学生たちがぞろぞろと上ってきた。

〝八重洲ブラック〟の一団——ユニフォームからポロシャツに着替えた太明や破魔、それに浅野の姿もあった。最後列付近に陣取るとその一帯が重量感のある鉄黒色に沈み、座席が重みで湾曲したようにすら見える。試合中のコートにかかる学生たちの関心の圧が数倍増しになる。

最終セットの行方は八重洲にも他人事ではない。欅舎が慧明に勝てるかどうかに、慧明と八重洲の一位二位争いの結末が懸かっている。とはいえ自身は勝敗に関係なく三位が確定している欅舎が、首位を守るか譲るかの大一番を懸けて戦う慧明を相手に果たしてどこまで踏ん張れるか。

欅舎が一点返してやっとサーブ権がまわった。欅舎の最初のサーバーは福田。フローターサーバーだ。

「前に落とすサーブは効いてます。山吹はミドルに突っ込ませるの嫌がるんでストレスかけていきましょ。ミドルが消えたら九割弓掛なんで51に仕掛けちゃいましょう」

染谷がインカムに話す声に越智はついつい耳をそばだてる。

福田が慧明コートの前寄りを狙うショートサーブを打った。クイックに備えていた波多野に取らせる。山吹はクイッカーにも助走を確保させて高い打点で打たせるセッターだ。助走を潰されるサーブは嫌がるだろう。

ミドルの選択肢が消えれば慧明のS1のレセプション・アタックはレフトの弓掛にあがる。クロスで柳楽・辻のブロックの内側を抜き、対角でディグにまわった黒羽を直撃して派手にひっくり返した。

来るとわかっていてもブロックでもディグでも弓掛のスパイクをとめられない。

「福ちゃんの調子悪くないですよ。狙いどおり入ってます。ルーキーくんもディグさわれてるんで、いる場所はオッケーです」

平静やな……。飄々とした語り口でインカムに喋り続ける染谷に越智は感心した。

灰島が辻の頭の上を越えて黒羽までトスを通すが、また弓掛に捕まった。ぼぐんっと濁った音とともに高くあがったボールが欅舎側に跳ね返り、苦悶するように激しくねじれながらエンド付近に落ちる。

「アウトアウト！」越智の後ろで高杉ががなり声をあげた。ラインズマンがインを示すと「あーっ、インかよー」と嘆く。「弓掛、どーなってんや。普通はあのタッパやったらブロックの穴やぞ」

欅舎1－5慧明。慧明がすでに四ブレイク。十五点先取でははやくも中盤に入る。スピード決戦における点差が欅舎を追い詰めていく。焦れば焦るほど流れを変えることはできなくなるだろう。

次も黒羽のスパイクが決まらない。しかしなんとか欅舎がリバウンドを拾い、もう一度攻撃チャンスを作った。

「黒羽は同じ打ち方はしてない。三本捕まったが三本とも捕まり方は違う」

と、越智の背後の高杉のさらに背後から川島ののっそりした低い声が聞こえた。高杉はあきらかに欅舎に肩入れして見ているが、川島がどちらの勝利を期待しているのかは越智にはわからない。

リバウンドから灰島がライトへ長いトスを飛ばし、柳楽のスパイクでもぎ取って一点返す。決めた柳楽が気を吐いてサーブへ。バックセンターでスタートした灰島が前衛にあがる。

欅舎が慧明ライト側に寄るブロック布陣を採った。最終セットは弓掛を多用してくると見てのことだろう。

そうとなれば山吹が波多野を３１に動かして手薄なレフト側から抜く——と、そこに灰島！　前衛にあがるや灰島の一枚ブロックで波多野を仕留めた。

一学年上の山吹が一学年下の灰島を忌々しげに睨みやった。同門出身セッターである二人のあいだでライバル心がばちばちと爆ぜる。

欅舎３－５慧明。意外にも欅舎が点差を詰めてきた。欅舎の気力もまだ繋がっているようだ。まだ負けムードは漂っていない。

冷静に粘って機を見極め、スパイカー陣の力を最大に引きだす決めどころを作りだすセッターが欅舎・慧明双方でゲームメイクを担っている。染谷がインカムに喋りかけ続けているのもきっとベンチを落ち着かせて勇気を与えるためだ。欅舎に突拍子もない奇策なんかはたぶんもうない。しかし劣勢のときにアナリストが黙り込んだらもう打つ手がないと白状しているようなものだ。

「越智。見ろ」

高杉が越智の肩に手を置いて欅舎ベンチに注意を促した。

三村を診ていたトレーナーがその場を離れるのが見えた。監督席の傍らにしゃがんで星名の耳になにか短く伝えるあいだに三村も立ちあがる。両膝のプロテクトタイプのサポーターはまだ足首におろしているが、ぐ、ぐ、と深い屈伸を何度か繰り返す。一番深く腰を落としたところで膝の骨の形がくっきり浮きあがる——両の膝にそれぞれ二重に入った手術痕も。

「大丈夫なんか……！」

高杉の太い声が期待で高くなった。

「染谷くん！　なんやって!?」

どう考えてもまだ下からなんの報告も届いていなかったが越智は逸（はや）って染谷に食いついた。

*

「これは？　違和感とか痛みはない？」

「大丈夫です」

自分の膝の深層の感覚を慎重に確かめて三村は答えた。前に立つトレーナーの表情を測りかねて神妙に見あげていると、

「……うん。あとは星名監督の意見を聞こう」

「って、え？　どっちなんですか？」

もったいぶったようなことを言われ、床についていた手を離して上体を跳ね起こした。

慧明にリードされた状況で第五セットが進んでいる。トレーナーの報告を受けて頷いた星名が三村を手招きした。コートを横目で気にしながら星名の隣のパイプ椅子に浅く尻を滑らせ、

「星名さんっ」

「トレーナー判断では再発じゃないとのことだ。痛みが引いていれば心配ない。ただ、」

「ただ？」

コートに目を向けている星名の横顔を訝しんで覗き込む。

「A3の結果は聞いたな。この試合で無理をする必要はないし、万一のことがあったら後悔してもしきれないだろう。一週間後の合宿に万全を期して、今日はもう下がってもいいとおれは思ってる。きみはどうしたい？」

「戻れるんやったら戻してください。慎重になりすぎることないって星名さんも言ったじゃないで

すか」

星名の語尾を食う勢いで三村は答えた。

「順位は変わらんくても、慧明に勝って終わるのと負けて終わるのとじゃチームの自信がぜんぜん変わります」

そもそも答えを予想していたようで星名の頬に笑みが浮かんだが、真剣な声色で釘を刺された。

「もしまた痛みがでるようだったら我慢しないですぐ言うことが条件だ。今回ちゃんと言ってくれたからきみを信用する。きみもこちらを信用して欲しい……悪いようにはしないから。昨日もちょっと言ったけど、なにかきみは構えて受け答えする癖があるよな」

〝自分のチームのスタッフを信じろ〟

見透かされてた、とあらためて越智の厳しい言葉が胸に刺さった。あのまま隠し通そうという気になっていたら本当に戻してもらえなかったかもしれないと思うと、あのタイミングの越智の助言に感謝しなければならない。

〝なにがあってもおまえの味方なんやぞ〟

畑もそうだったじゃないか。県内一の強豪校の監督という立場に苦労しつつもいつも三村の気持ちに寄り添ってくれた人だ。

星名と信頼関係を築くのが遅すぎた。

「交替準備」と星名が久保塚を呼んで告げた。「どこで入れるか斎と相談して」

「はいはい、はい！」

久保塚がぱっと顔を輝かせて二つ返事した。すぐにしかつめらしい顔に戻り、インカムのマイクを手で覆って話しだす。三村は座ったまま頭を下げて足首におろしていたサポーターを片方ずつ引きあげた。

「星名さんの高校時代の話、今度もっと聞かせてください。監督は今も母校に？」

昨日星名が語った恩師の話が頭に浮かび、かがんだまま何気なく話題にした。公立は一定期間で異動が避けられないが私立ならその限りではない。半世紀ものあいだ同じ高校の指導の場にいるという名物監督の話も知っている。

「私立校に指導を請われて十年勤めたけれど、今は故郷に帰られた。一度退職してから復職して公立校でのんびり指導してるよ」

「ずっと連絡取ってるもんなんですね」

二十年以上たって自分が畑くらいの歳になっても交流が続いているんだろうか。居酒屋で二人で酒でも酌み交わしているところを想像すると妙な気分だ。

「そんな縁があったから福井の選手のことは自然と気にしてたんだ。おかげできみや黒羽たちに来てもらえる幸運に恵まれた」

「統、慧明サーブが波多野にまわったら戻すぞ」

染谷との通信を終えた久保塚が隣に尻を滑らせてきた。

「いけるか？」

「いけます！」

頭を切り替えて久保塚の指示に集中する。

「ショートサーブ来るから頭に入れとけ。11潰すやつは統が行って、健司を31にまわして」

「了解」

膝蓋骨（しつがいこつ）の安定を目的とした両膝のサポーターをしっかり締める。ビッと小気味よい音とともに剝がしたマジックテープをきつく貼りなおしてから、聞き流してしまった星名の台詞が遅れて頭に到達した。

「――は？」

頭の上に大量のハテナマークとビックリマークが出現したままコートサイドに立つはめになった。

## 13. CHALLENGER

このリーグ開幕前、三村統という選手に弓掛の中で特段の印象はなかった。まさに開幕日に浅野と話していてその名前を聞いたときにそんな反応をした覚えがある。中学高校と全国大会に常連で出場していた選手ではあるが、高校三年の冬まで福岡県は福井県とたまたま一度も対戦しなかったし、北陸は九州からは遠い土地だ。福井という県の印象すらなかったのが正直なところだ。

その福井県勢が今年の欅舎に三人も集まっている。

福井……。

「ｂｉｃｋあるぞ！　にじゅさんにじゅさん！」

豊多可がブロッカー陣の背中に黒羽のナンバーを連呼する。その隙に灰島からレフトの上野へトスが飛ぶ。センター線を意識していた亜嵐が遅れて山吹一枚に剝がされたところを上野に抜かれ、ダイブした豊多可の目の前で跳ねあがった。

「あーっくっそ」

豊多可が床を一つ殴って立ちあがった。

「突き放せませんね。エースが片っぽ抜けてんだし、もう三位は決まってんだから諦めればいいのにさあ」

「ほんっとおまえは余計なことべらべら喋らねえで口閉じてろ」

山吹が豊多可の額を手のひらで押し、「ちょっ」とのけぞった豊多可を守備位置へ遠ざけた。

第五セット、欅舎はスタメン変更に加えてスタートのローテも変えてきた。詳細は伝わってきていないが三村に故障かなにかがあったようだ。この試合中に可能性があったとすれば、第四セットのネット際での接触のときかもしれない。

三村が大きな手術を経てブランクから復帰したという話は聞いていた。

「不慮のアクシデントです。向こうがアンラッキーでした」

弓掛が欅舎側に視線を向けていると山吹が声をかけてきた。

「わかっとう」

欅舎にとって三村が抜けた穴は相当にでかい。戦力の減損はもちろんのことムードメーカーの役割を三村は担っていた。三村がずっと声をだしていたぶん欅舎コート上であがる声はあきらかに減っている。

「相手の不運をよろこぶ必要はないですけど、うちに運が向いたのも事実です。有利な条件もらっといて勝てなかったら笑いもんですからね。余計に負けられません」

山吹らしい気性が窺える台詞だった。弓掛は礼がわりに山吹の腕をぽんと叩いて離れた。

上野のマークはある程度割り切り、黒羽に集中的にプレッシャーをかける。選択肢が減ればミドル陣も反応速度をあげて弓掛とブロックを揃えられる。

二枚ブロックにコースを絞られながら黒羽が懸命に打つ。ちゅんっ！という擦過音（さっかおん）とともに左手指の第一関節がボールを引っかけた感触。ワンタッチボールを繋いで慧明がトランジション・アタックを決めた。

欅舎がローテをずらしてスタートしたことで、黒羽が前衛となる全ローテで弓掛が同じく前衛となる。黒羽のレフトスパイクには必ず弓掛がプレッシャーをかける。

次は指の第二関節付近でスパイクを受け、欅舎側に跳ね返した。山なりを描いて欅舎コートのバックゾーンへ。「インインイン！」「繋げー！」後衛が懸命に追ってダイブしたが届かず、

「篤志ナイスブロック！」

ラインズマンからインのジャッジがでるのを見るまで構えを解かずに見届けてから、弓掛は拳を突きあげた。

慧明12－9欅舎。最終セット終盤に入り依然として慧明がリードしているが、欅舎も大きく離されない。

福井……。

三年前の春高までは、福井県勢をこんなふうに意識することになるとは思っていなかった。

灰島から耳もとになにか指示を受けていた黒羽が弓掛の見つめる視線に気づき、びくっと顔を強張らせた。隣の灰島が細い目をより鋭く細め、不遜に顎を反らして睨み返してきた。黒羽もすぐに唇を引き結んで見返してきた。ただ灰島がところかまわず挑発的なリアクションをしてくるほどには、黒羽という選手には攻撃的な闘志を感じない。三村のようにでかい声で味方を盛りあげ続ける陽性のムードメーカーでもない。

第一関節で受けた次は第二関節で受けた……偶然か、あるいは意図的か……？

次は四指のつけ根付近で受けたスパイクが欅舎のフロントゾーンに落ちた。リベロが飛び込んで繋ぎ、灰島がそこに走り込みざまバックセットでぴゅんっと振った。

ライトから柳楽が決め、黒羽がブロックされて一瞬肝を冷やした欅舎側がわいた。柳楽をたたえる仲間の輪にほっとした顔で加わる黒羽を弓掛はじっと注視した。

「あいつ、学習しよる……」

弓掛のブロックがどう出て、どこにあたったらどう跳ねるか、学習しながら一本ずつ変えて打っている。

だったら――。ブロックのタイミングを一拍遅らせた。黒羽が打った直後、ネット上に突きだした手の中にボールを捉える。中指の先をボールがこすり、浅く角度を変えて吹っ飛ぶ。弓掛が首をひねって振り返った先で後方の壁にボールが激突した。追っていった豊多可が壁に跳ね返ってきたボールをキャッチし、ちぇっという顔でボールリトリバーに投げ渡した。

――こっちが修正したら、あっちもまた修正した。

黒羽を囲んでよろこぶ欅舎コートを一瞥してから、弓掛はちりちりした痛みが残る指先を見下ろした。

目がいい選手だ。打つ直前にブロックをはっきり見ていた。テクニックが特別高いわけではないがその目のよさと、空中でのバランス感覚、滞空時間という武器がテクニックを十二分に補って、滞空中に修正している。それをする余裕があるだけ単純に高く跳んでいる、ということだ。

翼がある人間がいない以上滞空時間に能力差はない。浮いたものは物理法則に則(のっと)って等しく落ちる。滞空時間の差とはジャンプの高さの差だ。

高校で対戦したときにも、自分のバレー人生を費やして積みあげてきた戦い方をたった一試合でごっそり吸い取られるような底の知れなさを感じた。あの春高から二年と数ヶ月……その間弓掛が不断に考え抜いてさらに鍛えあげてきたものを、またこの試合時間中にまっさらなスポンジみたいに吸収していく。

慧明12－11欅舎。じわり、一点差に詰められたところでホイッスルが耳に響いた。

まだリードしている慧明が早めにタイムを取り、七見らもアップエリアからベンチ前に集まってきた。

「三村が戻りそうだ」

と言われてコートメンバーの視線が欅舎ベンチへ向けられた。三村が円陣に加わってメンバーに声をかけている様子が窺える。

「ムードメーカーが戻って勢いづかせるのは嫌だな」

「三点は広げときたかったけど、一点差か」

「また灰島が31と51とbickのわかんないやつ使ってきたらとめるのが難しくなるぞ」
三、四年を中心に警戒を強める声が交わされる。
A3が八重洲のストレート勝ちで終了したことはさっきのセット間にコートメンバーの耳にも入っていた。この結果がB3にも影響し、すでに欅舎の三位は確定した。ただB3がフルセットにもつれ込んだせいで一位と二位はまだわからなくなっている。万が一欅舎がB3をフルセットで取れば、八重洲がセット率の差で慧明を躱して一位に浮上する。前年度秋季王者の八重洲が意地を見せて最後まで優勝の望みを手放さない。

絶対に最終セットを落とせないというプレッシャーは欅舎よりむしろ慧明に重くのしかかっているのだ。

「でもさ、どうせならフルメンバーに勝ちたいから戻ればいいんじゃん？」

と、上級生が重い会話を交わす端から軽い調子で発言したのは亜嵐だった。弓掛が目を向けるとぴゅっと首をすくめて「あ、じゃん、っすよね？」

「そうやんね。亜嵐の言うとおりやん」

一瞬びくついた亜嵐の顔に、それを聞いてぱあっと笑みが広がり白い歯が見えた。

「フルメンバーの八重洲に昨日勝った。フルメンバーの欅にも勝ってこその完全優勝やん。欅のダブルエースばまとめてねじ伏せる」

そう、もともとこの試合は弓掛にとって首位を守る防衛戦ではない。八重洲戦と同じ思いでこのコートに臨んだ。王者の立場で格下を迎えたわけではなかった。挑戦者は自分のほうだと思って最初から戦っている。

タイムアウトあけの慧明13－11欅舎、亜嵐が前衛に戻り波多野が下がるサイドアウトで欅舎がメンバーチェンジを申請した。欅舎のほうは上野が前衛にあがる一つ前、レセプション・アタックのターンで三村がコートに送り込まれた。

「いけるいける、二点差や！」

よく通る声で味方を盛りあげてコートインした三村が大きな歓迎を受けた。

波多野はジャンプフローターサーバー。三村をここで戻した意図はショートサーブ対策だろう。

短い軌道でアタックライン上に入ったサーブを三村が取る。狙いどおり三村がｂｉｃｋに入る助走を潰し、レフト側の選択肢が黒羽の５１と、１１の助走ルートに突っ込んだ三村を避けて３１にまわった辻に絞られた。

ブロッカーがレフト側を意識した瞬間、しかし灰島のトスは裏を掻いてど真ん中、詰まった助走から１１ｂｉｃｋに入った三村へ！　万全なスパイク体勢ではない中で三村が巧くコースを打ち抜いた。

メンバーチェンジ直後に三村が決めて欅舎が盛りあがる。

慧明13－12欅舎。再び一点差にした欅舎は黒羽が後衛、三村が前衛に入れ替わる。対角の深いゾーンを狙える三村のレフト、黒羽の抜群の飛距離と打力を発揮できるバックセンター。欅舎のダブルエースの武器が復活し、慧明ブロック側の負荷が一気に増す。

ｂｉｃｋのマークにとどまった亜嵐から弓掛はぱっと離れてレフトに動く。その間隙に灰島のトスがあがった。ひと息にレフトサイドまで飛びだしかけた弓掛は急ブレーキとともに強引に辻の31に跳ぶ。キキュウッ！と足もとでスキール音が突き抜ける。

ネット上に両腕を突きだしたとき、左側面から突然亜嵐の肩がぶつかってきた。

「!!」

身体はまだ細いが一九九センチあれば体重も八〇キロを超える。体重差約二〇キロ、弓掛からするとダンプカーと衝突したような衝撃を不意打ちで食らってたまらず吹っ飛ばされた。

とっさに身体を丸めてコートサイドまで転がっていった。天安が「おっと！」と監督席から腰を浮かせて手をだしたので、そこでとまった。「大丈夫か!?」天安の声に続いて「篤志！」と口々に呼ぶ声が集まってくる。

「篤志さんっ」亜嵐の声も聞こえた。「ごめん、吹っ飛ばしちゃった！」

天安に背を起こされつつ弓掛は思わずぽかんとして亜嵐を見あげた。心配そうではあるが緊張感のない言い方だったので、こっちも調子を狂わされてしまった。

すでにホイッスルが吹かれて欅舎の得点になっていた。欅舎側も動きをとめて気懸かりげにこちらを見守っている。

「大丈夫やけん、天さん。ありがとうございました」

ぶるっと一つ頭を振り、天安を遠ざけて立ちあがった。

「亜嵐。今なんやろうとしたと？」

亜嵐が気をつけの姿勢になった。弓掛は顎をあげて頭一つ高い亜嵐の顔をまっすぐ見あげ、

「11も31もとめようとしたと？」

「あ、はい。後衛のとき篤志さんのずっと見てたから。篤志さんは31と51に行ってるから、おれは11と31行けばいいのかなって……でも勢いつきすぎてぶつかっちゃった」

「いや。今のでよか。思いっきり流れてきて大丈夫やけん」

「でも篤志さん吹っ飛ばしちゃったし、豊多可が怒るし」

「できる奴ができん奴にあわせろって言われるのは納得いかんっちゃろ？」

「え？　あっ……」

くりっとした目をより丸くした亜嵐から視線を移して「豊多可。よか？」と訊く。豊多可がちょっと唇を尖らせたが、

「よかです」

と敬礼した。

「ブロッカーがそのつもりで意識共有できてんだったら後ろもそのつもりでポジショニングするだけです。クロス側はおれが引き受けるから、ストレート側にディグ二枚入れて厚くします。ストレートと手間(てかん)抜かれたやつは二人でカバーしてください。コートの左半分はおれ一人で守ってやりますよ」

頼もしく守備計画を並べてから、ふんと胸を反らして続けて言った。

「それと忘れないでくださいよ。あんたがどんなにすごくても、六人いなきゃ勝てないってこと。

六人の誰かがつまんねえバレーして勝つ方法はない」

桜介とはぜんぜん違うリベロだな……と驚きつつも、これが直澄のあの恩師が育てたリベロかと、面白くなった。生意気だが言っていること自体は具体的でロジカルだ。まぎれもなく景星バレーの血を引いている。

「うん。肝に銘じとく」

福岡時代に相棒としてともにプレーし、ベストリベロも獲った伊賀桜介はフロアにボールを落とさないことを自らに課して黙々と仕事をする職人肌だった。それに比べるとこの一年生リベロはやたら我が強く、要求も多い。弓掛が高一の頃に同学年のチームメイトだったとしたら、弓掛もカッとなって喧嘩してたんじゃないかと想像できる。

「慧明、交替はいいですか?」

試合の一時中断を容認して待っていた副審が声をかけてきた。

「大丈夫です。戻ります」

一点ずつサイドアウトを取りあっていけば慧明が二点差をつけて十五点に到達する点差があった。しかしこれで慧明13‐13欅舎、同点。こうなったら二点連続で取らねば決着はつかない。

慧明が試合再開の態勢を整えると、欅舎側でサービスゾーンに下がって待っていた黒羽が顔を引き締めてあらためてボールを構えた。

豊多可をレセプションの真ん中に置けないローテだ。ど真ん中に飛び込んでくるサーブを鳩飼が取ったが球威にはじき飛ばされ、跳ね返ったボールがネットに迫る。ネット際で山吹が飛びつくが、懸命に伸ばした右手の上を越えて欅舎側に渡った。

同点に追いつかれたうえ欅舎に逆転のチャンスを譲ることになった。死守しなければマッチポイントを握られる。

サーブから戻った黒羽が11bickに入ってくる。だがここは黒羽が囮になり灰島からレフトにトスが飛んだ。辻の31か三村の51、二択を絞りきれないまま弓掛はネット沿いをダッと走り、バックスイングで勢いをつけて踏み切った。

空中を流れながら目をかっ開いてボール、辻、三村を全て視野に入れる。辻を越えて伸びたトスを三村が打つ。クロス！——身体はクロスを阻むスロットをすでに通過していたが弓掛は左手一本をコース上に残した。予測以上に凄まじい角度がついたインナースパイクが左手の外を抜けようとした、その瞬間、遅れて流れてきた亜嵐の右手がにゅっと伸びてきた。

手の中にちょうど飛び込んだボールを亜嵐が見事、欅舎側に沈めた。

そのまま慣性にまかせて亜嵐の右肩が追突してきた。コートサイドまでまた吹っ飛ばされそうになったがポールの緩衝材に右手でしがみつき、とっさに左手を亜嵐の胴にまわした。八〇キロを抱きとめたはずみで右手がポールからすっぽ抜けたが、慣性は殺した。

亜嵐を抱えて尻もちをつきながら「ナイス亜嵐！」と亜嵐の背中を叩いた。

「篤志さんもナイスキャッチ！」

などと亜嵐が屈託なく返し、先に立ちあがって弓掛を引っ張り起こした。

慧明14－13欅舎。欅舎の追撃を押さえてセットポイントを——そしてマッチポイントを慧明が握り、サーバーは弓掛。山吹が前衛にあがり三村とマッチアップする。

被ブロックしたスパイカーの連用は避けるか、強気にもう一本あげるかはセッターの性格のでるところだが、

「9番9番！」

豊多可がマークを促したとおり灰島が連続で三村に打たせた。山吹もブロックセンスはいいが、一八〇センチに対して一九二センチの高さの利で三村が上を抜いて失点を自ら挽回する。ラインを下げて守っていた豊多可が飛びつくも、深いゾーンに一直線に着弾した。

角度をつけて打ちおろさずに足の長い強打を制球してエンドいっぱいのゾーンに入れてくるテクニックは黒羽より高い。三村が地元では〝バズーカ〟がつく二つ名で呼ばれていたことを、リーグ途中でマークすべき存在になり情報提供を受けてから弓掛は知った。ディープコースに着弾するスパイク軌道、着弾地点でロケット弾が炸裂するような威力は言われてみると砲撃を思わせる。

慧明14－14欅舎。十五点で決着がつかず、「デュース……!!」

辻のショートサーブに亜嵐が突っ込んで拾う。ネットぎりぎりに返ったボールを山吹がツーではたき込んだ。慧明側で「ナイス！」と声があがり、欅舎側ではやられたという空気が一瞬走ったが、三村が右足を突っ込みつま先でボールをはじいた。柳楽がカバーに走っていく。欅舎にチャンスを渡したものの二段トスになり、灰島が操る予測困難な全員攻撃はこれで消えた。「9番9番！」「とめるぞ！」

灰島が「バック！」と柳楽に指示を飛ばした。柳楽がハイセットをコートの真ん中に送る。バックアタッカーは黒羽。

「センター、ワンチケア！　ライトは抜けてくるぞ！」

豊多可がともにフロアを守る鳩飼と弓掛に指示した。

山吹の上を抜かれたと思うや弓掛の正面にボールが肉薄した。急回転する青と黄のボールの色で視界が埋まる。手を組んで額の前で受けた直後、天地の感覚がぐるっとまわった。

背中から床に滑り込み、ホイッスルが天井に響いた。

「篤志！」

駆け寄ってくる仲間を手で制して弓掛は自分で立ちあがった。仲間が待つコートに戻ると、二連続で自分の上を抜かれた山吹が「すいません」と悔しそうに歯噛みした。

「23番やべえな」

「篤志がさわれててあがらない威力かよ」

集まってタッチを交わしながらコート内がざわめく。

慧明14－15欅舎。12－9から粘り強くブレイクを重ねた欅舎が、逆転。マッチポイントが欅舎についた。

辻のサーブ二本目も短い軌道で亜嵐の前に落とされたが鳩飼がバックから詰めて取る。bickを潰されるも亜嵐の助走は確保された。亜嵐、レフト鶴崎、バックライトから弓掛。

欅舎ブロッカーが身構えてトスの行方を待ったとき、スパンッと鋭いボールがブロッカーの頭上からはたき込まれた。山吹のツー、連続で！

意表をつかれた欅舎コート上で灰島一人が反応し、エアポケットになった空間に落ちるボールにダイブした。「バカ！」と豊多可が罵声をあげた。繋がれば欅舎にとって決勝点の決定的なチャンスになる。慧明側に危機感が衝きあげたが、
ピィ！

ホイッスルが吹かれた。灰島がふんっという顔で起きあがり、惜しくも手が届く前にバウンドしたボールをコート外へ無雑作にはたきだした。忌々しげに山吹のほうを睨みやったが、ふいににやっと口角をひん曲げた。

灰島が視線を外してから山吹が息をついた。半眼で後衛を振り返り「誰がバカだって？」

豊多可が首を引っ込めた。「だって一回拾われたのにまた打つからさあー」

慧明15－15欅舎。まだデュースが続く。サーブ権が慧明に移りサーバーは鶴崎。まずは欅舎のレセプション・アタックを守り、こっちがブレイクチャンスを摑んで
ズバンッ！

いきなり灰島の左手が強打を打ち込んだ。

やられたらやり返すみたいなツーが動けなかった前衛の頭上を抜けた。反射的に弓掛は後衛からダイブしボールと床の隙間に手を突っ込む。中指の背で跳ねあげたと思った刹那、同じボールにダイブした豊多可の頭が目の端から飛び込んできた。

顎を貫いた衝撃が脳まで揺さぶった。

ボールは！　白い光で視界がまだちかちかする中で真っ先に考えた。ボールデッドにはなってないはずだ。続行——ボールを探したとき、回復した視界の先で豊多可が頭を抱えてうずくまっているのが見えた。

すべきことを迷わず決断した。すぐに山吹に手を振って中断の合図を送った。

同時に副審側からホイッスルが吹かれた。天安が腰を浮かせてTの字を両手で作っていた。山吹がセカンドタッチを取りに入っていたが、頭の上に落ちてきたボールをそのまま摑んでプレーをとめた。

「豊多可！　大丈——」

口を開いた途端顎に裂けるような痛みが走って言葉が途切れた。

「痛ってー……」呻(うめ)きながら身を起こした豊多可がこっちを見るなりぎょっとした。「篤志さんこそ大丈夫かよ!?」

　ベンチがにわかに慌ただしくなった。

「止血！　急げ！」

　泡を食って救急箱を抱えてきた主務らベンチスタッフが弓掛を取り囲む。豊多可や亜嵐も心配げに寄ってくると、

「でかい一年二人して続けて篤志を吹っ飛ばしやがって」

　七見に厳しく言われ、一年生組が「すいませーん……」としょんぼりした顔を並べて肩を落とした。

「鏡ある？」

　顎を反らして手当てを受けながら周囲に目玉を動かして訊いた。「これでもいいか？」と誰かの手が隙間からスマホを差し込んできた。

　セルフカメラが立ちあがったスマホの画面に自分の顔が映った。顎の左寄り——実際には右寄りに二センチほどの裂傷が走っていた。

「篤志さんごめん」

　豊多可がもう一度謝ってくる。

「気にせんでよかよ。おれが取るって声だすべきやった」

　スマホの中で顎の傷を覗き込む自分の顔に、同じ場所に古傷を持つ男の顔がぼやっと重なって現れた。あっちは老け顔だから別に似てもいないはずなのに。

　一年相手にころころ転がされてんじゃねえぞ、チビ。嘲笑(あざわら)う声まで目の前にいるかのようにありありと聞こえた。

　ふん。〝箔〟がついてよかろう？

スマホの中の男に向かって鼻で笑って言い返した。

ばーか、ついてけねえ、と悪態をついてそいつが消えると、不敵に口角をあげた自分の顔が残った。

仮に自分が三村のように二年ものブランクに陥るような怪我をしたら、復帰を待っていてくれるチームがあるだろうか、と考える。ないかもしれないと正直思う。

もしそうなったら……どこのチームのトライアウトでもなんでも受けるまでだ。

## 14. NEVER STOPS EVOLVING

「弓掛、出血か？　ちょうど移動してたで目ぇ離してた」

隣の座席に尻を滑り込ませてきた越智に浅野はちらと横目をやった。すぐにコートに目を戻し、

「灰島にツーを落とされたところにリベロと二人で飛び込んで、リベロが弓掛に頭突きする感じになった」

感情を抑えて客観的に事実を説明する。「危ねぇな……起こりがちやけど……」状況を把握した越智が嘆息した。

「あっちにいなくていいんだ？」

コートを見下ろしたまま浅野が言うと「え？」と越智がきょとんとし、「ああ」と気まずそうに言いよどんだ。

「すまん。最後はやっぱチームん中でみんなと見届けんとって」

欅舎のアナリストとともに対面のスタンドにいる越智の姿を浅野は見つけていた。八重洲の試合

が終わって一階廊下でミーティングがはじまっても降りてこないと思っていたら、そういうことだったかと——ミーティングは手短に切りあげてBコートを見届けるため全員でスタンドにあがってきてから納得したのだった。

「はは、こっちもごめん。別に嫌味で言ったんじゃないよ。……気持ちはわかる」

　越智が反応に詰まって浅野の横顔を窺ってきた。

「三村は大丈夫だったみたいだな」

「あ、ほや。ネット際で接触したらしかったんやけど、どうやら大事には至らんかったで……」

「……で？」

　語尾に含みがあったので浅野は続きを促した。越智が使う訛りに頻出する「で」や「やで」は関西弁でよく聞く印象のある断定の語尾ではなく、順接の接続助詞にあたるとこれまでの越智とのつきあいで読み取っている。「至らなかったから」——まだ続きがありそうだ。

「……ああ。ほやでたぶん合宿も問題ない、って」

「合宿……もしかして来週の」

「おれも今あっちのアナリストに聞いたばっかなんやけど、追加で統もU－23に呼ばれたんやって。怪我かなんかで欠員でたらしいで、おおっぴらによろこぶのもなんやけど」

　そう配慮しつつも越智の声からは抑えきれない興奮が感じ取れた。

「そっか。実力考えたら驚きはないよ」

　いいトスの決定力はもちろんだが欅舎戦で直接戦ったときの印象では悪球を捌くのも巧かった。身長も協会が求めているであろう基準に適(かな)っている。怪我人のほうは誰だろうか。浅野の耳にも今のところ入っていないが知っている誰かである可能性は高い。関東以外に進学した者にも中高からの知己は多い。

「人見知りせん奴やで大丈夫やろけど、まあ新入りやでよろしく頼む」

「三村とちゃんと喋ってみたかったから、おれも楽しみだよ」

浅野が経験してきたアンダーカテゴリの代表チームはいつも弓掛のキャプテンシーに引っ張られていた。その弓掛が呼ばれない今回の合宿はどんなチームになるか想像が及んでいなかったが、弓掛とは方向性が異なるムードメーカーの資質を備える三村が加わればきっとまた違った雰囲気のチームになるのだろう。

ピ——。

慧明のタイムアウト終了。ホイッスルと同時に主務が両手をぱっと降参のような形にあげて弓掛の前から離れた。F1レースでタイヤ交換するピットクルーの職人技を彷彿とさせる手際で、応急処置にかかった時間三十秒。五センチ角ほどの大判の絆創膏を顎に貼った弓掛が逆にいちだんと戦意を増したくらいの気合いの声を発して味方の誰より先にコートに駆けだしていく。

ひとときざわめいていた八重洲の面々が口をつぐんでコートに注意を戻した。越智もそのまま浅野の隣で観戦する姿勢になる。

四年の面々は浅野たちの前の列に横並びになっていた。裕木、太明、破魔、その向こうに大苑らも並んでいる。リラックスして脚を組んでいる太明と、背筋を伸ばして胸の前で腕組みをしている破魔の姿勢が対照的だ。破魔に関してはそういう歴史上の将軍の銅像が世界のどこかに実際にありそうな居住まいである。

慧明15−16欅舎から再開する。

灰島のツーでサーブ権を奪った欅舎がローテをまわし、サーバーはその灰島。ぎりぎりまで時間を使ってからコートに戻った慧明に対し、先にコートインした灰島はサービスゾーンの最後方、板張りの壁際に立って待機していた。

　結果的に灰島の奇襲で豊多可と弓掛が交錯することになった。アンスポーツマンライクにあたるようなものではもちろんないが多少は責任を感じて手加減してもいいところだ。

が、それとこれとは別問題とばかりに容赦ないサーブが慧明コートを襲う。豊多可が飛びつくも大きくはじき、欅舎側に直接返るボールになった。

　ずっとビハインドを負っていた欅舎が押し返し、いまや慧明が不利に陥った。欅舎がこれを決めればデュースを勝ち取る。三村、福田、バックから黒羽とレフト側に最大数の三枚攻撃が入り、ライトからは柳楽。守る慧明のブロッカーは三村とマッチアップするライト側から山吹、亜嵐、鳩飼。

　山吹が５１のストレートを締めたが、亜嵐が３１に反応してしまったためブロックが揃わない。割れたブロック間を三村がクロスで抜く。と、亜嵐が右に流れながら右手を大きく振ってコース上に伸ばした。リーチの長い手がボールの通り道に届き、バガンッと手のひらにあてた。

「うお、ワンチ取った」

「今なに起こった？　なんだあのブロック」

　八重洲勢のほうぼうからどよめきがあがった。

　フロントゾーンに落ちるこぼれ球に弓掛が突っ込んで繋ぐ。慧明が攻撃権を奪い返すなり、

「持ってこい！」

　即座にぐるっと助走に膨らんで攻撃に入った弓掛が怒鳴る。

「篤志頼む！」

「弓掛来るぞ！　とめろとめろ！」

欅舎側は三枚ブロックで迎撃する。「フェイントあるぞ！」浅野の隣で越智がまるで自分のチームに助言を送るかのように口にした。

弓掛が決めねばならないボールだ。このラリーを落とせば負けが決まる――ブロックが揃い守備側が有利――そんな厳しい状況でラストボールを託されるために、オポジットはそのポジションを担っているのだから。

フェイントでブロックを躱したとしてもフロアで拾われれば決勝点のチャンスを相手に渡す。灰島がそんな機を得て最大に活用しないはずがない。どの引きだしをあけて決勝点を取りにくるか、こうして広い視野で俯瞰していてすら灰島の手は予想しづらいのだからコート上の選手の目線では言わずもがなだ。

篤志、どう攻略する？　弓掛の思考に浅野は自分の思考をシンクロさせる。

〝冷眼冷耳　冷情冷心〟――全身から放たれる太陽のごとく燃えたぎる闘志に目を眩まされるが、弓掛の頭の中はこの試合中ずっと冷静だ。今この瞬間も感覚神経を研ぎ澄ませ、視野を最大に広げて情報収集し続け、あらゆる状況を想定して考え抜いている。

フェイントでは決め切れない。となると、

「リバン！」

浅野が口走るのとほぼ同時にコートでも「リバン！」と山吹の声が響き、ネット際にいた亜嵐がパブロフの犬みたいな反応でしゅんっとしゃがんだ。

ジャンプの落ち際まで空中でボールインパクトを待ってから弓掛がフルスイングせずブロックにあてた。ネット下に落としたボールに亜嵐のリーチが届き、フロントゾーン上空に掬いあげた。豊多可がバックゾーンから嬉々としてそのボールに片足ジャンプしセット体勢に入る。本職のセッターばりのジャンプセットでライトへ飛んだボールに弓掛が助走に下がって再チャージしている。リバウンドからあっという間に立てなおして慧明が攻撃有利な状況を作りだした。

欅舎のマッチポイントを凌ぎ、慧明16－16欅舎。

ちょっと前に弓掛を吹っ飛ばした一年生二人が無邪気に歓声をあげて弓掛を囲んだ。

安堵の息をついた浅野に越智が物言いたげな顔を向けてきた。

「気持ちはわかる……って言いたいとこやけど、さすがに……」

「……うん。越智が正しいよな」

八重洲の者としては欅舎の勝利を望むべき状況だ。理屈ではわかっているし、自校の優勝を本心から望んでもいる。わかってるけど……。

「まあどっちが勝ってもうちの功罪じゃないんだから、好きに見届ければいいよ」

と前の列から太明が振り向いて苦笑した。

「八重洲の部員が負う責任は八重洲の十一戦の中にしかない」

髪の色と同じく明快な主将の言葉に、欅舎側に傾倒して見ているのがあきらかな越智もちょっと気まずそうに首をすくめて太明に目礼した。コートに目を戻して取り繕うように話題を変える。

「慧明があんなばらばらなブロックをありにしてる意図はなんなんですかね……ほやし弓掛も前衛んときやってましたけど、ワイパーみたいにブロック振るんも、もし八重洲でやったら怒鳴りつけられるやつでないんですか」

慧明も八重洲と同じく、中央で待機するバンチシフトからリードブロックで反応して壁を揃える堅固なブロックシステムが強みのチームだ。しかし先ほどからライト寄りのデディケートシフトに変えていた。欅舎の厚いレフト三枚攻撃への対策なのは間違いないが、単なるデディケートにしては、ライトブロッカーとセンターブロッカーがタイミングを揃えて跳んでいないように見える。

それにブロックに跳んだ場所から手を振って塞ぐコースを変えることは後衛との連係が取れないワンマンプレーになるため、八重洲では禁じ手とされている。弓掛がやっているのを亜嵐も真似してやりはじめたようだ。

だがそのおかげで、抜かれたと思ったコースに一拍違うタイミングで流れてきた隣のブロッカーの手がでるということが起こっていた。

太明の隣で破魔が振り返った。一つの地点に据えられていたカメラアイが突然向きを変えたような、モーター音をともないそうないつもの動作に後列の後輩たちがびくっとした。

「ｂｉｃｋを含めた四枚同時攻撃が当たり前の戦術になって以降、最大三枚のブロッカーに対して攻撃側が数で有利になった。それに対抗するためのブロック側の新たな戦術が世界レベルでずっと模索されている。慧明がやろうとしているのはその対抗策になり得るものだ」

「けど危ういシステムですよね。今までいいって言われてたやり方が崩壊しかねんですし……ほんとに有効なんかは、もっとデータが積みあがらんと判断できんです」

越智がアナリストらしい意見を慎重に述べる。

「だからこそやってみる意味はあるだろう。あの男は……弓掛篤志は……決して思考停止しない」

抑揚に乏しいバス・バリトンでロジカルに説明していた破魔の声に、脅威におののくような震えがまじった。

眼下のコートで亜嵐が弓掛の胴を抱えあげてくるくるまわる。一年生二人の頭より高く担がれた弓掛が拳を天に突きあげた。

昨日の八重洲戦で一時囚(とら)われていた、悲壮な覚悟のようなものは今日の弓掛からは感じなかった。

自分より身体的ポテンシャルが高い選手に囲まれる中でも諦める気なんか毛頭なく、相手を超えるすべを探求し、全身全霊をもって実践し、いつか必ず攻略することを、結局弓掛自身が己の内から渇望しているのだ。

なんていう苦難の業を背負ったんだと思うけれど……ああ、見たいな、と思わされる。

おれだって見たいよ。篤志が世界で戦う姿を。

今ああして楽しそうな亜嵐や豊多可に抱えあげられているように、海外の大きな選手たちの中にあっても、誰よりも強靭な精神力と反骨心で仲間を引っ張り、信頼を勝ち得て、必ず認められるに違いない姿を——夢物語じゃなく、きっと現実になる未来として浅野は脳裏に思い描ける。

慧明がローテをまわして亜嵐がサーブに下がる。山吹のサーブまであと一つ。

「9番はレセプしてからのほうが打ちやすいくらいだろ?」

と太明がコートでサーブを受ける三村に目配せすると、

「はい。自分でレセプしてからの効果率のほうがしないときより高いです」

越智がまるで自分のことのように即答した。他校の特定の選手の数字が即座にでてくるのもどうかとは思うが、ともあれその数字があれば重宝されるアウトサイドヒッターになるだろう。オポジットが〝攻撃の要〟であるのに対してアウトサイドヒッターは〝攻守の要〟。守ってから攻撃する能力の高さが評価される。

亜嵐の強烈なスパイクサーブの直撃を受けても三村は体勢を崩さず踏みとどまり、そこから助走に切り返して黒羽らほかのスパイカーと同じテンポで攻撃に加わる。そして通過点を高く維持して相手の深いゾーンへ打つスキルに長ける。

ただ慧明側にもデータはあがっている。サーブからバックライトの守備に入った亜嵐がコースを張っていた。胸に刺さるボールに「あいたっ」と身体をはじかれながらもカットした。

最終セット、デュースに入って双方まだ集中力を保って一歩も譲らない。「ラリー……！」スタンドに詰めたほかの十大学の部員たちが息を呑んで見守る。

直線的なボールがニアネットに返る。ネット際で山吹が飛びついて波多野にワンハンドセット。欅舎側で福田、そして三村もヘルプに間にあい、二枚ブロックに引っかかったボールが直上に跳ねあがった。

「統、押し込め！」

越智が前のめりになった。慧明側からも波多野がもう一度ジャンプして押し込みにいく。両者の手がネット上でボールに届く。一瞬、両者の手に挟まれてボールが空中に縫いつけられる。三村がボールをねじ切るようにして自コート側のサイドへはじきだした。

主審のジャッジは欅舎のポイント。波多野が最後にボールをさわったという判断だ。

巧いな、と浅野は感心した。自コート側でアウトになれば相手側がボールを押しだしたと判定される。ただ昨今の傾向では押しあい中のキャッチの反則を厳しく取られやすくなっている。頭の上でネット際のプレーを厳格にジャッジしている主審とのぎりぎりの駆け引きがそこに発生する。

慧明16－17欅舎。欅舎に三度目のマッチポイントが点灯する。慧明はマッチポイントを三度(みたび)凌ぐ側になる。

黒羽が前衛にあがり三村がサーブに下がる。慧明のほうはここを凌げば弓掛が前衛にあがり、山吹にサーブをまわせる。

「黒羽はさすがに燃料切れかもしれんな。灰島もトス減らしてるように見える」

越智の評価に浅野も頷いた。灰島が立て続けに黒羽を使っていたセット序盤から中盤に比べると黒羽の打数が減っている。将来性では恐るべきプレーヤーだが、まだ一年生。つい二ヶ月前までは高校生だ。

「篤志と完全にマッチアップする負担は生半可じゃないよ。一セット通しただけでも十分よくやった」

「まあ続がえんあいだよう身体張って頑張ったしな……」

欅舎側が「ライトライトライト！」と弓掛をマークする。追い込まれている側の慧明が弓掛に託す可能性は高い。だが、
誠次郎、雑に逃げるなよ。浅野は胸中で呟いた。欅舎側で福田の足が弓掛のほうへ向きかけた瞬間山吹が真ん中、鶴崎のｂｉｃｋを使った。うん、それでいい。くたびれてるだろうがセンター線を敵の意識に刻み続けることに意味がある。

弓掛のマークに注力している黒羽の反応が遅れた。だが力を振り絞ってヘルプに行く。勝手にねぎらって今日の活躍を終わりにされるのは心外だと文句を言うかのように。

福田・黒羽の二枚に鶴崎が阻まれた。

ピィッ！

大きく波打ったネットの下にボールが沈み、ホイッスルが鋭く響いた。シャットアウト……！

「勝っ……！」

と越智が尻を浮かせた。周囲の八重洲部員たちも身を乗りだして見届ける中で浅野は思わず息をとめた。

慧明16－18欅舎──。

# 15. MAN PROPOSES, GOD DISPOSES

「17－17だな」

と、悠長に構えた太明の声が試合終了を否定した。

八重洲の陣営に広がりかけた歓喜の波紋が戸惑いの波紋で塗り変わった。浅野もすぐには把握できないままフロアに目を戻すと、主審がネットに触れるハンドシグナルをだし、慧明の得点を示した。

「タッチネット……!?」

ブロックポイントのホイッスルではなかった——欅舎の反則に吹かれたホイッスルだ。

どよめく部員たちのリアクションに太明がニマリとし、

「23番がブロックおりるときネット蹴ってた。ど真ん中に膝蹴り入ってたよ。慌てて跳んでむしろ跳びすぎたって感じ」

ボールが落ちたときに見えたネットの波打ちはタッチネットのせいだったようだ。浅野にはそこまで見えていなかったが太明の視野はいつも広い。

「は？　冗談だろ」裕木が声を裏返らせた。「どんだけ跳んだらブロックでネットのど真ん中に膝入んだよ。化け物か」

ネットの縦幅は一メートルなので、二メートル四十三センチの高さに張られたネットは下端でも一メートル四十三センチになる。横に流れながら跳んだブロックで人の顔の高さあたりに意図せず膝が入ったことになる。

「燃料切れかなんて言ってた矢先に、なんちゅう奴っちゃ……」越智が掠れ声を漏らす。

「笑うしかねえよなあ」

太明が座席にもたれなおして金髪にくしゃっと指を突っ込んだ。

コートキャプテンの三村が審判台に歩み寄って確認を求めたので一時的に試合がとまる。ただ黒羽がチームメイトを拝んで謝る姿が見えるのでタッチネットの自覚はあったのだろう。まず覆ることはない。

「23番……もしかしたら〝ターミネーター〟とも〝九州の弩弓〟とも違うタイプのモンスターに化けるかもしれねえな、あいつ」

裕木が薄ら寒そうに呟いた。

思いつきで口にしただけかもしれないが、あながち軽口でもないと浅野は思う。

黒羽祐仁という選手はおそらく人並み以上に広大な、ただしまだほとんど真っ白で漠としたキャンバスを持っている。今のところ色がついている範囲は九割がた灰島によって塗られているが、この先どんな環境で誰にどう塗られていくか次第ではあろう——本人の手で積極的にビジョンを描き込むタチでもなさそうなので。

仲間のもとへ戻った三村がぱんぱんと手を叩いて空気を盛りあげる。慧明17-17欅舎で再開となる。

命拾いした慧明がサイドアウトを取り、弓掛が前衛にあがる。サーバー山吹。慧明のブレイク率がもっとも高い絶好の機会を迎えた。

際どいコースを攻めたサーブがサイドいっぱいに入った。黒羽が飛び込んであげたもののコート外まで滑り込んでいき、黒羽をマークから外した慧明が余裕を得る。三村のｂｉｃｋにきっちりブロックタッチを取って繋ぎ、逆に攻撃権をもぎ取った。

欅舎の勝利に一瞬わいた流れがあっという間に逆転した。攻撃に入れなかった黒羽もなんとかブロックには戻って欅舎が迎撃態勢を敷く。

山吹から短いトスがふわっと浮いた。弓掛のマークをぎりぎりまで外せなかった黒羽が遅れ、福田が波多野の11をなんとか跳ね返す。豊多可が拾ってまだ慧明ボール。もう一本山吹が真ん中を使うが、今度は鶴崎のbickに振った。黒羽もヘルプに間にあって欅舎がこれにもワンタッチ。双方の領空の境界線上にボールが浮いた。どっちのボールだ、とコート上の両チームもスタンドの者たちもボールの行方を凝視する。

「オーライオーライ!」

豊多可が怒鳴ってネット前にでてきた。

わずかな空気抵抗が慧明側に微笑んだ――空中でぶれたボールがネットに沿って慧明側に落ち、低く構えた豊多可が丁寧に掬った。

慧明の攻撃チャンスが三本続く。欅舎が三度(みたび)守備の陣形を敷きなおす。長くなったラリーに見ている者たちの息まで詰まる。一本目、二本目とセンター線と来て、ずっと弓掛をマークしていた黒羽がついセンター側に引っ張られた。その瞬間山吹からバックセットがライトへ飛んだ。

黒羽がはっとして戻るも斜め跳びになり、その上から弓掛が叩き込む。フロントゾーンを穿ったボールに深い守備を取っていたディガー陣も動けないまま、鋭角に跳ねあがって天井近くまで届いた。

「ブロックの上からあんな角度で打てんのか!?」

黒羽が見せたジャンプ力の印象を上書きするような弓掛の驚異的な高さにスタンドが戦慄でどよ

めいた。

「今のは山吹の組み立てがよかったな……黒羽のポテンシャルには驚かされるけど、やっぱ負荷は効いてる。弓掛のほうはまだ動き鈍ったように見えんで余裕ありそうや。山吹が温存してたんやろな」隣で感想を漏らした越智の声はからからになっている。「二十点超えるか……」

慧明18－17欅舎。デュースに入って初めて慧明が前にでた。十五点先取をすでに大きく超えつつある。

「まずここ切るぞ！」

三回のマッチポイントをものにできず逆にマッチポイントを許した欅舎は苦しいところだが、三村が柱となり集中力を繋ぎとめる。すでに順位が確定している欅舎はとにかくただ最終戦に勝ってリーグを終えたいという気力だけで戦っているだろう。繋ぎとめてきたその気力を、慧明の気迫が圧する。

〝十センチでよかった〟

三年前の春高で清陰に敗北したときの弓掛の姿を、浅野は今も決して忘れることがない。華やかに盛りあがる東京体育館のバックヤードのうら寂しい通路で、一人きりでうずくまり、タオルを自分の口に突っ込んでまで意地でも嗚咽(おえつ)を殺して泣いていた、誰よりも強いのに、近くで見ると華奢な背中を。一度たりと「高さ」を言い訳にしたことがなかった弓掛が、血を吐くようにようやく漏らした本音を。

〝あと十センチ欲しかったたって思うんは……贅沢か……？〟

〝あと十センチあったら、絶対おれが日本を変えてやるのに〟

「篤志……勝てよ……」

破魔清央のほかにもまだ国内で倒していく相手がいるだろ。

勝って——日本を飛びだせよ。

「山吹さんナイッサ！　エースで決めちまえ！」

豊多可が威勢のいい発破をサービスゾーンに飛ばす。ただ針の穴を通すような山吹のサーブはサーブミスと表裏一体でもある。

試合序盤はミスも目立つスロースターターだが、終盤の山吹の勝負強さには浅野が太鼓判を押す。

欅舎がフォーメーションを調整し黒羽を端に寄せて負担を軽減した。そのきわめて狭いエリア、エンド側から見下ろしているとまさにサイドライン上、五センチ幅の白線めがけて山吹のサーブが攻める。黒羽が一瞬ジャッジに迷ってから手を突っ込んだ。

返球位置は逸れたが高くあがった。灰島がボールに走るあいだに黒羽も体勢を立てなおして助走を取る。「よしあがった！」「行け行け！」浅野の周囲で欅舎の追撃に期待をこめる声が起こる。

スパイカーが揃えばこのローテの決定率は高い。灰島と一緒に移動してきた福田が灰島のすぐ背後からA1に入る。灰島のフロント側に前衛レフトの黒羽。三村がコート中央からバックアタック。

灰島から近いこの三路線に慧明のマークが向く。

フロントかバックか、フォームが読めない灰島の両手の中にボールが入るや、背中を反らしてバックに飛ばした。浅い弧を描くボールがぎゅんっと伸び、コートの端から端まで、九メートルのロングバックセットが柳楽まで届く。上から俯瞰しているスタンドの者たちの意識からも柳楽の存在は抜けていたので全員驚かされた。鳩飼・波多野の二枚ブロックがなんとか追うもののストレートまでは寄り切れない。

上から見ればストレートがあいているのが明白だったが、柳楽が打ったコースは安易にクロスになった。そこに打ってもフロアにボールは落ちない。

オフブロッカーにまわった弓掛が二枚ブロックのインナーを抜けたボールを追って身をひねった。ライトいっぱいに入るボールをフライングレシーブ。パンッとワンハンドでコート上空にはたき返した。

厳しく言うなら灰島の判断ミスだ。セットの質は完璧。慧明の守備に対する判断も申し分なかった。しかし長試合、そして欅舎が置かれた状況を思うとスパイカーは気力体力とも限界だ。とっさの思考力も落ちている。そんな状態でストレートを入れる自信を持って打つのは難しい。

攻守が逆転した。「守ってくれ！」隣で越智が祈るように口にする。欅舎ブロッカーは弓掛を警戒しないわけにいかないが、山吹が一本目をセンター線で引きつけることも頭に刻まれている。ブロッカーの集中力も焼き切れる寸前だ。

山吹からここでレフトへ。欅舎のブロックを剝がして鳩飼がノーマークで打つ。決まったか――、ぼぐんっ！

濁音が響いて欅舎エンドでボールが高くあがった。後衛センターディガーは三村！

ボールをあげた反動で後ろにはじかれた三村も踏みとどまって転倒をこらえた。キュッとシューズの摩擦音を響かせて前に飛びだし、

「チカ！　持ってこい！」

さっきの判断ミスを灰島が自覚しているならば、この一本を託せるスパイカーは三村しかいない。

浅野がセッターでも三村に託す。

三枚ブロックの壁を相手に三村のバックセンター。決め急げば間違いなく捕まる。灰島が素早くネット下で三村のカバーに構えた。――リバウンド狙い！　ハーフショットで三村がブロックにあ

てたボールが灰島の手が届く範囲に落ちる。灰島がしゃがみ込んで拾ったボールをレフトへ送った。

同時にレフトで踏み切った選手がいた。

黒羽がリバウンドボールを直接打つ。ノーブロックで黒羽に打たせたらフロアで拾うのは難しい。

「よしっ、同点」と拳を握った越智を横目に浅野は奥歯をぎゅっと噛んだ。

そのときネット際で弓掛が神速果敢に反応するのが見えた。まだだ——。


リバン——！

ネット下に灰島が潜り込むのを目が捉えるなり弓掛は次に起こりうることに全神経を研ぎ澄ませた。「にじゅさん！」背中から飛んだ豊多可のコールを最後まで聞く前に足が動く。バックスイングをつけてネット沿いをダッと蹴って跳びあがり、レフトまでの残りの距離を空中で詰めながら身体の向きをひねってネットに正対する。コートの景色がびゅんっと視界を過ぎる中、黒羽のスパイクフォームにピントをあわせる。

弓掛にとって高校最後の試合となった、三年前の春高の三回戦——あのとき、最後のホイッスルが鳴る前に足がとまった。またこういう奴らが現れて、また勝てないのか、と……フルセットの長試合で限界まで疲弊した心の隙間に諦めの感情が入り込んだとき、意志に反して足が動かなくなった。

今日はまだ限界は来ていない。足はまだ思うように動く。

ああ、誠次郎か。

ふいに胸に落ちた。フルセットに達したときに弓掛に賭けるための、五セットぶんのシナリオが山吹の頭の中にはあったのだ。

黒羽の高さがあれば丁寧に打てば一枚ブロックを抜くコースは見つけられる。あるいはもう一度リバウンドを取って仕切りなおすのも取り得る手だ。ただしこの一瞬でそれを考える余裕も、ミスなく遂行する体力的な余裕ももう黒羽に残してはいない。このセットを費やして、そして高校のときとは違う五セットのフルセットマッチを費やして削り取ってきた。

甘いコースに黒羽が打ったスパイクを五指の中に捕まえ、ネット下に撃ち落とした。

が、そこへ滑り込んできた影があった。灰島、また拾いよる！　腹這いで手の甲を突っ込んで床すれすれで救った。低いボールに黒羽が着地ざまとっさに右足をだした。まだ繋ぐ！　つま先で蹴りあげたボールがサイドラインを大きく越える。後衛の三村が身をひるがえしてダッシュする。

「統ー！」「繋げ繋げ！」仲間の懸命の声が飛ぶ。

ラリーが切れない。諦めようとせず何度も足掻（あが）く欅舎に慧明側が焦りを衝きあげられる。

弓掛は汗を散らして味方に怒鳴った。

「何ラリーになってもよか！　最後は取る！」

腹からだした声が浮き足立ちかけた味方コートに楔（くさび）を打ち込んだ。

無人になったAコートまで全力疾走していった三村が素早く振り向いてコートに一瞥をくれた。ボールの先にまわり込んでアンダーで高く打ち返す。

三打目、ラストタッチだ。体育館の天井の下を斜めに割ってボールが戻ってくる。「豊多可、慌てんな！　丁寧に返せ！」山吹が指示を飛ばす。

欅舎側のネット際で黒羽が祈るようにボールを目で追う。灰島がいつでも次の行動に移れる構えで待つ。ホイッスルが鳴るまで戦闘態勢を解く選手ではないが、ボールをひたと見つめる灰島の険しい表情から、その軌道をすでに正確に予測していることは間違いなかった。

三年前の試合のラストボールが弓掛の脳裏で重なった——今の三村のようにコート外まで全力で追っていった伊賀が、結局清陰側まで返すことが叶わなかった——ネットを越えられずに箕宿側へと落ちていったラストボールが。

三村が返し損じたわけではない。アンテナ内を通して慧明コートに返すにはどう足掻いても角度が厳しかった……それだけだ。

あのときは自分たちのボールが清陰に届かなかった。

だが今日は、届かない相手のボールを待つ側に自分が立っている。

ボールがネットサイドのアンテナ上空を越えたとき、四人のラインズマンがいっせいにアンテナを左手で指さし、右手のフラッグを頭上に振りあげた。コートの声もスタンドの声もいつしか消えていた横体大体育館に、ばさんっ、ばさんっと、コートの四隅で四旗のフラッグが左、右と歯切れよくふた振りされる音が際立って響いた。

ピッ
ホイッスルと同時に灰島が鋭い目つきでこっちを振り向いた。

慧明に十九点目。そして、
ピィ————ッ！

ネットを挟んで灰島と視線が絡んだまま、続けて吹かれた長いホイッスルを弓掛は聞いた。

第五セット——終了。

敗戦を迎えた直後の欅舎のコートには、感情の行き場がどこか定まらないような放心した空気が漂った。

「あーっ！　くっそ！」
感情を露わにした第一声はコート内ではなくコート外から響いた。
ラストボールを打ち返した場所でヤンキー座りした三村が天井に向かって喚いた声だった。
アップエリアにいた控えの仲間が三村を立ちあがらせて肩を抱きながら一緒にコートに集まってくる。よくやったとかしょうがないとかいう慰めを三村が言わなかったことで、コートの空気も明確に方向づけられた。放心気味だった選手たちがうなだれたり悔やむ声をあげたり、それぞれ感情を吐露しだした。

灰島が膨らませたほっぺたから空気を抜いた。弓掛の背後にじろっと視線を移し、拗ねたように唇を突きだしたままそっちに目礼だけすると、ぷいと顔を背けて黒羽に声をかけに行った。

その黒羽は試合終了を迎えた場所で急にしゃがみ込んで頭を抱えていた。終盤のタッチネットがなかったら。足で蹴りあげたボールが返せる場所に飛んでいたら。仲間の誰も責めはしないだろうが本人の自責の念は強いはずだ。

たった今胸を苛（さいな）んでいるような後悔を幾度となく重ねて、たぶんこのルーキーは、次にやるときにはさらに脅威になっている。

身体の中に溜まっていた熱い空気をふうっと強く吐きだし、最後に弓掛も臨戦態勢を解いた。

慧明コートにもアップエリアやベンチから仲間が飛びだしてきて、欅舎と対照的に歓喜にわいていた。弓掛が振り返るまで待っていたように背後に立っていた山吹が握手を求めてきた。その向こうでは豊多可が亜嵐の背中に飛び乗ってはしゃいでいる。

山吹の右手を取らず、試合中と同じ声のトーンのまま言う。
「これで安心しよったら、次は取れんよ」

山吹が目をみはり、力を抜いていた顔を引き締めた。ぴりっとした空気に気づいた豊多可が「やべっ」と亜嵐をつついた。

「……けど、やっぱ嬉しかぁ」

弓掛は相好（そうごう）を崩し、握手のかわりに両手を広げて山吹に抱きついた。

「待って篤志さん、おれ何気にふらふらなんでっ……」

ところが山吹が予想外に踏みとどまってくれなかったのでそのまま二人一緒に倒れ込みそうになった。亜嵐が豊多可をおぶったまま「わーっ」と山吹の背中を支えに飛び込んできた。


〝あと十センチ〟が、なくても——。

春季リーグ第十一日　Bコート第三試合
セットカウント　慧明大3－2欅舎大
第一セット　23－25○
第二セット　○25－23
第三セット　○25－20
第四セット　26－28○
第五セット　○19－17

## 16. EVEN WITHOUT 10 MORE CENTIMETERS

Ａコートのアナリスト席に残してきた機材をすぐ運びだせるようまとめておき、忘れ物や不備がないか今いちど指さし確認。「よし」と一人頷いてなんとはなしにＢコート側を見ると、染谷の頭が六十度くらい傾いていた。

越智は一階におりる前にＢコートのアナリスト席に立ち寄った。

「染谷くん。表彰式はじまるでもう下に並ばんと」

と声をかけたが、

「おれはパスで。主務に怒られるまで一瞬寝まーす」

染谷は座席にばたっと倒れてジャージを頭までかぶってしまった。あっという間にくぐもった寝息が聞こえてきたので啞然とする。まあ越智も同様に寝不足なので共感はできた。

ただ自分には今日まだ重要な用が残っている。

「……お疲れさん」

いわば同業他社のライバルであり、けれど今後もアナリスト席を並べるであろう戦友であり、学ぶところも多い先輩アナリストの労をねぎらってその場を離れた。

スタンドに残って表彰式の開始を待っている一般客の姿もあるが、試合中に比べるとずいぶんまばらになっていた。時間が押して式は十九時半開始とアナウンスされている。全六試合のうち三分の二がフルセットにもつれるという、十二校の熱気が最後まで冷めやらぬ最終日となった。朝十時の開場からスタンドに座っている一般客にとっても長い一日になったろう。

女子マネージャーらフロアに並ばない部員たちもスタンドにあがってきていた。冷えてきたからかチームジャージを着込んだ女子たちが仲よさげに詰めて並んでいる姿がそこここに見られる。冷房が効いているが湿度は高くなっていた。一日中屋内にいたので意識していなかったが外はどうやら雨模様になっているようだ。ここのところ五月らしいい気持ちのいい晴天が続いていたが、今日は朝から雲行きが怪しかった。

越智が一階アリーナに入ると十二校の部員たちが三々五々集まりつつあった。集合は不揃いだがどの大学も揃いのチームポロシャツにロンパンで統一している。けだるいささめきが湿気とともにフロアの底に沈んでいる。男子学生らしいふざけた笑い声の泡が浮きあがってはすぐにはじけて消える。

湿気とささめきが浅瀬の波のようにたゆたう床の上で十二枚のプラカードが揺らめいていた。正面のマイクに向かって横一列に置かれた十二枚のうち『八重洲大』のプラカードがある場所の後ろのほうで越智は足をとめた。マイクの背後には長机がだされ、これから各賞で授与されるカップやトロフィーが並んでいる。

まもなく太明が裕木と喋りながら現れ、自然な仕草でプラカードを拾いあげてその場に立てた。太明のすぐ背後には四年〝上一〟の破魔がSPみたいにぴたりと直立し、太明の隣には一年生の上一が竿に巻きつけた部旗を携えてやや緊張気味に立つ。その後ろに残りの部員が二列で並んでいく。身長順で二年の中で一番小さい越智は一年生のすぐ前に位置取った。ほかの大学もプラカードを持った主将と一年生の旗持ちを先頭に二列を形成していく。

役員や監督たち、それに男女とも黒のスーツをきりりと着た各大学の学連委員たち（ただ足もとは体育館シューズだ）が選手たちと向きあう形で前方に並ぶと、雑談の声が自然と静まっていった。

去年は裕木が黒スーツでしゃちほこばってあっち側の列の中にいたものだ。

今年の学連委員長を務める横体大四年生がマイクの前に立った。今シーズン最初の大会の運営を無事に終えた安堵感と、最後の大仕事を請け負った緊張感とがないまぜになった学連委員長の面持ちに、学生たちの注目がいたわりの念をもって集まる。

『成績発表』

学連委員長がクリップボードを手に声を張った。

『総合優勝、十一勝0敗、慧明大学』

フロアの参列者からもスタンドからも拍手が起こった。越智も拍手をしながら踵を浮かせてターコイズブルーのポロシャツが作る列のほうへ目をやった。

『第二位、十勝一敗、八重洲大学。

第三位、九勝二敗、欅舎大学。

第四位、八勝三敗、横浜体育大学。

第五位、七勝四敗、東武大学』

大学名が読みあげられるごとに短い拍手が起こる。

『第六位、四勝七敗、セット率０・９１６、楠見大学。

第七位、四勝七敗、セット率０・６４０、臨海国際大学。

第八位、四勝七敗、セット率０・６１５、督修館大学。

第九位、三勝八敗、セット率０・４６４、秋葉大学。

第十位　三勝八敗、セット率０・４３３、成田学院大学』

六位から十位まで続けて読みあげられると会場がざわついた。勝率で並んだ大学が多く僅差での勝負となるなか、特に臨海国際と秋葉はセット率コンマ二桁台というぎりぎりで躱して最終日に順位を一つあげた。督修館、成田学院は逆に順位を落とすことになった。それぞれの悲喜、悔しさ、安堵がこもったざわめきを当のチームや周囲からの拍手がねぎらった。

『第十一位、二勝九敗、大智大学。

第十二位、一勝十敗、山王大学。

以上です。続いて表彰に移ります。優勝した慧明大学の代表者三名は前にでてください。賞状、優勝杯、ウイニングボールが授与されます――』

「ユニチカー！　写真撮ろうぜ」

表彰式に続き閉会式をつつがなく終えて閉会宣言がなされると学生たちの列がばらけだした。整然と列を成していたとりどりの色のポロシャツが緊張感のほぐれた話し声とともに雑多に交ざりあう。慧明の一年生、佐藤と荒川が欅舎の列のほうへさっそく駆けてきて黒羽・灰島とともに自撮りで記念撮影をはじめた。

越智も佐藤たちと同じ方向を目指して移動してきたのだが、

「……あれ？」

どこ行った？

列をゆるめて集まっている欅舎の部員たちの中に捜している頭が見あたらない。きょろきょろしていると、式中にいたはずの場所とは別の方向から三村が戻ってきた。

「なんや越智、こっちいたんか。八重洲のほう捜し行ってもたわ」

「ああ、そっちも捜し行ってたんか」

同じ発想をしてすれ違いになったようだ。

インカムで越智から一方的に伝えた言葉を除けば今日話すのは初めてだ。やっと面と向かって話ができる段になった。

話したいことがいくつもある。立ち話では語りきれないくらいのことが。昨夜途中になった電話の続き、今日の試合中のこと……なにから話したらいいのか。

一刻もはやく直接会って話したかった。三村にとってもそうなのだろう。

「統——」

「なあおまえ知ってたんか？　清陰の監督いたやろ。あのじいさんがうちの星名監督の恩師やって、ほんとけ？　あのじいさん、関東で私立の監督やってたんか？」

と越智の肩を揺さぶらん勢いで三村がまくしたてた話題はしかし、越智の頭に浮かんでいた話題のどれでもなく、

「ああん？」

ついがらの悪い声が口をついてでた。

「聞いたことねえけど、ほんとなんけ？」

「おれもはっきり聞いたわけやねえけど、福井の公立でいっぺん定年なってから復職したような歳で監督やってる人っちゅうたら、おれが知る限り清陰の監督しか思いあたらんし……」

顎に手を添えて小難しげに首をひねる三村の顔を見あげるうち、腹の底からふつふつと怒りがわいてきた。

「統ー……」こめかみがぴくぴく震える。「開口一番おれに言うことがほんとにそれでいいんか？

もっとほかにおれに話したいことはねぇんか？　胸に手ぇあててみて思いあたることは？」

ドスを利かせた越智の声色に三村が今ごろぎくっと頬をひきつらせた。

「あっ……えーと……ああ……すまん。いろいろあるな。なにから話そう」

人の気も知らんと、まったくこいつのこういう肝心なことで変に淡泊な面には何百回煩悶させられたか……こいつが直面してきたものを思えば、そういう面が必要だったのだろうが。溜め息をついて怒りを腹の中に押し戻す。

越智から話の腰を折ってもしょうがない。そんなことより重要な
「統！　越智！」

高い位置から聞こえた声がまたしても話の腰を折った。

学生たちがそこここに作る雑談の輪を高杉が掻き分けてきた。手にはスマホを持っている。

「おっ潤五。七位浮上驚いたわ。すげぇな——」

「もー面倒でおれの手には負えん。おまえがどうにかしろ」

三村の祝いの言葉を遮って高杉が越智の頭越しに三村の目線にスマホを割り込ませた。不思議そうに三村がその画面に目を落とした途端、

『統先輩!?　統先輩ですか!?』

画面から唾まで飛んできそうな勢いの声が聞こえた。越智も三村の脇から背伸びをして覗き込むと、映っているのは予想に違わず、高校時代は毎日見飽きすぎて鬱陶しく思うくらいだったが今となっては懐かしい後輩の顔だった。

「工兵か」

三村がその名を呼んだ。相手の画面にも三村の顔が映ったのだろう、すでに涙で濡れていた戸倉

の顔が余計に歪んだ。洟をずるずる啜って涙声で喚く。

『試合、ライブで見てましたあー……』

「お、おう。さんきゅ。勝てんかったんは悔しいけどな」

感極まった戸倉の様子に三村が引き気味に応じたが、

「ほうけ。見ててくれたんけ」

と頬をゆるめた。

『統先輩最近試合でてるんやったらでてるって誰か教えてくれればいいのに、誰も教えてくれんかったんですよ。ひどいと思いません？　智紀も慶太も、壱成先輩とか勇飛先輩とかまで。みんな薄情っすよぉ』

「おまえがずっとうじうじしてるで西の連中も気ぃ遣ったんやろが」

高杉が面倒くさそうに画面の外から突っ込みを入れる。愚痴を言い募っていた戸倉が図星を指されて『うぐ……そうですけどぉ』と言いよどむ。

『ほーです……薄情なんは、おれです……』

福蜂工業高校の一つ後輩の戸倉工兵は関西に進学し、関西一部リーグでバレーを続けている。決して頭の出来がいい奴ではないが母校運動部からはスポーツ推薦で進学できる者が多い。戸倉も県トップレベルのエースとして全国大会にもでた選手なので推薦で行ける大学はいくつかあっただろう。

しかし関東は選ばなかった。福井からは西日本に進学するほうが多数派なのでなにも不自然な選択ではない。自分たちの同期では高杉は関東に来たが、朝松壱成や猿渡勇飛は関西に行っている。

〝工兵のこと聞いたけ？　大阪に来るって。おれに進路相談してきたわ〟

戸倉の志望先を最初に知ったのは朝松が同期のグループメッセージに送ってきたこの報告だった。意外やな、あいつは絶対統を追っかけてくと思ってたけどな、とグループ内でほかの連中も訝しんだ。高校だって三村に憧れて福蜂に来たことを公言してやまない奴である。三村を追って関東に行くほうが自然だと思われていたのだ。

越智は浪人でまだ地元にいたが同期は大学一年の秋のことだ。思い返せばあれは三村がどん底にいる時期だった。東京に進学して半年が過ぎてもパフォーマンスが戻らず、コートに立ててもいなかった。

あれほど統先輩統先輩と懐いていた戸倉が、半年経つうちに三村と疎遠になっていった。

『ずっと連絡せんで……なんて言っていいんかわからんくて、できんくて……今かってどの面下げて統先輩と喋ってるんか……おれ、あの……』

「わかってる」

涙声で言い募る戸倉に三村が微笑んで言った。端的なひと言だったが、優しい声だった。

〝エースでキャプテン〟としていつも自信に満ちた笑顔でみんなの中心にいた三村を何年も追いかけてきた戸倉が――そういう戸倉だったからこそ、復帰に苦しむ三村の姿から目を背けてしまった心境は越智にも理解はできた。理想とほど遠い三村に失望したとか、そんな理由ではないこともわかる。三村もわかっていたはずだ。自己肯定感が低い奴ではないからそんな卑下した思考はしない。ただ当時三村のほうから戸倉になにか言葉をかけてやる余裕がなかったのもたしかだ。

「工兵」

三村の声に画面の中で戸倉が目をあげた。真っ赤になった目をしぱしぱさせ、唇を噛んだまま『ふぁい……』と答える。

「全日本インカレで会えるんが楽しみやな」

多くを語らない言葉が、多くのことを伝えていた。

関西を選んだ戸倉の決断の後ろめたさを拭い去り、ポジティブな意味を与える言葉だった。

『はい……はいぃっ……』

戸倉が顔をくしゃくしゃに崩してこくんこくんと何度も大きく首肯した。

『統先輩……おっ、おっ……おかえりなさいぃぃぃぃ』

福井のエース時代のファン代表みたいな奴に、三村の帰還が届いた。

まだ今年これから続く選抜や大会が重なるごとに、次第に地元にも報が届くようになるはずだ。

春高バレー福井県代表決定戦での敗北以来空白だった、〝三村統〟の名前が、きっと再び福井の人々の口の端にのぼりはじめる。

「福蜂の御仁ら、ちょっとこっちこっち」

カシャッ
ふいにかけられた声につられて振り向いた先でシャッター音がした。

スマホの背面カメラがこちらに向けられていた。ガタイのいい陽気な男、大智大の大隈がスマホの向こうから悪戯っぽい顔をだして今撮った写真が映った画面を見せた。

肩越しに振り向いた瞬間をカメラに捉えられた、三者三様三色のチームポロシャツ姿の三人——三村、高杉、そして涙ぐんだ越智。

「ちょっ……！」一気に涙も引っ込んだ。「いきなり撮らんでもっ」

「黒羽にでも送っとくで転送してもらえや。三人集合しといて記念写真の一枚も撮らんのじゃつまらんやろ。のちのち酒の肴に困ることになるぞ」大学行っても越智は泣いてんのかとまさに同期が集まった席で肴にされそうな写真である。

「棺野ー。写真撮ろっせ。末森さんに送ってやれや」

「って大隈、おいっ」

こっちの動揺などおかまいなしに大隈がきびすを返して大股で去っていく。「せめておれに直接送れっ。な、連絡先交換しよっせ、同学年やし仲良くしよう!」同期内ならまだしも黒羽になんか転送されたら死ぬほど体裁が悪い。

「越智ー。話あるんやけどー」

と三村の声がかかった。越智は早足で歩きだした足をとめて振り返り、

「U－23の合宿やろ! もう染谷くんに聞いたわ!」

「へ? まじけや。驚かそうと思ったのに、なーんや」

拍子抜けしたように口を尖らせた三村に高杉のほうが驚いて声を裏返らせた。「なんやって!? おれは初耳やぞ」

「自業自得や。もったいぶらんと昨日話せばよかったんじゃ。次なんかあったら絶対すぐおれに言え!」

三村のほうへ人差し指を突きつけておき、大隈の背中を追いかける。いかつい肩幅の後ろ姿が意外に器用に人の波を縫って離れていく。

「反省したで次からそうするわ」

小走りで駆けだした越智の背中に殊勝な声で三村が言った。

「あとさっき、試合中の、感謝してる。まじでー」

＊

外シューズに履き替えるのももどかしく足を突っ込んだだけで弓掛は体育館から飛びだした。

正面玄関の庇（ひさし）の下を一歩でたところで顔に触れる湿り気を感じた。

顎をあげて空を仰ぐ。霧雨が降りだしていた。弓掛にとっては傘を差すほどの雨ではないが、近づきつつある梅雨の気配を今年初めて感じた。

五月下旬の長い陽もすっかり暮れている。一般の観戦客は閉会後すみやかに退場を促されたので、今はもう周囲には体育館からばらばらと帰路につく各大学のバレー部員たちの姿しかない。やはり男子学生の誰もこれくらいの雨で傘は差していない。黒いポロシャツがいないか目を凝らしたが見える範囲には一人もいなかった。

閉会式が終わっても優勝を祝ってチームの円陣があらためて組まれたり、スポーツ記者や大学新聞部の取材に捕まったりしているうち、気づいたら八重洲のポロシャツ姿が体育館からいなくなっていたのだ。八重洲にとって総合二位は本意ではない成績だ。大会終了後に長居はしなかったようだ。

八重洲の部員たちは神奈川から茨城まで大学のバスで引きあげる。蟹沢記念体育館は横体大の正門から入ってキャンパス内を四、五分歩いたところにある。バスはおそらく正門のロータリーに迎えに来るはずだ。

正面玄関前の二十段ばかりの下り階段と、そこから続く正門への道を外灯が照らしているが、遠くまでは見通せない。

まだバスが出発してなければいい。焦りが募って駆けだそうとしたとき突然つんのめった。

「！」

結んでいなかった右足の靴紐を左足が踏んでいた。前のめりで階段に突っ込むところを危うく体幹を締めて踏みとどまる。弓掛自身は右手をついただけで転げ落ちるのを免れたが、摑んだまま持ってきたトロフィーがその拍子に手からすっぽ抜けた。

「あっ」

金色の小ぶりなトロフィーが霧雨を浴びながら階段の下まで放物線を描いていく。

「おっと……！」

と、地面に激突する寸前でぱしっとそれをキャッチする手があった。

白い二の腕より上は外灯が作る灯りの外で夕闇と同化している。しかし走り込みざまトロフィーに下手（したて）を突っ込んだのは誰あろう、

「ふう。間一髪ー」

黒いポロシャツと黒いロンパンに包まれた長身をすっと起こした浅野がトロフィーを手にこちらを見あげてにこっとした。

「あっ……ナイスディグ、直澄」

はっと気づいてしゃがんだまま靴紐を手早く結んだ。立ちあがって一段飛ばしで階段を駆けおりる。最後の三段は大きく蹴って、アスファルトを白く照らしだす外灯の円の中で待つ浅野の前に降りたった。

「もうバス乗ったんやなかったと？」

「部車に荷物積むの手伝ってた」

「直澄？」

とそこへ別の声が聞こえた。振り向いた浅野の肩越しに見ると浅野と同じ上下黒の服装の、しかし八重洲の部員にしては小柄な人影が立っていた。越智というアナリストだ。三村と同郷だとリーグ初日に聞いた。

浅野を挟んで弓掛の姿を認めた越智が一瞬驚いたが、なにか納得したような顔になり、

「裕木さん引きとめとくわ。部車の時間は気にせんでいい」

「助かる」

浅野が微笑で礼を示した。越智がぺこっとこっちに会釈してきたので弓掛もぺこっと返した。階段を駆けあがって体育館内へ消える越智の姿を首をひねって見送り、浅野の顔に目を戻す。

「部車に乗せてもらうよ。まだ篤志と話せてない。今日会って話そうって言ったろ」

浅野がふと目線を下げた。弓掛の顎にまだ貼られている絆創膏をちらと見やってから、トロフィーを差しだした。

「大事にしないと、トロフィーも自分も。MVPおめでとう」

優勝杯は四年生がチームを代表して受け取った。三十センチ長ほどの細身のトロフィーは、続いて行われた個人賞の表彰で弓掛が最優秀選手賞として授与されたものだ。

ベストスコアラー賞とサーブ賞も弓掛が獲ってトリプル受賞となった。ブロック賞に破魔、スパイク賞に大苑、サーブレシーブ賞に浅野。これらの各賞はリーグ通算の規定の数字をもとに算出される。慧明や欅舎はリーグ途中で大きくメンバーが入れ替わったのに対し、リーグ通してメンバーが安定していた八重洲が多く獲ることになった。

敢闘選手賞とリベロ賞を八重洲の太明がダブル受賞。三位の欅舎から灰島がセッター賞、四位の

横体大から45番の一年生ミドルが新人賞を授与された。

弓掛はトロフィーの胴を摑んで浅野の手から受け取った。

「優勝おめでとうとは言わんでよかよ、直澄の立場で」

「まあうちの主将的には言ってもぜんぜんよさそうだけど、言わないでおくよ。王者が王者の顔をしてないもんな」

と言われて弓掛はきょとんとした。

「どうせ一度座ったそこにおとなしくあぐらをかいてる気はないんだろ。渡欧の日程っていつ決まるんだっけ。たしか向こうのシーズンインもVリーグと同じで十月だよな」

「直澄？　ポーランド行き……」

「やめとけって思うのも、やっぱり半分は本心だ」

柔らかく喋っていた浅野の声のトーンが低くなり、真面目な口調に変わる。弓掛はみぞおちに力を入れて身構える。

当たり前だがやめろと言われて弓掛もやめることはできない。昨日の不毛な押し問答の繰り返しになるのを承知で自分の思いをぶつけるしかない。

「なにが待っとっても、やってみる前からやめるって選択肢はおれにはなかとよ。やってみてできんなら、できるまでやる。おれは特待生やけん、国内で選抜してもらえんならほかの方法で結果ださんといかんし」

「半分だって。もう半分がある」

浅野が声を被せてきた。人の台詞を途中で遮るようなことを普段の浅野がする印象はない。

「おれは、篤志、でも、自分でも矛盾してるとは思うけど」

浅野らしくない、文脈がいまひとつ通らないつっかえた言葉につい勢いを押されて弓掛は口をつぐんだ。

「篤志は世界で戦えるって疑ったことはない――あと十センチがなくても」

はっとした。

自分の独白と同じだった。

浅野に言ってもらえたことで、自分だけの独白だったものが何倍にも増強される。身体の横で摑んだＭＶＰのトロフィーを強く握りしめた。

「おれが一番信じてるって思ってた。だから、なんかちょっとだけ悔しい気もするけど――天安監督もそうだったんだ。本気で信じて、篤志を自分の手もとに呼び寄せて、手段の限りを尽くして実行に移してくれる人が、篤志のそばにいてくれた。それを心からありがたいと思う」

いつも湿度の低い浅野の声が妙な熱を帯びて抑揚が強まる。雨の微粒子が色白の顔を湿らせ、外灯に照らされていつになくぎらついて見える。雨の下で浅野から感電したみたいにぱりぱりした刺激が駆けのぼってきて、弓掛の身体の中もざわめかせる。

「国内で正当に評価されないなら、欧州で認められればいい。日本が――日本だけじゃない。世界中が思い込んでる固定観念を、覆してこいよ」

驚いた――弓掛以上に浅野が秘めていた反骨心のほうがでかくて。

## エピローグ——スタンド・バイ・ミー

### 1. SATAN IN LAUNDRY

「灰島(はいじま)ー、雨やって」

灰島の部屋のドアを叩いておいて黒羽(くろば)は寮の階段を駆けあがった。一段飛ばしで四階から五階まで、五階もそのまま素通りして屋上に飛びだすと、灰色の雲が立ちこめる空が雨を降らせはじめていた。

数台の物干し台を奪いあうように所狭しと干された洗濯物を急いで取り込む作業にかかった。自分のものもほかの寮生のものも一緒くたに両腕に持てるだけ抱えて取って返したとき、遅れて追いかけてきた灰島がちょうど出入り口に姿を見せた。

「残り頼む」

「ああ」

すれ違いざま阿吽(あうん)の呼吸で短い言葉を交わした。

一階下の浴場の脱衣所までひとまず洗濯物を運び入れると、すぐに灰島も誰かのTシャツやらスウェットやらタオルやらを両手いっぱいに抱えておりてきた。顎で押さえた洗濯物で眼鏡が浮いて斜めになっている。両手のものを粗雑に床におろして眼鏡の位置をなおした。

洗濯物にまみれた脱衣所の床に二人で座り込んでひと息つく。

「昨日も天気悪かったでみんな今日に洗濯まわしたんに、結局昨日は降らんで今日降るんやもんなあ。東京って福井より梅雨入り早ぇんか？　けどまだ梅雨入りしたってニュース見てえんよな？」

「知らない」

「世の中の一般的なことにもうちょっと興味持てや……」

五月最後の日曜だ。昨日は関東男子一部と二部の入替戦があった。黒羽たちはわざわざ観戦には行かなかったが、春季リーグ十一位で入替戦にまわった大隈の大智大は二部二位に無事勝って残留を決めた。十二位の山王大は二部一位にフルセットで敗れたようだ。九月からの秋季リーグは一チームが入れ替わることになる。

三村はこの週末、U－23の強化合宿に行っている。黒羽たちはひさしぶりの日曜のオフを溜め込んだ掃除や洗濯をこなしつつ寮で過ごしていた。

「……なあ、フランスとかドイツとかってバレーのリーグあるんけ？」

「あるけど、なんだよ急に」

何気なく手に取った誰かのTシャツを広げて何気なく訊くと灰島が訝しげな顔をする。胸にプリントされているアルファベットの綴りがフランス語のように見えたのだ。「ラ・フランス」みたいに読める。たぶん違うけど。そもそもラ・フランスはフランス語なのか。

「いや別に、なにってわけでもねぇんやけど」

「なんだよ」

「紘子が海外旅行行くんやって。バイト代自分で貯めて」

「イトコって……従姉妹のほうか。それがなに」

黒羽は部屋着のハーフパンツのポケットからスマホをだし、ちょうどさっきやりとりしていたメッセージの画面を見せた。あぐらを組んだ膝を突きつけあうくらいの距離に灰島がずれてきて画面を覗き込む。

〝夏休みに友だちと三人でヨーロッパ旅行計画してるの。ほんで今バイト増やしてお金貯めてるで、わたしも忙しいの〟

〝ヨーロッパってどこ行くんや？　ポーランド？〟

〝なんでポーランドなんやの。フランスとドイツ、二ヶ国まわる計画。あ、ドイツはポーランドとお隣やわ、たぶん〟

〝へー。ほんならドイツもバレー強ぇんかな〟

〝「も」ってなんやの〟

ここまでで中断していたやりとりに、灰島が覗き込んでいる前で返信を打った。

〝ほかの大学の人やけど、ヨーロッパのリーグに挑戦するんやって。それがポーランドなんやって。何ヶ月か経験積みに行くくらいの感じらしいけど。弓掛ってわかるけ？　春高であたったで見てたやろ。福岡の高校のエース〟

春季リーグの閉幕直後に慧明大が学生の海外挑戦のためのクラウドファンディングを立ちあげたという情報はほかの大学にもすぐに広まった。誰もが他大に多かれ少なかれ友人知人がいるので関東一部の全大学が芋づる式に繋がっている。この話に関しては当の慧明内部の人間である豊多可から直接聞いた。「篤志さんが第一号でポーランド行くんだってさ」と自慢げに黒羽と灰島にメッセージを送ってきたものである。

「弓掛、すぐ行くってわけやねぇんやろ？　東日本インカレも出んってことあるんかな」

「早くても秋だろ。今行ってもあっちもシーズンオフだ。東日本には慧明の二冠目と二連覇がかかってる。八重洲（やえす）がフルメンバー揃ったところに弓掛が穴あけたら慧明の連覇は相当厳しくなるだろうな。慧明が左上の角で八重洲が右下の角に来るのは確実だから、うちがどこに入っても準決勝までにどっちかとあたる。両方と戦うためには当然決勝まで行かねえと……」

東日本インカレの組みあわせが決まるのは来週のはずだが灰島の頭の中ではもうある程度埋まっているようだ。虚空に貼りだした見えないトーナメント表を睨（にら）んで一人でぶつぶつ言いだした。

相変わらずイノシシみたいに前方だけに突き進んでいく奴である。気が済むまで喋らせておこうと黒羽が黙って見ていると、灰島が険しい目を向けてきた。

「他人事みたいな顔してんじゃねえぞ。春リーグ終わってまだ一週間とか考えてんじゃねえだろうな、東日本まで」

「もう一週間、やろ？　東日本まであと三週間しかねえもんな」

黒羽が機先を制すと灰島が目をぱちくりさせた。

一週間前、試合終了のホイッスルが鳴った直後、黒羽は初めて経験する全十一戦ものリーグ戦の結果の受けとめ方に戸惑った。この試合でもっとやれたはずだという不完全燃焼感もありつつ、リーグを戦いきって三位に入ったのは誇れる結果だという完全燃焼感が感情を中和して、なんとなく満足しようとした——そのとき、三村の声がコートの外から聞こえた。

珍しく荒れるくらいの三村の姿にちょっと驚いた。どんな結果でも陽性に受けとめ、仲間をフォローしてムードを持ちなおす姿のほうが三村らしく思っていたから。

勝てた試合だった。終盤でネットを蹴ってしまったことによるタッチネットも、灰島が拾ったリバウンドにとっさに足をだしたが繋げられなかったことも、ほんのちょっとでも身体（からだ）の反応が違っていたら自分たちのほうに微笑みうるプレーだっただけに。

勝てた試合を落としたことに満足しなくていい。思いきり悔しがるところでいいんだと三村の姿に教えられ、抗わずに悔しさに身をゆだねた。廊下でクールダウンして表彰式に並ぶ頃にはみんなと一緒に三位をよろこぶこともできたが。

それはチーム全員同じのようだった。

週があけ、いつもより長いオフを挟んで週半ばの水曜。長いとはいえたった二日間のオフのあいだ待ちきれなかったように大学体育館に集まった部員たちの表情が驚くほど変わっていた。試合終了時にコートにいた黒羽たちだけではない。リーグ途中からスタメン落ちしたAチームの上級生たちの気合いも半端ではなく、次はまたスタメンを取り返そうと燃えていた。

入学当初は〝天才セッター〟を敬遠するような空気も一部にあったが、上級生を含めて灰島とコミュニケーションを取りに来る部員が急に増えた。ことバレーに関して訊かれれば灰島もコミュニケーションをまったく面倒がらない奴なので水を得た魚のように応じている。

総合三位という大躍進で得た自信と、総合一位チームとフルセットまで競（せ）って惜敗した悔しさ。二つの結果がコートの中で戦った者たちにも、コートの外で見守った者たちにも等しく火をつけた。

「おれたちはもっと上に行けるって、みんな信じただろ。統（すばる）さんがひと役買った」

灰島が心底愉快そうにしたり顔をする。なにしろ灰島がやりたい練習にみんなが積極的につきあってくれるようになったので楽しくて仕方ないようだ。灰島にしてみれば東日本インカレまでにチーム内で詰めたいことはいくら時間があっても足りないほどある。

「今年の全カレで全国制覇を狙えるチームにする」

と洗濯物の山の中で大言壮語を吐く灰島の顔は、魔界の山のてっぺんで人間界を征服すると高笑いする魔王みたいであった。

＊

脱衣所で選り分けた自分たちのぶんの洗濯物を抱えて部屋におりる途中でスマホが通知音を鳴らした。紘子から、さっき送ったメッセージへの返信だった。

〝ふーん、バレーボールにも海外のリーグってあるんやの。あんたも興味でてきたん？〟

バイトで忙しいんじゃなかったのかと思いつつ黒羽は洗濯物を片手にまとめて返信を打った。

〝なんでや。そんなことひと言も言ってねえやろ〟

〝だってあんた、海外旅行に興味なかったやないの。おじいちゃんたちと行ったハワイだってめんどくさがって、家にいたほうがいいなんて言ってたし〟

〝それとこれとは別やろ〟

つい紘子にはいつも反抗的に返してしまう。いつまでたっても上から目線で姉貴ぶられるのにももやもやするのだ。

弓掛の話を聞いて、自分もいつかは……という興味が芽生えたのは否定できない。あくまでうっすら考えた程度だし、どっちにしても先の話だ。大学に入って一年目の、一つ目の大会が終わったばかりなのだ。四年間の大学生活を満喫することのほうが今の黒羽には重要だ。

『気象庁の発表によりますと、関東甲信地方が昨日四日に梅雨入りしたとみられ――……』

八重洲大学男子体育寮の食堂には朝から大盛りの飯にがっつく体育会系男子学生がひしめいている。カウンター上の壁に設置されたテレビが垂れ流す男性アナウンサーの通りのいい声がざわめきの隙間からぶつ切れに聞こえてくると、屋外競技の部員たちから「まじかー、梅雨入り」とうんざりした嘆きがあがる。

屋内競技であるバレーでもボールの感覚が変わったりといった影響がないわけではないし、単純に湿気は不快だが、屋外競技のように練習自体への影響はない。ニュースに引っ張られるほどの切迫感はないので話題は別のところにあった。

「ポーランドかー。通用すんのかな、弓掛」

神馬(かんば)が目玉焼きに醬油をかけて醬油差しを破魔(はま)にまわす。

「なんにしろすごいよな。言葉だって通じないだろうに」

大苑(おおぞの)がのりたまのふりかけを白飯の上にたっぷりかける。

「弓掛は勇気がある」

破魔は漬物の小鉢に醬油を差し、卓上の調味料置きに戻した。郷里の長野を思いだす野沢菜の漬物をぽりぽりと咀嚼(そしゃく)する。

破魔、大苑、神馬はそれぞれ別のVリーグのチームへの内定が固まっている。秋以降各チームから大学卒業見込みの内定選手が発表されはじめるはずだ。北辰(ほくしん)高校時代から七年も一緒にやってきた三人が、卒業後は離れ離れになることへの不安はどうしてもあった。

国内ですらそうなのに、プレーが通用するかどうかとは別に、言葉も違う異国に一人で渡って短期間でチームに溶け込める自信は破魔にはない。神馬も大苑も破魔と似たり寄ったりの人見知りだ。

「弓掛の話？」

朝から少々テンションが下がって黙々と朝飯を口に運びはじめた三人のテーブルに食器を載せたトレーが新たに置かれた。顔をあげた三人に太明が「おはよ」と笑って椅子を引き、明るいテンションで話題に入ってくる。

「ポーランドって何語なんだろな？　英語も通じんのかな」

プラスリーガのウェブサイトを破魔は以前覗いたことがあった。当然読めはしなかったが、

「ポーランドはポーランド語だと思う。ポジション名が英語じゃなかった。気になったから翻訳サイトで英語に訳してみた」

「破魔って気になったこと意外とちゃんとネットで調べるんよな……。ポーランド語だとオポジットとかじゃないってこと？」

「オポジットは〝攻撃する者〟、つまり普通にアタッカーで、ミドルもミドルだった。ただアウトサイドヒッターは直訳で〝受ける者〟。セッターは〝プレイメイカー〟、あるいは〝クォーターバック〟という訳もでた」

太明が「へぇ！」と声を高くした。「アウトサイドはレセプする奴ってことか。セッターがクォーターバックってのも面白いな。コンセプトがわかる」

太明が加わると潤滑油を流し込んだようにスムーズに話が広がる。破魔にない能力がある太明なら、一人で知らない環境に踏みだしてもうまくやるのだろう。

「裕木ー」新たに近づいてくる者の姿に太明が気づいて片手をあげた。「おはよ」

「ああ。学連のサイトにでてたぞ、プリントしてきた」

挨拶を返すのもそこそこに裕木が太明の前に一枚のコピー用紙を滑らせ、あいていた席に座った。

「お。東日本の組みあわせ？」

太明が用紙を覗き込む横から破魔もまず自校の場所に目を走らせた。第二シードにあたる右下の角。慧明は無論第一シード、左上の角だ。それから全体をざっと把握する。

東日本インカレの開幕は六月下旬の二十二日。木曜から日曜までの四日間の日程だ。リーグ戦と違い一回負けたら終わりのトーナメント戦となる。

「太明、地元帰んのいつ？　おれは十二日からだから、ぎりぎりまでこっちにいて十一日に帰る予定だけど」

「おれも同じ。裕木なにで帰んの？　アキバまで一緒にでよーぜ」

二人のやりとりに破魔はトーナメント表から目をあげた。

「……なんの話だ？」

「教育実習。おまえらと違っておれと太明は普通に就活しなきゃいけないからな」

言われてみれば教職課程を取っている四年は例年この時期に教育実習で二週間ほど不在になる。去年のこの時期は自分のほうがチームを離れていて四年の誰が教育実習に行っているかなど気にしていなかったので、今年もすっかり意識から抜け落ちていた。

「さすがにおまえ髪は戻してくんだろ」

「実はそこまだちょっと悩んでるんだよなー」

「ちょっと悩むのかよ……。金髪の教育実習生来たら校長がひっくり返るだろ」

気楽に喋る二人のようには気楽になれず、破魔は言葉を失って神馬や大苑と視線を交わした。

「そうか……東日本は二人ともいないのか……。太明に四冠を獲らせることは、もともと叶わなかったんだな……」

ショックが滲みでた声になり、仕方ないなというような苦笑を太明にされた。

「破魔。おれがずっと言ってきたことはなんだっけ？」

太明の問いの意図を破魔は一拍だけ考えたが、すぐに思い至った。

「……〝試合にでた奴もでてない奴も、全員で背負ってる〟」

去年、代表のスケジュール優先で大学の大会に穴をあけがちだった自分たちの居場所を守ってくれた、太明の言葉だ。

唇を結び、しっかり顔をあげる。太明の目をまっすぐに見て破魔は言った。

「おまえたちがいない期間、おれたちがチームを支える。おまえたちが帰ってくる場所を守る」

我が意を得たように太明の満面に喜色が広がった。

「おう。任せた」

「東日本のタイトルは慧明から取り返そうぜ。慧明も弓掛が海外行く前に四年に花持たせるって気合いは入ってるだろうけど」裕木が親指で太明を指し示し「こいつを主将に担いで弱体化したなんて言わせるわけにいかねえぞ」と発破をかけた。

守る、と自然に言えた自分を誇れる気持ちが破魔の胸に広がった。みんなを守る側であることを一方的に課せられていた頃は、こんな気持ちは抱けなかった。

「子どもの頃から太明の将来の夢は先生だったのか？」

太明の将来を応援はしたいものの、選手を続ければいいのにという思いも捨てきれず破魔は尋ねた。せっかく四年間大学トップレベルでやってきたのだし、Vリーグの上位のレベルでも太明のキャプテンシーは必要とされるはずだ。

「いや、考えてもなかったよ。堅持さんに見つけてもらわなかったら大学だって行ってなかったかもしれない。八重洲に来なかったら教員免許なんて取る機会もなかったし、バレーの指導者になる夢なんて持ちもしなかった」

「指導者……学生バレーの……？」

「向いてないかな？」

目を見開いて訊き返した破魔にちょっと茶目っ気ぽく太明が訊いてくる。「いや」と破魔は迷わず否定した。

「向いてると思う。それは、すごく……」

理由を説明する言葉を考えたが浮かばない。だから無理に理屈をつけず、素直な感想を口にした。

「すごく……素敵だ」

聞いた瞬間、太明が選んだその将来が光に溢れたとてもいいものに思えたから。その部活風景はきっと破魔が経験してきたものとはかなり違うだろうが、きらきらした景色が鮮やかに目に浮かんだ。

「だろ？　実はおれも向いてると思うんだよなー」

太明が嬉しそうに自画自賛した。

「八重洲に進学できたことは、おれにとって将来に繋がる四年間になった。破魔、おまえにとってもそうだったらいいって願ってる。チームがばらばらになっても、八重洲でみんなと過ごした四年間が、もっと高いレベルでこれからもずっと戦っていくおまえらの、力と勇気になるように——願ってるよ」

〝キーパーやらないなら入れてあげない〟

〝清央くん強いね！　こっちのチーム入ってよ！〟

勝たなければ居場所を失う。一番強くあらねば仲間に入れてもらえない。昔はそれが怖かった。かつて囚われていた呪縛から、破魔はもう解放されている。

## 2. TREASURE OF 4 YEARS

愛知県立橋田高校が三名の教育実習生を迎えた六月中旬。月曜の始業前の職員室はざわついていた。

「――えー、最後に三人目。保健体育を担当する太明先生です」

教頭に紹介されるまでもなく、先に自己紹介した二名に都度ぱらぱらと拍手が起こる最中も職員室中の注目はずっと太明に集まっていた。

「指導教諭は河村先生。部活動は男子バレー部を見てもらうので、金森先生、お願いします。では太明先生、簡単に自己紹介を」

「はい」

と太明は半歩前にでた。ロイヤルブルーのドレスシャツに光沢のある黒の細身のネクタイ、スーツも上下スリムなシルエットの黒でキメた金髪の教師の卵に、各自のデスクについた教諭たちから物言いたげな視線が注がれる。今日にあわせて髪は根元から隙のないプラチナブロンドに染めなおし、朝へアアイロンで軽くウェーブをかけてきた。

昨日裕木と一緒に寮を出発するときもこの髪にこのスーツだったので「ホストかよ」と半眼で評

された。そういう裕木も髪を普段よりきっちりワックスで固め、新調したスーツでぱりっとめかしこんで変な気合いの入りようだった。ちょうどバレー部共有のチャリンコにまたがって大学生協にでかけるところだった浅野が見送ってくれたので「こいつのカッコになにか突っ込んでやれよ」と裕木が言うと、浅野曰く「いいんじゃないですか、倫也さんらしくて。いってらっしゃーい」。直澄は本気で言ってるのか適当なのかときどきわかんねえよな、と裕木は不満そうだった。

教諭たちの顔を臆さず見渡し、背筋を伸ばして息を吸い込む。

「八重洲大学スポーツ科学群スポーツ科学類四年、太明倫也です！」

腹からだしたでかい声に隣で同期の実習生がびくっと引いた。

「短い期間ですが諸先輩方から多くを学び、生徒たちと信頼関係を築きたいと思います！　ご指導ご鞭撻のほどよろしくお願いします！」

見た目ホスト風の若造からの、体育会系で培った全力の挨拶が教諭たちをぽかんとさせた。思いだしたような拍手が先の二人の自己紹介より遅いタイミングでまばらに起こった。

内心では眉をひそめている者もいないはずがないが表立って苦言を呈することは控えている。そんな空気のなか男性教諭の一人が発言した。

「私自身はいいと思いますが、生徒が悪影響を受けないか心配です。学校としてはどういう判断でしょうか」

「まあその、髪の色や髪型をどうこう言う時代でもないですからね……我が校では校則で規制もしていませんし、実習生に駄目だと言う根拠がとくだん……」

教頭が咳払いして濁すような答え方をする。

「悪影響ってなんでしょうか？」

と、のらりくらりとする教頭にかわって別の教諭が自席から立ちあがった。

「太明先生の真似をする生徒がいたとして、それは悪影響なんでしょうか。太明先生を素敵だなと思って影響されること自体は悪いことではありませんよね」

まだ若い女性の教諭が堂々とした態度で言い切った。唖然とした男性教諭に、

「ご自身が気に食わないと正直におっしゃったほうがまだましですよ。学校になすりつけずに」

と容赦なく切り込んでとどめを刺した。

太明は思わず噴きだしそうになり、危うく頰をぷくっと膨らませただけで空気が抜けるのをこらえた。

二の句が継げず顔を真っ赤にしている男性教諭から彼女の視線が太明に移る。地毛の色だという茶味がかった髪が肩の上で揺れた。昔は長かった髪はゆるくカールしたボブカットになっていた。

「素敵な先生だな、と生徒に慕われる先生になってください。太明先生」

まだ女子高生でも通用しそうなあどけなさが残っていた彼女が部活の顧問だった頃から三年半あまりになるか。あの頃の彼女が備えていなかった、おとなびて落ち着いた魅力を備えた微笑みを向けられて、口の中にとどめた空気と一緒に太明はつい生唾を飲み込んだ。卒業して関東にでるときに恋情は置いていったのに、図らずもぞくぞくした。


「じゃあ太明先生、体育館に行きましょうか」

初日の放課後、迎えに来た彼女と連れだって体育館に向かった。

「あのー、さゆ……金森咲夕美先生……朝はええと、ありがとうございました」

淡い色のワンピースの上にジャージをはおった姿で斜め前を先導して歩く彼女に話しかける。渡り廊下にでたところで彼女が立ちどまったので、妙にどきっとして太明も立ちどまった。

「ぷぷっ」

と笑った声と一緒にボブカットが揺れ、

「なにその水くさい言い方ー。やだもーウケるー」

ぴょんと跳ねてこっちを向いた彼女は、太明がよく知っている、女子高生みたいにきゃぴきゃぴしたテンションの〝さゆちゃん〟だった。

呆気(あっけ)にとられている太明と正面から向きあうなりさゆちゃんが「きゃーっ」とジャージの袖口を〝萌え袖〟にした両手で顔を覆った。

「倫也、すごいかっこいいよ！　髪めっちゃいい感じ、綺麗な色！　スーツのセンスもいいよ！　倫也らしくて全部すっごい似合ってる！　きゃーきゃー言いたいの朝から我慢してたんだよ！　倫也のクラスの子たちも騒いでたでしょ、楽しそうだったよねー！」

「ちょっ、さゆちゃん声でかくね？　先生七年目なんだからさ、もうちょっと落ち着きなよ」

太明は面食らいつつ人差し指を立ててまわりに目を走らせた。「あ、そっかー」と可愛い仕草でさゆちゃんが自分の口を押さえる。

「あのあと平気だった？　あんなこと言ってあとで嫌がらせされたりしてねえよな？　おれは慣れてるから、かばってくれなくて別によかったのに」

「なんともないよ。味方になってくれる先生も今はいっぱいいるから。あの先生むかつく奴なんだけど、わたしに手出しできないんだよ」

しれっと毒をこめてあっけらかんとさゆちゃんが言うので安心した。なによりも味方になってくれる同僚がまわりにいるらしいことが心強い。

「そっか、よかった。孤立してねえんだな」

「倫也のおかげだよ。胸張りなよって倫也が言ってくれたから」

〝教え子がすげー大学からスカウトされたんだよ。職員室でももうちょっとでかい顔できるよ。もういじめられねーからな〟

自分が彼女の今の立場の地盤を作ったのなら——もちろんそれを足場に彼女の努力もあったはずだ。

「本望だよ」

太明はにっこりと笑い返し、心から言った。

体育館の出入り口に背中をつけて立っていた男子生徒がこちらに気づいて「あっ」と鉄扉から背を離した。途端、信じられないものを見るような目を太明の頭から服装まで往復させた。まじでこの人ですかという心理がありありと読み取れる顔でさゆちゃんを見る。

特にウエイトトレーニングを積んでいるふうでもない、今どきっぽいひょろっとした男子高校生だ。ゲームのキャラクターもののTシャツにハーフパンツというゆるい練習着を見るにつけても太明が現役だった頃から部の雰囲気は変わっていないようである。

「今年のキャプテンだよ」

「あっ、えっと、ちわっす！」

さゆちゃんに紹介された生徒が慌てて頭を下げた。押しつけられたタイプだろうなと容易に想像がついた。

「一人でどうしたの？　入らないの？」

さゆちゃんに訊かれると困ったように背にした鉄扉に目配せし、

「あ……実は誰も来てなくて……ゴリゴリ体育会系のＯＢが厳しい指導つけに来るならボイコットするって、まだみんな部室にいて……」

おっと、こりゃ初日からハードモードだな。こういう歓迎のされ方は想定してなかった。

まあ堅持みたいなのが来ると想像されたのならさもありなん。高三の県予選で初めて堅持の姿を見たときは太明もあのおっさんは自分たちの敵かもしれないと反抗心から入ったのを思いだす。

今年の三年は四つ下になるので直接的な接点はない。二つ下の後輩に最近の様子をちょっと聞いたところでは、橋田高バレー部は相変わらず〝可もなく不可もなく〟。全国大会出場を目指して青春を懸けるような熱い雰囲気ではない。そんな部から大学日本一の国立大バレー部にスカウトされて主将にまでなった太明は〝伝説のＯＢ〟になっているらしいのだが、どうも実像とは違う伝説が作りあげられているようだ。

「じゃあ行くか」

後輩の肩に腕をまわしてぽんと叩いた。

「え？」

「部室に話しに行こう」

部室の場所はもちろんよく知っているので後輩を促して部室棟へ歩きだす。

「倫也、カツアゲみたいに見えてるよ」

「人聞き悪いね、さゆちゃん……」

さゆちゃんが面白がってぴょこぴょこした歩調でついてくる。

現役時代の三年間慣れ親しんだ男子バレー部の部室の前に立つと、愚痴りあうようなテンションのざわめきがドアの向こうで聞こえていた。ドアをあけようとした後輩を太明は制して自分の後ろにやり、ドアノブに手をかける。

県大会で堅持が自分を見つけなかったら、一流国立大に進学するなんていう道は自分の前に現れなかった。棚ぼたの大学四年間で得た友人たちは末永く人生の宝になるに違いないし、学生バレーの指導者になりたいという、思い描きもしなかった将来の夢に繋がった。

夢への扉の第一歩は思っていたよりハードな状況になったが、ポジティブに考えれば、最初にやることが自ずと一つに決まったので迷わなくていい。技術指導よりむしろ得意分野だ。

ドアの向こうに聞こえるように明るい声を張る。

「あけるぞー！」

〝最初のドア〟を思い切りよくあけた。

＊

「いい話がある」

およそいい話が想像できない顔で堅持が単刀直入に切りだした。

その日、浅野と越智が部室に呼ばれた。後ろ手を組み〝休め〟の姿勢で堅持の前に立った二人は揃って「は？」というリアクションをしてしまった。同席していた太明と裕木が堅持の死角でぶほっと噴きだし、手を交差させて互いの口を慌てて塞いだ。

大学が夏休みに入った七月下旬、夏解散の直前だった。盛夏を迎え、部室の窓から見える空には綿菓子を何個もくっつけたみたいな入道雲が盛りあがっているが、堅持が纏うオーラだけは万年真冬のように凍てついている。

「まず越智」

「はっ、はい」

「アジアカップにアナリストの補佐として帯同する話が決まった。練習生のようなものだが、経験を積んでくるといい」

地獄の沙汰の宣告を覚悟するような顔で身構えていた越智が目を見開いた。

「次に浅野」

と堅持が話を進めるので浅野は「はい」と越智の横顔から視線を正面に移した。心持ち背筋を伸ばしなおし、椅子に座る堅持と正対する。

「今シーズンからＶ１でプレーする気はあるか？」

口調を変えずに堅持が言ったことの意味がすぐには呑み込めなかった。今度は越智が浅野の横顔を見あげた。

「自分はまだ三年ですが……？」

破魔たち四年生の卒業を見越した内定が固まった時期で、それもまだ発表すらされていない。あまりに突然だったのでそう答えるのが精いっぱいだった。

四人でぞろぞろと部室を辞すと、浅野は越智の肩を叩いて祝った。

「よかったな。行くんだろ？」

「ああ。辞退する理由なんてなんもない。国際大会の経験積むチャンスやし、練習生やけど、ちょっとでも直澄たちのサポートできる」

「うん。おれも心強いよ」

八月に行われるアジアカップの派遣メンバーはU－23とユニバーシアード世代を中心に選抜される。五月末の強化合宿以降も数回の合宿を経て最終的なメンバーが絞られ、浅野もその中に残っている。

「あれ、ところでパスポートいるよな。持ってんのか？」

裕木が思いついたように口を挟んだ途端「あ！」と越智が声をあげた。「やばい、取り方から調べんと。今から取るん間にあうんかな……」

「オッケーオッケー。心配すんな、おれが一緒にやってやる。いつまでにいるのかもっかい監督に確認してこよう」

「た、助かります」

今でてきたばかりの部室に裕木と越智が取って返す。焦（あせ）りながらも意気込んだ越智の後ろ姿に浅野はくすっと笑った。

「嬉しそうですよね」

「直澄は？　あんま嬉しくなさそうだけど？」

と、残った太明がその浅野の顔を見あげて言った。何気ない口調で正鵠（せいこく）を射られ、察しがいい人だなと浅野はちょっと困る。

「嬉しくないわけじゃないです。ただ、まだ決めなくていいことだと思ってたから迷ってます」

「直澄にはいい話じゃなかったか？」

「ありがたい話だとは思います。すごい話だし」

大学に籍を置きながらVのチームにも所属し、今秋のVリーグのシーズンから——実際は大学の大会が終わった十二月以降になるだろうが、チームの練習や試合にも加わって欲しいと打診があった、というのが堅持の話だった。バレーに携わる者なら誰でも知っているようなV1のチーム名が堅持の口からでた。

四年生が卒業前から内定チームに参加することは普通にあるので破魔たちもそうなるのだろう。浅野には三年時から二足のわらじを履かせて卒業次第シニアのトップカテゴリの即戦力になってもらいたいという思惑のようだった。学生トップクラスの選手にしか来ない、身に余る話だ。

ただ条件があった。

——セッターで採りたい、とのことだ。日本に絶対に必要な長身セッターを育てたいのだろうことは明白だ。

今まで所属チームではスパイカー、アンダーエイジ代表ではセッターと、けっこう長く両刀でやってきた。しかしスカウトを受け入れるといよいよポジションをセッターに絞ることになる。

「将来はセッターに専念したいのか、まだ腹を決めてなかったし……」それに、と言いかけて言葉を濁す。「……倫也さんは、教職に進むこと迷わなかったんですか。Vでも続けられたと思いますけど」

話題をすこし逸らして逆に質問した。

「まあ迷ったよ。声かけてくれたチームもあったし」

「そうなんですか？　やっぱりあったんですね」

「せっかくここまで続けたし、まだ続けられる環境を提示してもらったら、そりゃ未練もあったよ。まあでも隣の芝生は青く見えるもんだろ。どの道に行ったってどっかで後悔はするんだから、決めるしかねーじゃん」

竹を割ったように言うのがさすがだ。

「倫也さんらしいな。おれはそこまで腹くくれないから、まだまだですね」

弓掛にポーランド行きをけしかけておいて、浅野自身がいざ好条件を提示されると、環境を与えられるままトップカテゴリに身を投じることに抵抗があった。地元で新しく立ちあげるチームを手伝うことを選んだ佐々尾（ささお）のように、小さいチームでやるのもいい──いや、佐々尾を引きあいにだすのは卑怯だ。自分の場合はただ反抗心でトップの思いどおりになりたくないだけなのかもしれない。

高三で進路の選択を前にしたときも同じような迷いに陥った。成長してないんじゃないかと自嘲（じちょう）すると、ふいに太明の手が頭に伸びてきた。

「すぐ返事しなきゃいけない話じゃないいんだろ。悩めばいいいよ」

髪をくしゃくしゃと撫でられる。

「直澄にはできることが多い。たぶんこれからも増えるよ。だから悩む。それは悪いことじゃねえんじゃね？」

浅野は素直に頭を下げてそのまま撫でられた。こんな感触がひさしぶりのような気がしてなんだか懐かしかった。何年か前の自分は我ながらもっと頼りなくて、佐々尾によくこんなふうに撫でられていたっけ。いつの間にかそんなことも減っていたのは自分が成長した証拠ではあるんだろうが、たまにはこういうのも嬉しい。

「今度飲み行くか」

「はい」

そうだな……おれにはいい、提示してもらえる選択肢が多い。

## 3. FELLOW SOLDIERS

春高の景色だ――と不意をつかれた。

一般入場口から体育館に入場し、二階ホールの手すりの向こうに広がる一階アリーナが視界に開けたとき、急に高校時代に引っ張り戻されるような感覚が浅野を襲った。戸外は七月末の酷暑だ。季節は半年も違うのに、空調の効いた館内で季節感が錯誤を起こした。

三階スタンドまで備えるドーム型の天井の鉄筋の梁には黒い海に月を映したような丸い照明が並んでいる。その照明に明るく照らしだされるアリーナには水平線まで青空を広げたようなタラフレックス材のシートが敷き詰められ、青い空と黒い海の天地が逆転したような景色がまた脳の錯誤を引き起こす。

空色のシートにオレンジ色のバレーコートが四面描かれ、どのコートでも高校生たちの溌剌とした声とボールが飛び交っている。

三年前に自分が立ったコートと同じコートが目の前にあった。

かつて自身が体験した昂揚感、陶酔感がまざまざと蘇る。目眩をともなうほどの懐旧の情に駆られる一方で、今も胸の一部に焦げついている憎しみの苦みも喉もとに滲みでてきた。

ざまあみろ。二度とおまえには泣かされない。高校生たちの涙を吸って肥大化してきた、春高という怪物に唾棄して高校最後の大会を終えた。浅野にとってここには苦い記憶も多すぎた。

「直澄さーん！」

入場口近くの手すりの前でしばし立ち尽くしていると無邪気に呼ぶ声が聞こえた。

高校生や応援の保護者たちで混雑する二階スタンドに私服姿の大学生が何人か集まっていた。浅野も今日は私服だが、夏服はポロシャツとチノパン程度なのでチームポロシャツ姿と大差はない。大学の寮から一緒に来たのだろう。手を振っている豊多可のほかに亜嵐(あらん)と山吹(やまぶき)もいる。そしてこの面子(メンツ)の中だと一番小柄な人物が、二階スタンド席を埋める人々の頭越しに大きな瞳を見開いてアリーナを見渡していた。準優勝を二度獲りながら、頂点には一度も立てずに終わったコートと、同じ眺めを……。

「直澄さん来ましたよ」

山吹に言われて弓掛が振り向き、浅野の姿を認めると、

「おはよ、直澄」

と笑顔を見せた。

各地方の持ちまわりで開催地を変えながら行われる全国高校総体(インターハイ)が、今夏は南関東各都県の会場で開幕した。男女バレーボールは東京東部の墨田区総合体育館、東京西部の武蔵野の森総合スポーツプラザをサブ会場に、東京都心の東京体育館がメイン会場となっている。

インターハイは普通の板張り体育館で行われるのが常だが、春高バレーの聖地でもある東京体育館開催を記念し、春高と同じオレンジコートがメインアリーナ全面に設営される——という話は聞いていたが、実際目の前にした途端思っていた以上に春高が想起され、さっきは一瞬感情の針が大きく振れた。

「おはよ。帰省は？」

と微笑み返して浅野は弓掛に歩み寄った。

だいたいどこの大学バレー部もこの時期は夏解散になる。八月上旬にまた集合し、シニアのチー

ムと一緒に合宿を行ったりといった夏の強化期間に入る。

「箕宿の試合見てから帰ろうと思っとったけど、弟が東京遊びに来るけんこっちで迎えることにした。青春18きっぷで鈍行旅行に挑戦するとやって」

「はは、いいじゃん。高校生だもんな」

「でも妹に会えんったい！」

弓掛には深刻な問題なのだろうが浅野は笑ってしまう。雑談しながら二階スタンド後方の手すりの前に弓掛と並び、二人でアリーナを見下ろした。

「夏も帰らんし正月も帰れんくなったけん、母さんに話すタイミング悩んどうと。あっ妹に会えんままポーランド行かないかん！」

「決まったんだ？　渡欧の日程」

「十二月。全カレ終わったら行く。全カレまでは全部でたいけん」

「十二月か……」

V1のチームからもらった話を受けるとすれば、浅野も同じ時期に新しい環境に挑戦することになる。

「大学の単位もちゃんと取って四年で卒業するつもりやし、めっちゃ両方調整してもらって決まったとよ」

「篤志。おれも話したいことがある」

弓掛が言葉を切ってこちらを向いた。

「うん。どうしたと？」

生き生きした瞳で見つめられると、自分から切りだそうとした話を続けるのを浅野はついためらった。

「ユニチカー！」

と、逡巡(しゅんじゅん)した隙間に豊多可の声が割り込んできた。

二階スタンドの人ごみの中を欅舎(けやきしゃ)の顔ぶれが連れだって現れるのが見えた。

東京で行われるインターハイは十年ぶり近くになる。関東に進学したＯＢたちがかつて自分たちが戦い、あるいは夢見て届かなかった〝聖地〟に集まってくる。黒羽が豊多可や亜嵐に親しげに手を振り返す。眼鏡姿だと試合中とはだいぶ印象が違う灰島が、浅野と弓掛が並んでいるのを見てひょいと顎を下げて挨拶した。

Ｕ－23の合宿で交流ができた三村が「直澄ー」と人懐こくこっちに手をあげ、「……と、」と、隣の弓掛に目を移した。

三村から放たれたライバル心を本能で受信したみたいに弓掛がわずかに身構え、三村のほうへ身体を向けた。浅野は二人の顔をちらりと見比べた。

三村が破顔して愛敬(あいきょう)のある笑みを作った。

「〝あまおうの国の勇者〟や」

弓掛がきょとんとした。二人のあいだを一往復した緊張感はすぐに氷解し、

「なん？　それ」

と弓掛も屈託なく笑いだした。

「あれ、八重洲の爽やかくん、越智くんは？」

染谷(そめや)といったか、欅舎のアナリストが三村の背後から頭をだして訊いてきた。初めて喋るけどなにそのあだ名……と思ったものの浅野は相手の口調にあわせて気さくに返す。

「寮に置いてきたよ。誘おうとしたけどまだ寝てたから。最近忙しそうで」

練習はオフ期間だが、夏解散後の強化期間に向けてやっておきたい仕事があるとかで越智は夜遅くまで作業しているようだ。

「ああ、アジアカップ行く前にやることいっぱいあるもんね」

「ん!? ちょっと待っ……聞いてえんけど!?」

三村ががばっと染谷を振り返った。

余計な遠慮をする必要はなかったなと、浅野は一瞬ブレーキを踏んでしまった自分を恥じた。

弓掛がポーランド挑戦の話をすぐに報告してくれたように、浅野が受けた話も、迷っていることも、正直に話せばいいだけだった。弓掛がバレーボールという志をともにする仲間の吉報を妬んだり、傷ついたりするなんていう憶測をするのは、弓掛篤志を見くびっている。

正直に――〝フェア〟に、打ちあけて意見を聞いてみよう。

＊

「選手だけじゃなくて学生アナリストも育成目的でアンダーカテの大会に帯同することあるよ。今回は越智くんが行くみたいね」

という話を三村は染谷から聞かされた。

「越智より斎のほうがキャリア長いやろ?」

「おれは素行が悪いからねえー。ていうかおれはアナリストどうしのネットワークでまわってきて知ったけど、本人からまだ聞いてないの? 仲いいんだよね?」

「なんで言わんのやあいつー！　仕返しか!?」

「あのさあ、おれが再犯になっちゃったじゃん。おれの口が軽いみたいになって心外なんですけどね。本人どうしですぐ話してくれない？」

あきれ顔で文句を言った染谷がスマホに目を落とし、

「じゃあおれはこれで。星名(ほしな)さん来たから合流してくるよ」

と離れていった。今日の染谷は星名のおともで高校生の視察に来たらしい。飄々(ひょうひょう)とした痩軀(そうく)の後ろ姿を見送ると、三村も自分のスマホをポケットからだした。

電話して問いただそうと思ったが、浅野の話ではまだ寝ているかもしれない。どうしようかなと数秒考えているうちにちょうど画面にメッセージが一通着信した。

〝寝過ごした。すまん。もう会場か？　今からでて急いでも二時間くらいかかる〟

まさに当の越智からだった。ぼさぼさ頭で飛び起きるなり真っ先にスマホを引っ摑んださまが文面から想像できた。

「統さーん。景星(けいせい)が先にはじまりそうなんでおれらあっち行きますけど、統さんどうします？」

黒羽が声を投げてきたのでいったん顔をあげ、「おー。福井でてきたら行くわ」と返すと、灰島や慧明の景星出身組に黒羽も小走りでついていった。

垢抜けたデザインの夏服で統一した高校生たちで二階スタンドの四分の一が埋まっているのが見える。地元東京の第一代表・景星学園の全校応援団だ。五百人規模の全校応援団にコの字型に囲まれる形で、中央後方にはカーマインレッドのブレザーを着た百人規模のブラスバンドが威風堂々と陣取っている。

〝遠いんやし来んでいいわ。今日は観戦に来ただけやし。アジアカップの帯同で忙しいんやろ〟

越智に返信を送っておき、三村は一人で三階スタンドにあがった。

二階席はほぼ満席だったが三階席には余裕があり比較的静かだった。テレビ局主催でイベント色も押しだしているため芋を洗うような混雑になる春高に比べればインターハイは一般客の入りは少ない。

かかってくるかなと思っていると果たして、スマホがバイブして電話の着信を知らせた。

『統あのなっ、その話っ……』

「なんで直澄も斎も知っておれが知らんのやー」

耳にあてたスマホから言い訳がましい第一声が聞こえたので三村は恨めしげに言ってやった。

「薄情やなー。その程度の仲やったんか？」

『鏡見て言えや』

間髪をいれず鋭い切り返しが来た。「やっぱ仕返しやねえか……」と三村は拗ねる。

『今日顔見て話そうと思ってたんやって。ほやけど起きたらこの時間で……チームのほう留守にするで出発前にまとめときたいデータもあるし、勉強とかも、いろいろやっとくこと多くてばたばたしてて』

「……ほんとなんやな。アジアカップのアナリスト」

『学生スタッフも帯同できるって聞いて、堅持監督に頼んで推薦してもらってたんや。ダメもとやったでほんとに決まったときは驚いた。統──』

続く言葉を越智が一度とどめた。自分の胸にじんわりと広げるような間をおいて、続ける。

『一緒に行ける』

アジアカップの最終メンバーに、三村も入っている。

『まだまだ修行中やけど、ほんでも……おまえの力になりに行ける。思ってたよりはやく叶う。あのときの話が』

声にこもった熱まで電波に乗って三村の耳に伝わった。

越智の声を聞きながら三村はスタンド席の階段をおりていき、最前列の手すりの前に立った。空色のアリーナと四面のオレンジコートを眼下に見渡し、スマホをスピーカーモードにする。

二階席で一番広い面積を占めている応援団からラッパ隊が引き締まった音を吹き鳴らした。大ブラスバンドが音を重ねていき、景星学園の定番曲『宇宙戦艦ヤマト』の勇壮なイントロが響き渡る。漆黒の宇宙の大洋へと大船団が漕ぎだす景色が東京体育館の天井に押し広げられる。

「聞こえるか？　越智」

『ああ……聞こえる。〝春高の音〟が』

三年前の冬、高三の三村は今日と同じようにスタンドで一介の観戦客になっていた。あのとき電話越しにした会話が、三年後の真夏に繰り返される。


〝できれば人をよろこばすようなバレーがしたい〟

〝五年後とか十年後とかに、またおまえの力になれる〟


一人は胸に日の丸をつけたユニフォームで。

一人は胸に日の丸をつけたスタッフポロシャツで。

同じチームの一員として円陣を組むピースになっている——あの日語った光景が現実になる日は、思っていたより近い未来に待っている。

# 4. WE ARE BACK HERE

「あー。山吹さん写真頼まれてる」

そう言って口笛を吹いた亜嵐の目線の先を見ると、女性の二人組が山吹に話しかけていた。高校生くらいの女子と、もう一人はかなり年齢が違うので母親だろうか。山吹がなにかひと言ふた言話して頷く(うなず)と、二階スタンドの通路からオレンジコートを背景に母娘が交互に山吹の隣に立って片方が写真を撮るということをやりはじめた。

愛敬を振りまくというほどでもない軽い「ニコッ」で山吹が母娘の感謝に応える。それがなにやら相手をよろこばせ、娘が母の腕に腕を絡めて華やいだテンションで去っていった。山吹のあんなよそいきの「ニコッ」を灰島は一度も向けられたことがないので寒気がした。

「すげ、親世代まで……。山吹さんって女の人とつきあった経験豊富なんかな」

その光景に引いた顔をしつつも羨ましそうに言った黒羽に「違う違う」と、豊多可が小馬鹿にした言い方で否定して曰く、

「あの人のアレは〝つきあいたい〟んじゃなくて〝モテたい〟だけだからな。だから中身はまあまあアホなんだって」

「実際練習の虫だから、女の子とつきあう暇ないもんね」

と亜嵐が一応フォローを入れた。

山吹が羨ましいらしい黒羽とて注目されていないわけではない。ただ違うのは、遠巻きに向けられる視線のほとんどが会場を行き来する出場校のバレー部員たちのものだという点だった。

「春高でてた人じゃない？」

「動画見たことある。ジャンプ力えぐかった」

「去年の景星の人たちも応援に来てる」

「すご……あそこ有名人ばっか」

そんな声が灰島の耳に聞き取れた。

芸能人でもインフルエンサーでもないが、この会場に限って自分たちは〝有名人〟のようだ。かつて高校トップレベルで名を馳せ、今日ここに応援や観戦に戻ってきているOBたちに現役の高校バレー部員たちの憧憬(しょうけい)や興味やミーハーな視線がちらちらと向けられざわめいている。

「ほんなら冬になってからなんか？　ポーランド行くんって」

「そーそー。七(なな)さんは行ける条件が揃ってるなら早く行けって言ったんだけど、篤志さんは全カレまででるって言って」

人いきれの中でも頭一つ高いところでなんなく交わされる黒羽と豊多可のやりとりが灰島の注意を引き戻した。

「いいなー。おれも行ってみたい」

亜嵐が脳天気に羨む。

「弓掛さんが第一弾ってことは第二弾もあるんやろ？　リベロはけっこう受け入れ先見つかりそうやし、豊多可は行けるんでねぇんか」

「えーでも……英語できねぇし……」

亜嵐が乗り気な一方で豊多可のほうは意外に尻込みするので「なんやー？　豊多可ってほーいう臆病なとこ……ん？」からかおうとした黒羽がふと視線をポケットに落とし「電話鳴ってたわ」と

スマホを引っ張りだした。

「もしもーし？　なんやって？　よう聞こえん。今まわりうるさいで――」

わざとのようにぞんざいな態度で応じる相手は誰だろうか。黒羽が会話から外れると亜嵐が灰島に話を振ってきた。

「チカは？　ヨーロッパ挑戦、やっぱ興味ある？」

「当然だろ」

ふんぞり返って即答したが、

「もし行けることになったら大学の大会でないですぐ行く？」

他意がなさそうに亜嵐が重ねた問いには即答できなかった。

――〝今度は四年間絶対に離れんなや、って真剣に思ってるよ〟

棺野(かんの)の声が頭の中で再生された。

あれはたしか入学して間もない四月に言われた言葉だったか……。

「どーゆうことや、ヨーロッパって!?」

顔を背けて電話の相手と喋っていた黒羽がそのとき素っ頓狂な声をあげた。電話に噛みつく勢いで怒鳴ったと思ったら「ちょ……まっ……」と口をぱかっとあけてただ顎をかくかくさせ、

「……おまえに怒鳴っても埒(らち)あかん。監督とじいちゃんに聞けばいいんやな？」

と最後は諦めたように脱力して電話を切った。

ヨーロッパという単語に耳が反応し、豊多可と亜嵐、そして灰島も三人揃って黒羽に問う視線を向けた。

「なんか……知らんうちにおれ、ヨーロッパ挑戦することになってたんやけど……」

「はあ？」

黒羽自身も当惑した顔で言ったことに三人の裏返った声がハモった。

『なんかごめーん祐仁。わたしもぜんぜんそんなつもりなかったんやけど、ほら、五月の終わりごろ祐仁が言ってたことちょっと話題にしたら、おんちゃんたちの中で祐仁がヨーロッパ挑戦したがってるってことになってて一。ほんでなんか盛りあがってもて勝手に計画進めてたみたいでー……』


旅行会社の欧州支社に赴任している親戚がちょうどいたので、その親戚を介して現地のコーディネーターを雇って受け入れ先チームを探してあらかた絞り込む段階まで話が進んでから、今日、所属チームの監督である星名に相談の連絡を入れた――。

というのが、紘子からの電話の内容らしかった。

その場で黒羽が星名に電話して事実確認をした。うちの親戚がほんとすんませんすんませんと電話に平謝りし、電話を切ると肩を落として深々と溜め息をついた。

「びっくりしたー……。留学でもさせられるんかと思ったら、来年の春休みに一ヶ月くらいやって」

「それだって普通の感覚じゃ十分びっくりだけど」亜嵐が感心し、

「すげーなボンボンは、自分ちの金と人脈でトントン拍子に海外挑戦決まるって。篤志さんの場合は監督が準備に何年もかけて、クラファンの支援使ってやっとチャンスできたのにさ」豊多可が思ったことをそのまま口にだす。

「苦笑いしてたわ、監督。大学入ってからはおとなしくしてたと思ったんに……なんでうちのおんちゃんらは先走るし、なにやるんも大袈裟なんやー！　あーっもう、恥かいたわ！　監督は夏解散あけてからでいいって言ってたけど、今日あとで会って話すことにしたわ」

「え？　断んのか？　嫌味じゃねえって、ごめん」

と豊多可が慌てるのを聞いてとっさに灰島は口を挟んだ。

「おまえまさか弓掛に後ろめたいなんて理由で断る気かよ」

「うーん……いや、行ってみようかな、と」

「あ？　行くのかよ」

黒羽の答えが意外だったのでまたとっさに言ってしまい、「けしかけてるのか行かせたくないのか、チカはどっちなんだよ」豊多可に突っ込まれた。

「今から断ったら動いてくれた人たちに迷惑かかるやろ。ほやし……どーやったらもっと強くなれるんか、方法がわからんかったけど……海外なんかで揉まれたらなんかしら摑めるかもしれんし。そりゃ自分で苦労したわけやないし、お膳立てしてもらっただけやけど……ほーゆう境遇含めて、おれは〝そのまま真っ直ぐ〟でかくなればいいんやろ？」

以前三村に言われたことを黒羽が引用し、片方の犬歯をちらっと覗かせて照れ笑いした。灰島に言わせればいつもちょっと頼りなくてもどかしくなる顔で——三村や弓掛や、同世代のライバルたちからするときっと、底の知れない脅威を感じさせられる顔で。

「ほーゆうことやろ？　まだなんか不満あるんか？」

灰島のリアクションがないので黒羽が首をかしげた。

「ないけど……」

黒羽の決意になにも不満はない。灰島を満足させる会心の返答だった。

とはいえど。

「先越されるとは思わなかった。おれだって行きたい」

という点には釈然とせずぶすくれる灰島だった。

さっき亜嵐に訊かれて自分は躊躇したのに、おまえはあっさり決めやがって。なんかわかんないけど、むかつく。

「あ、Cコートも終わったみたいだよ」

亜嵐が額に手をかざして真下のAコートとは二つ離れたコートを眺める仕草をした。

「ほんとや。景星見てから移動しようと思ってたけど、かぶってもたなあ。灰島、おまえどうする？」

同じ方向を眺めた黒羽に訊かれて灰島は「え？　あ……」と離れた二つのコートに交互に視線をやった。

Aコートでは景星学園の選手たちがもう公式練習をはじめている。ダークグレーにイエローの斜線が入ったユニフォームは灰島も二年間身に着けたものだ。率先して張りのあるかけ声をだしながら選手に向かってボールを打つ若槻の姿も見える。

Cコートのほうは試合を終えた二校が引きあげるところだ。次に行われる試合に向けて二階スタンドの応援団優先席の入れ替えが進んでいる。

「いいから祐仁と一緒に行けよ」

助け船をだすように豊多可がCコートのほうへ顎をしゃくった。母校の応援団優先席に鼻高に目配せし、「こっちの応援は厚いから気にすんな。それにこんな序盤じゃ負けねーから。今日じゃなくても、応援はセンターコート行ってからできる」

「お、言ったなあ？　うちかって負けんぞ」

黒羽が小鼻を膨らませて対抗し、「灰島、行こっせ」と促した。通知が届いているスマホを振ってみせて「大隈先輩からもちょうど催促来たわ」

全校応援で溢れるほどに埋まった景星の応援団優先席に比べると、移動してきたその応援団優先席はあきらかに閑古鳥が鳴いていた。すいているので一般の観戦客やほかの出場校の部員たちも後ろのほうに座っていく。前方の数列だけに保護者中心の小規模な応援団が入ったところだ。耳に馴染みのあるイントネーションで年配者たちがかしましく話す声が聞こえてきた。

スタンド応援の音頭を取る部員もいない。今年の部員数は十三名らしいので、インターハイでベンチ入りできる十二名にマネージャー格の一人を入れて全員がコートフロアにおりているはずだ。現役部員のかわりにメガホンを持って最前列に並んでいるのは、私服姿のＯＢたち——

「遅ぇぞーおめぇらー。どこで油売ってたんじゃー」

座席の脇の階段を駆けおりていった灰島たちに一番端にいた大隈が気づき、メガホンを振りあげてがなった。

「お疲れ、二人」と大隈の向こうで棺野がメガホンを軽く掲げた。「灰島も一緒か。景星もはじまるみたいやけど」

「あったりまえやろ！　こっちの応援来んのが筋やろ」

大隈が鼻息を荒くし、棺野が面倒くさいやろと言いたげに肩をすくめてこっちにウインクする。

棺野の向こう隣にいる二人が一瞬誰だかわからなかった。二人が振り向いたとき、懐かしい顔に灰島は驚いた。

「内村（うちむら）先輩と外尾（ほかお）先輩！」

黒羽も声を高くして二人の名を呼んだ。

「ひさしぶりやなー」

と爽やかな笑みを見せた外尾は男気が増したような印象で、

「へへ。来てもた」

とふんわり笑った内村はなんだか洒落（しゃれ）たパーマヘアになっている。

「福井で同期会やろうって言ってたんやけど、話してるうちにこっちで集まって、ついでに応援行こうってことになったんや」

「末森（すえもり）さんもこっち向かってるしなあ、棺野？」

説明する棺野を大隈が肘で小突いて冷やかす。「二人でＴＤＬでもしけ込んできていいんやぞ？」

にやにやする大隈の尻を棺野のメガホンがはたいて黙らせた。

「おいおい、応援のほうがついでか？」

そんな同学年四人のさらに向こう隣に隠れていた小柄な人物が苦笑まじりに言ったので、灰島はまた驚かされた。

「小田（おだ）さん、なんで――」

その向こうから、小田より頭ひとつぶん背の高い人物がシニカルな仕草でメガホンをひらひら振った。

「昨日思いたってな、大阪から二人で夜行バス取って今朝着いたわ。ひと晩バス乗ってたら身体バッキバキや。小田と違ってやっぱ運動不足やな」

「おれはいいけど青木（あおき）にはバスの座席は狭いでやろ」

首を倒して鳴らしてみせる青木に小田が笑う。二人と実際に会うのは三月以来になる。小田はウエイトトレーニングにハマっているという近況を聞いていたとおり、またすこし身体の厚みが増したように見えた。

「真ん中入れ、真ん中。ほら、これ持って」

と灰島は黒羽とともに列の中に押しこまれて二年と三年のあいだに挟まれ——いや、この六人が二年と三年だったのは三年前だ。時間感覚が混乱してぼうっとしたまま青いプラスチックのメガホンを手に持たされた。

〝あの年の八人〟——清陰(せいいん)高校が全国大会初出場を果たした年の八人が揃い、オレンジコートを目の前に見下ろすスタンドに並んだ。エンドラインをこの八人で踏みしめて、全国の強豪たちを相手に戦いに臨んだ、あの日のように。

「下に集まってきたな。もうすぐや」

隣で小田が手すりから身を乗りだして下を覗き込んだ。三年も歳を重ねたのに、きらきらと輝く小田の瞳は現役の高校時代、初めて〝2．43〟のネットが張られたオレンジコートに自分の足で立った日と変わっていない。その横顔が眩しくて灰島はつい目を細める。

かつて高校生だったバレーボーラーに共通する、ここは特別な場所だった。

自分たちの学校の体育館で汗を流してボールを打ち、繋ぎ、ときに仲間と噛みあわず衝突し、けれど県予選では抱きあってよろこび、あるいは敗退に涙して肩を寄せあい、届いた者も、届かなかった多くの者も、みんながこの場所に夢を馳せた。

卒業し、今は進む道が分かれても、顧みればいつでも——いつまでも、原風景がここにある。

「おっ、でてきたぞ。せーーーいん！　せーーーいん！」

　大隈がメガホンをハリセンみたいに使って音頭を取り、後列の保護者の応援を煽る。小田や棺野たち、黒羽もメガホンを口にあてて声を揃える。

　ミカサのボールが積まれたボール籠を先頭に押しだし、選手たちが威勢のいい声とともに防球フェンスを越えて駆けだしてきた。

　黒地にブルーのラインが入った懐かしいユニフォームがいくつも目に飛び込んできたとき、灰島はその中に、いるはずのない二人がまざっているのを見た気がした。


〝はやくしろよ、黒羽〟

〝コートは逃げんって、灰島ぁ〟


　連れだって駆けていく7番と8番の背中が一瞬見えて、オレンジコートに溢れる光の中へと溶けていった。

『2.43』が
もっとわかる

# バレーボール初級講座

## ★ ゲームの基本的な流れ

- サーブが打たれてから、ボールがコートに落ちたり、アウトになるまでの一連の流れを**ラリー**という。ラリーに勝ったチームに1点が入る（**ラリーポイント制**）。得点したチームが次にサーブする権利（**サーブ権**）を得る。サーブ権が移ることを**サイドアウト**という。
- 公式ルールは1セット25点先取の5セットマッチ。3セット先取したチームが勝利する。第5セットのみ15点先取になる。
- ネットの高さは男子が**2m43cm**。女子が2m24cm。

## ★ ポジション――バレーボールには2つの「ポジション」がある

**プレーヤー・ポジション**＝チーム内の役割や主にプレーする位置を表すポジション

**アウトサイドヒッター**

フロント（前衛）レフトで主にプレーするスパイカー。後衛ではセンターからバックアタックを打つ。サーブレシーブにも参加する攻守の要。

**オポジット（セッター対角）**

フロント（前衛）ライトで主にプレーするスパイカー。サーブレシーブに参加しないことが多く、優先して攻撃準備に入る。特に攻撃力の高いエーススパイカーが配される。

**リベロ**

後衛選手とのみ交替できるレシーブのスペシャリスト。違う色のユニフォームを着る。

**ミドルブロッカー**

フロント（前衛）センターで主にプレーするブロックの要。攻撃ではクイックを主に打つ。

**セッター**

攻撃の司令塔。スパイカーの力を引きだす役割として、スパイカーとの信頼関係を築く能力も求められる。

## **コート・ポジション**=ローテーションのルールによって定められたコート上の位置

- 各セット開始前に提出する**スターティング・ラインアップ**に従って**サーブ**順が決まる。
- アウトサイドヒッター2人、ミドルブロッカー2人、セッター／オポジットをそれぞれ「**対角**」に置くのが基本形。後衛のプレーヤーは「ブロック」「アタックラインを踏み越してスパイクを打つこと」ができない。
- サイドアウトを取ったチームは時計回りに1つ、コート・ポジションを移動する(=ローテーション)。このときフロントライトからバックライトに下がったプレーヤーがサーバーとなる。
- サーブが打たれた瞬間に、各選手がコート・ポジションどおりの前後・左右の関係を維持していなければ反則になる。サーブ直後から自由に移動してよい。
- 後衛のプレーヤーのいずれかとリベロが交替することができる。ミドルブロッカーと交替するのが一般的。

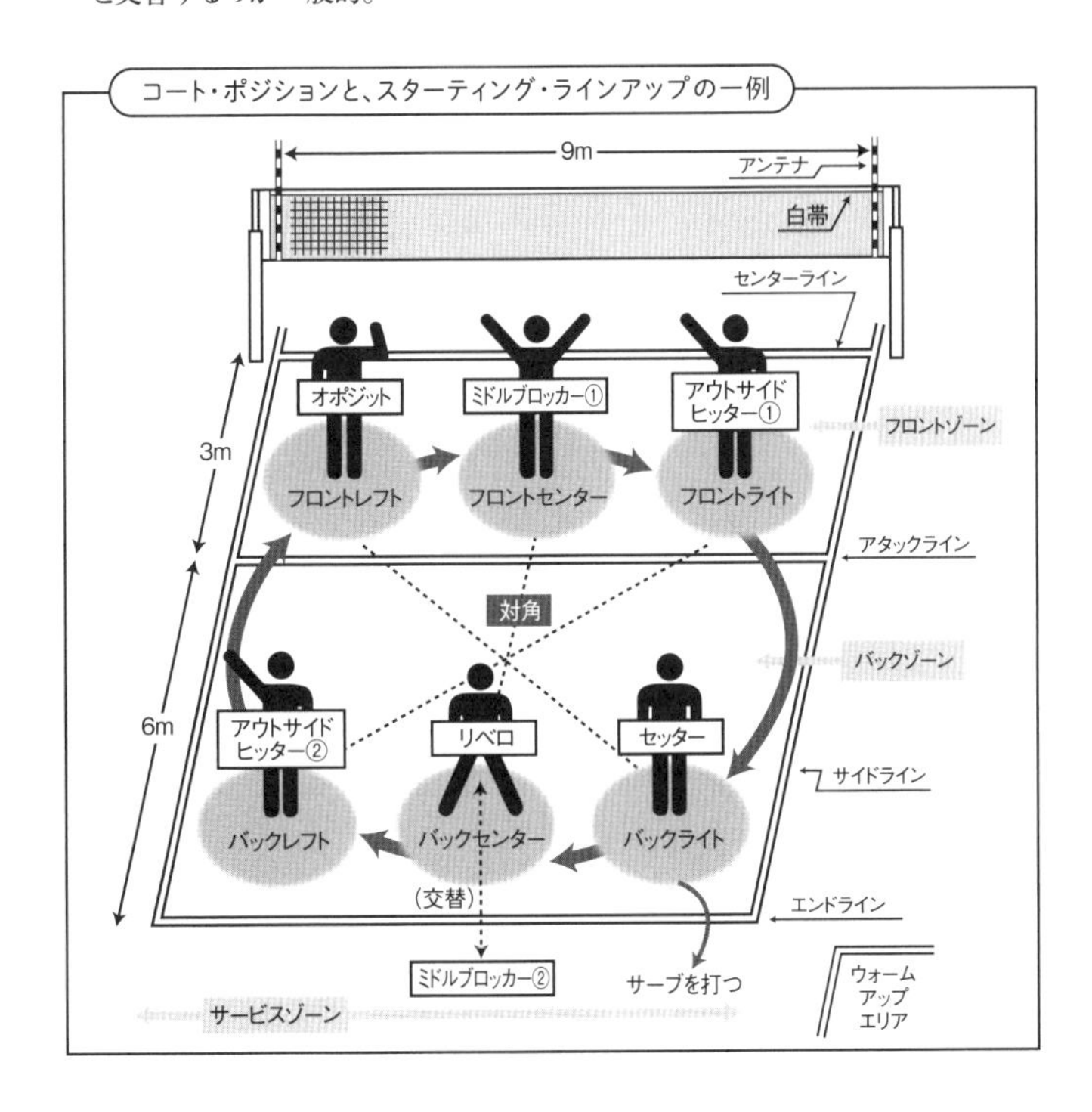

# バレーボール用語集

**【サイドアウト、ブレイク】**
**サーブレシーブ**側のチームが得点し、**サーブ権**が移ることをサイドアウトという。サイドアウトを取ったチームは、ローテーションを一つ回してサーブを打つ。これに対し、サーブ側のチームが得点して連続得点となった場合をブレイクという。この場合はローテーションを回さず、同じサーバーがサーブを続行する。

**【レセプション】**

サーブレシーブのこと。レセプションからの攻撃を**レセプション・アタック**という。


**【ディグ】**

レセプション以外のレシーブのこと（**スパイクレシーブ**など）。ディグでつないだボールから攻撃することを**トランジション・アタック**（**ディグ・アタック**）という。


**【コミットブロック、リードブロック】**

反応の仕方によるブロックの分類。

コミットブロックはマークしたスパイカーに反応するブロックで、スパイカーの助走動作にあわせてブロックに跳ぶ。**マンツーマンブロック戦術**ではコミットブロックが基本となる。

リードブロックはセッターのセットに反応するブロックで、**ゾーンブロック戦術**で用いられる。セットアップの時点で攻撃の選択肢が限られる場合は、複数のブロックをそろえることが可能だが、攻撃の選択肢が多い場合は、ブロックが間にあわない可能性が高くなる。


**【バンチ・シフト】**

ゾーンブロック戦術において、ブロッカー3人がセンター付近に束（バンチ）になって集まるブロック陣形。ブロックとディグの連係を図ることが容易なため、トップレベルにおいては頻用される陣形である。

他には、ブロッカー3人が均等にゾーンを分担して守る**スプレッド・シフト**、左右どちらかに片寄って守る**デディケート・シフト**などがある。


**【クロス、ストレート】**

スパイクのコースの種類。クロスはコートを斜めに抜けるスパイク。クロスの中でもネットと平行に近いほどの鋭角なスパイクを**インナースパイク**と呼ぶ。

ストレートはサイドラインと平行にまっすぐ抜けるスパイク。**ラインショット**ともいう。


**【クイック（速攻）】**

セットからヒットまでの経過時間が短いスパイク。主には、前衛ミドルブロッカーがセッターに近い位置から打つスパイクを指す。

セッターとスパイカーの相対的な位置関係により、**AクイックからDクイック**に分けられる。


**【バックアタック】**

後衛のプレーヤーが打つスパイク。**アタックライン**より後ろで踏み切って打たなければならない。

バックセンターから打つファーストテンポのバックアタックは「**ビック（bick）**」（"back row（後衛）quick" の略）と呼ばれる。


**【テンポ】**

セッターのセットアップと、スパイカーが助走に入るタイミングならびに、踏み切るタイミングの関係を表す。**マイナステンポ**、**ファーストテンポ**、**セカンドテンポ**、**サードテンポ**がある。


**【オープン攻撃】**

前衛両サイドのスパイカーに向かって十分に高くセットし、時間的余裕を持たせて打たせるスパイク。前衛レフトから打つ場合は**レフトオープン**と呼ぶ。サードテンポのスパイクの代表。

**【ブロード攻撃】**
**片足踏み切り**で跳び、踏み切り位置から身体がネットに平行に流れながら打つスパイク。

**【ダイレクトスパイク】**
相手コートから飛んできたボールを直接スパイクすること。

**【ツーアタック（ツー）】**
ジャンプセットすると見せかけて、セッターが強打や**プッシュ**で相手コートに返球すること。セッターは自コートのレフト側を向いてセットするのが基本姿勢となるため、その姿勢を崩さずに強打を打てる左利きのセッターのほうがツーアタックに有利とされる。

**【二段トス】**
レシーブが大きく乱れたとき、コート後方やコート外からあがる一般的に高いトス（**ハイセット**）。セッター以外があげる場合も多い。

**【ワンハンドセット】**
片手でセットアップすること。特にネットを越えそうな勢いのあるボールをセットするときに使われる。

**【ジャンプサーブ（スパイクサーブ）】**
**サービスゾーン**で助走・ジャンプして、スパイク並みの威力で打つサーブ。他のサーブの種類に**ジャンプフローターサーブ**、**フローターサーブ**、**ハイブリッドサーブ**などがある。

**【サービスエース】**
サーブが直接得点になること。レシーブ側がボールに触れることもできずに得点になったサービスエースを**ノータッチエース**と呼ぶ。

**【フライングレシーブ、ダイビングレシーブ】**
空中に身を投げだしたり、床に滑り込んだりして、離れた場所のボールに飛びつくレシーブ。身体を回転させながらレシーブすることで、すぐに起きあがることを意図したプレーを**回転レシーブ**と呼ぶ。

**【パンケーキ】**
ボールが床に落ちる寸前に手の甲をボールの下に差し入れて、ぎりぎりで拾うレシーブ。ダイビングレシーブでよく用いられる。

**【ブロックアウト】**
ブロックにあたったボールがコート外に落ちること。アタック側の得点となる。

**【オーバーネット】**
ネットを越えて相手コートの領域にあるボールに触れる反則プレー。ただし、相手コートからの返球をブロックする際には反則にはならない。

**【リバウンド】**
ブロックにあたって自コートに戻ってきたボールをつなぐこと。強打すればシャットアウトされることが予想される場面で、軟打でブロックにあててリバウンドを取り、攻撃を組み立てなおす戦法もある（**リバウンド攻撃**）。

**【マンツーマンブロック戦術、ゾーンブロック戦術】**
マンツーマンブロックは相手のスパイカー1人に対して、ブロッカー1人が対応してブロックに跳ぶ戦術。３人以下のスパイカーしか攻撃を仕掛けてこない相手に対して主に用いられる。

ゾーンブロックは自チームの守るべきゾーンを、ブロッカー３人で分担して対応するブロック戦術。常に４人以上が攻撃を仕掛けるトップレベルのバレーボールにおいては、ゾーンブロック戦術が基本となる。


**【Aパス、Bパス、Cパス、Dパス】**

サーブレシーブの評価を表す。大枠の基準は、A＝セッターにぴたりと返り、すべての攻撃が使える。B＝セッターを数歩動かすが、スパイカーの選択肢が保たれるサーブレシーブ。C＝セッターを大きく動かし、スパイカーの選択肢が限定されてしまうサーブレシーブ。D＝スパイクで打ち返せず相手チームのチャンスボールになる、もしくは、直接相手コートに返ってしまうサーブレシーブ。


**【ファーストタッチ、セカンドタッチ、サードタッチ】**

３打（三段ともいう）以内に相手コートに返すというルールの中で、１打目、２打目、３打目にボールにさわること。


**【ふかす】**

打ちそこねて大きくアウトにすること。


**【テイクバック】**

ボールを打つために腕を前に振る準備として、腕を後ろに引くこと。


**【対角】**

コート・ポジションを六角形にたとえた場合に、対角線で結ばれるプレーヤーの関係のこと。対角の２人はローテーションが回っても必ず一方が前衛、一方が後衛になる。同じプレーヤー・ポジションの者を対角に配置し、前衛・後衛の戦力のバランスを取るのがローテーションの基本の組み方。


**【アンテナ】**

サイドラインの鉛直線上にネットに取りつけられる棒。相手コートにボールを返球する際、アンテナの外側を通ったり、アンテナにボールが触れるとアウトとみなされる。


**【パッシング・ザ・センターライン】**

インプレー中にセンターラインを踏み越して相手コートに侵入する反則。ただし足全体が完全に踏み越さなければ、相手のプレーを妨害しない限り反則とならない。相手コートを踏まずに**フリーゾーン**に逃げた場合も、相手のプレーを妨害しない限り反則とならない。


**【イン・システム、アウト・オブ・システム】**

あらかじめチーム内で共有したコンセプトに基づく組織的プレーが、高い確率で繰りだせる状況のことをイン・システムという。

現在、大学を含むトップカテゴリにおけるイン・システムとは、４人のスパイカーが万全の体勢でファーストテンポの助走動作を行うことが可能な状況を主に指す。

それに対し、レシーブが大きく乱れた場合などのように、イン・システムを確保できなくなった状況をアウト・オブ・システムという。

味方側のイン・システムを確保しつつ、相手側をアウト・オブ・システムにいかに陥れるかが、戦術上重要となる。

【スロット】

図に示すとおりコートをサイドラインに平行に1m刻みで9分割し、数字やアルファベットを用いて表すコート上の空間位置。ネットからの距離は問わない。主には、レセプションが返球される空間や、スパイカーが助走に入る位置を表すのに用いられる。

本書では、セッターが待つスロットを「スロット0」とし、自コートのレフト側に順に「スロット1、2、3、4、5」、ライト側に順に「スロットA、B、C」と呼称している。

【ゾーン1、2、3…】

チームが守る9m四方のコートを均等に分割してできた各ゾーンに、数字を割り振って「ゾーン1、2、3…」と呼ぶ場合がある。

6分割する場合は、後衛ライトを1とし、図に示すとおり反時計回りでサーブ順に数字を割り振る。

9分割する場合は、前衛（2、3、4）と後衛（1、5、6）の間に、図に示すとおり7〜9を割り振るのが一般的。アナリストは9分割を用いることが多い。

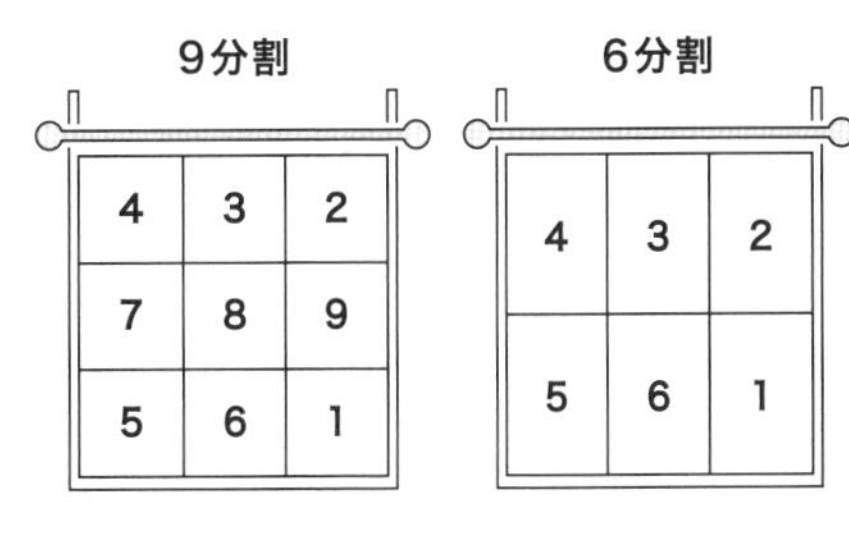


監修／渡辺寿規

［初　出］

集英社 文芸ステーション

・第二話　鋼と宝石
15. MACHINE'S OVERLOAD～18. WILD-GOOSE CHASER
2021年1月29日～2月26日

・Intermission　清陰の、あれから
2021年3月26日～4月9日

・第三話　王者はいない
2022年9月30日～2023年1月20日

・エピローグ　スタンド・バイ・ミー
2023年2月10日～3月3日

［主な参考文献］

『2019年度版　バレーボール6人制競技規則』
公益財団法人日本バレーボール協会
『Volleypedia　バレーペディア［2012年改訂版］』
日本バレーボール学会・編／日本文化出版

装画　山川あいじ
装丁　鈴木久美

執筆にあたり、以下の皆様をはじめ、多くの方々にお力添えを賜りました。
中央大学男子バレーボール部　二〇一八年度部員の皆さん、
豊田昇平監督（現 ジェイテクトSTINGSバレーボール部コーチ）
東山高等学校バレーボール部　松永理生監督
バレーボールアナリスト　垣花実樹さん
デサントジャパン株式会社第1部門スポーツマーケティング部　須永武史さん
バレーボール戦術系ライター　渡辺寿規さん
佐々木かさねさん
お世話になった皆様にこの場をお借りして深く感謝を申しあげます。
なお本文およびバレーボール初級講座の文責はすべて著者にあります。

著者

壁井ユカコ（かべい　ゆかこ）

沖縄出身の父と北海道出身の母をもつ信州育ち、東京在住。学習院大学経済学部経営学科卒業。第9回電撃小説大賞〈大賞〉を受賞し、2003年『キーリ　死者たちは荒野に眠る』でデビュー。21年に「2.43　清陰高校男子バレー部」シリーズがTVアニメ化、『NO CALL NO LIFE』が実写映画化。『空への助走　福蜂工業高校運動部』『K -Lost Small World-』『サマーサイダー』『代々木Love&Hateパーク』「五龍世界」シリーズ等著書多数。

『2.43　清陰高校男子バレー部』特設サイト
http://243.shueisha.co.jp/

本書のご感想をお寄せください。
いただいたお便りは編集部から著者にお渡しします。
【宛先】
〒101-8050　東京都千代田区一ツ橋2-5-10
集英社文芸書編集部『2.43』係

2.43　清陰高校男子バレー部 next 4years〈Ⅱ〉

2023年10月10日　第1刷発行

著　者　壁井ユカコ
発行者　樋口尚也
発行所　株式会社集英社
東京都千代田区一ツ橋2-5-10　〒101-8050
電話　【編集部】03-3230-6100
【読者係】03-3230-6080
【販売部】03-3230-6393（書店専用）
印刷所　大日本印刷株式会社
製本所　加藤製本株式会社


ISBN978-4-08-771842-3　C0093

## 集英社文庫　壁井ユカコの本

### 『2.43　清陰高校男子バレー部』①②

東京の強豪校からやってきた才能あふれる問題児・灰島、身体能力は抜群なのに性格がヘタレの黒羽、身長163cmの熱血主将・小田、193cmのクールな副将・青木……。目指すは全国。地方弱小チームの闘いが始まる！（解説／吉田大助）

### 『2.43　清陰高校男子バレー部　代表決定戦編』①②

天才セッター灰島、発展途上のエース黒羽の一年生二人を擁し、いよいよ本格始動した清陰高校男子バレー部。“春高バレー”福井県代表の座を懸け、県内最強エースアタッカー三村が率いる福蜂工業と正面対決！（解説／須賀しのぶ）

### 『2.43　清陰高校男子バレー部　春高編』①②

春の高校バレー開幕！　初出場の福井県代表・清陰高校の前に立ちふさがるのは、インターハイ優勝の福岡代表・箕宿高校や有望選手が集う東京代表・景星学園……。メンバー8人の元弱小チームは築き上げてきたチームの力で頂点を目指す！（解説／田中夕子）

### 『空への助走　福蜂工業高校運動部』

バレー部、軟式テニス部、陸上部、柔道部、釣り部……。それぞれの悩みを抱えながら部活に打ち込み、時にチームメイトとぶつかり、時に恋に揺れ動く高校生たちのまぶしい青春の日々を描く連作短編集。